Né en 1953, François Bon élabore depuis vingt-cinq ans une œuvre littéraire cohérente et forte. Il a publié une dizaine de livres dont *Sortie d'usine*, *Mécanique*, *Daewoo* (prix Wepler 2004), *Rolling Stones. Une biographie*, et récemment *Après le livre* et *Autobiographie des objets*. Il anime par ailleurs un blog (www.tierslivre.net), est le fondateur de la maison d'édition publie.net et de la revue remue.net.

François Bon

AUTOBIOGRAPHIE DES OBJETS

Éditions du Seuil

L'auteur remercie le Centre national du livre pour la bourse d'aide à la création dont il a bénéficié.

TEXTE INTÉGRAL

ISBN 978-2-7578-3604-0
(ISBN 978-2-02-108839-7, 1re publication)

question

C'est une danse : on ne s'y reconnaît plus. De deux ans en deux ans il faut se débarrasser de l'ancien et remplacer par ce qui est tellement mieux – de toute façon, l'objet tombe en panne de lui-même et ce n'est pas réparable. C'est une fête aussi : le questionnement sur le monde, par la vitesse, les avions, les villes découvertes, et ce que nous apprenons à grignoter par nos doigts sur le plastique ou la dalle tactile du téléphone nous apporte des musiques inouïes, des livres rares, l'état précis des routes ou des trains. On roule sur un abîme : la planète mise à mal, les problèmes politiques et les conflits chacun susceptible de tout faire s'écrouler plus vite qu'aucun conflit autrefois, le cynisme froid de l'argent soufflant plus fort que les vents de haute altitude. Et ces objets à obsolescence programmée qui ont remplacé la vieille permanence, on ne supporte pas de penser à qui et comment et où ils ont été fabriqués, ni ce qu'on fera ensuite de leurs métaux rares et poisons des semi-conducteurs. L'ancien nous émeut : pas forcément pour l'avoir tenu en main dans l'enfance – un tracteur à rouiller dans un champ, une voiture en équilibre sur la pile d'une casse périurbaine, vue rapidement du train, et c'est le temps tout entier qui vous surgit à la face, et ce qu'on n'a pas su en faire. Et pourtant. Jamais on n'a connu plus finement l'immensité qui entoure notre propre mystère : exoplanètes et lumière fossile, galaxies naissantes, et la même chose pour l'atome ou la cellule, théories qui renoncent à unifier pour mieux comprendre corde à corde l'immensément petit ou l'immensément lointain. Dans les vieux livres, on cherche notre aventure. On lit par l'ancienne aventure le désarroi d'avoir manqué la nôtre. Les morts sont auprès : mains et voix. On entre dans les maisons, on les revoit tout au bout. Leurs objets à eux, l'invention qu'ils ont connue, et l'ébranlement qui les suivit. On est donc soi-même si vieux, à son tour, pour que l'apparition de la machine à laver, du téléviseur ou des guitares électriques nous soit un événement, quand la valeur symbolique de tout cela à son tour s'est évanouie ? On n'a pas de nostalgie – l'idée d'une *mélancolie* est plus riche, plus subversive même, à la fois quant au présent et au passé. Dans le chambardement des villes, on a désappris d'accumuler et garder (même si). Reste le présent, et son abîme : faute de le comprendre, et dans l'amplification majeure, chaotique qu'il représente, revenir lire les transitions successives. Il y a vos mains, et il y a ce front froid des morts, ceux qui furent vôtres. Au bout, tout au bout, on le sait : rien que les livres. Parce que cela aussi serait en danger, où on a tant appris ? Alors eux aussi les lire dans ce bouleversement des choses. Comment croire que soi-même on provienne d'un tel monde ? Cinquante ans, une paille.

nylon

En s'interrogeant sur le tout premier objet que je puisse considérer comme possession personnelle, c'est ce mot *nylon* que je trouve. Il y avait peu de boutiques, dans la rue unique du village qui les contenait toutes. Le quincaillier, le pharmacien, une mercerie, et cette épicerie bazar – celle où on se fournissait, qu'on appelait *le Syndicat*, n'avait pas de vitrine. Les autres commerces, les deux boulangeries, le notaire, le garage de mes grands-parents, ce n'étaient pas à proprement parler des vitrines.

Cette boutique dont je n'ai qu'un souvenir extrêmement vague de l'intérieur, sombre, carré, encombré – mais comment ne pas la mêler à trente autres pareilles visitées depuis –, on lui donnait le nom de sa propriétaire, et je ne saurais pas non plus le redire. Dans la vitrine, il y avait un carton jaunissant avec des canifs de taille grandissante, les autres objets je ne les vois pas, et cette corde nylon bleue repliée en écheveau compact, avec une opacité, des brillances.

Je n'ai aucune idée aujourd'hui de l'usage que j'en entrevoyais. Peut-être, justement, pas d'autre usage que cette consistance souple et brillante du nylon, matériau neuf. J'avais une pièce, c'était un cadeau, ça devait être la première fois que j'avais de l'argent à moi en propre – j'imagine une pièce de cinq francs (mais on était dans les anciens francs, donc une pièce de cinq cents, quelque chose en amont du *billet de mille*), la corde valait deux francs, j'étais entré, je l'avais achetée. Dans un village où forcément on sait qui vous êtes, et vos parents, j'avais dû adopter un mutisme borné et ne pas répondre à ces questions, dont l'art paysan veut qu'elles soient toujours détournées.

Ma mère s'était aperçue de la présence de la corde nylon à peine deux jours plus tard. Où je me l'étais procurée, et pour quoi faire, il fallait répondre. J'avais avoué l'échange de la pièce de cinq francs : j'ai appris ce jour-là qu'on ne m'avait pas confié pareil argent pour valeur d'échange, mais capitalisation contrainte. J'avais *gaspillé*. La possession dans laquelle j'étais entré par ma transaction ne compensait pas l'abandon de la pièce, dans sa potentialité d'échange.

J'avais dû remettre la corde à ma mère, ça ne se discutait pas. Dans le jardin on avait, entre des poteaux de ciment, trois cordes à linge en fil de fer, et l'espace pour une supplémentaire, la corde de nylon a fini là. Elle ne m'intéressait plus, dénouée, utile, sans opacité ni brillance.

J'ai seulement gardé cette impression qu'elle donnait, de l'autre côté de la vitrine, et que j'avais osé entrer pour l'acheter.

miroir

Je ne crois pas avoir de fascination particulière à mon image. Le plus difficile, au contraire, est probablement de l'accepter. C'est étrange, avec ces appareils qui permettent de stocker si facilement des autoportraits, la curiosité qu'on peut en prendre, mais je les efface tout aussi vite : on voit surtout le vieillissement.

Nous habitions loin des villes. Luçon avait valeur d'utilité, mais il y avait la librairie Messe, où nous nous rendions pour les manuels scolaires de l'école, où j'ai pris le goût des livres, et rêvé devant un globe – qu'on a fini par m'offrir. La Rochelle était plus grande, complexe, magique. La ville s'est dégradée, prise par ce vague abandon des provinces dont le centre a été aspiré comme par une paille dans les répétitives zones commerciales des périphéries, mais il y a toujours ce Prisunic avec un étage. Dans le village, nous ne connaissions pas les étages : pays de vent. Mais là, l'étage était façon des grands magasins parisiens, intérieur au magasin. Le village et Luçon suffisaient aux achats de nécessité, venir à La Rochelle une fois par an était une attente et une récompense. On entrait au Prisunic, ma mère avait à y faire. Mon père, pendant ce temps, se rendait chez Fumoleau, à *La-Ville-en-Bois*, le tourneur qui réparait les treuils et moteurs de bateaux, pour les clients mytiliculteurs de L'Aiguillon-sur-Mer.

Mon frère et moi avions eu le droit d'une demande, pourvu qu'elle soit économiquement réalisable. Dans le budget alloué, il s'agissait d'un petit miroir rectangulaire entouré d'une bordure ronde de plastique, au dos cartonné. Dans la voiture il n'avait pas été question de s'approprier l'achat, le mien comme celui de mon frère dans une poche papier personnelle et séparée – aucune idée si pour lui c'est aussi un souvenir.

Dans la maison que nous habitions, en location, à Saint-Michel-en-l'Herm, il y avait forcément une glace dans la salle de bain, mais donc uniquement pendant les rituels y afférents. Il y avait aussi des rétroviseurs dans les voitures : je n'ai pas souvenir d'autre glace ou miroir.

J'ai souvenir précis de l'usage très dense que j'ai eu, pendant ces premiers temps, de la glace à dos cartonné et bordure ronde de plastique, rapportée de La Rochelle. Il faut dire que le souvenir des deux villes qui nous entouraient symétriquement, Les Sables-d'Olonne au nord, La Rochelle au sud, est lié pour moi à la netteté optique des lunettes dont je venais d'être doté : le village ne supposait pas qu'on corrige une myopie.

Je me servais du miroir dans la maison, en suivant mon chemin au plafond. C'était fantastique et merveilleux. Pour passer d'une pièce à l'autre on sautait des abîmes. Je ne me souviens de ce miroir qu'à le tenir pour regarder le plafond en marchant. Dehors, c'était encore bien plus inquiétant : c'est le ciel qui surgissait sous vous.

Dans la netteté de cette remémoration, il y a pour moi une évidence : le rapport optique au monde, d'y faire surgir en le renversant, par un cadre, une dimension non finie, est resté un principe fixe de vie.

Je revois vaguement, dans des périodes ultérieures, le miroir entouré de son plastique dans une caisse en bois de la buanderie où mon frère et moi stockions nos vieux trésors (j'y revois une épée en plastique, pareillement rêvée, pareillement abandonnée).

Tancrède Pépin

Il s'appelait réellement Tancrède Pépin, mais le prénom m'émerveillait moins que le nom, à cause de Pépin le Bref. C'était un silencieux, plutôt trapu comme les gens de cette terre, plutôt cubique même, et se déplaçant sur un vélomoteur souvent surchargé, puisqu'il venait au bourg pour ses emplois de jardinage.

Dans le bout de jardin qui entourait la maison, mes parents avaient fait déposer du gravier (un camion l'avait versé en tas, l'image est rémanente) et nous avions entrepris de border deux minces allées de dalles en ciment au dessus en triangle. Mes parents ne jardinaient pas, mais Tancrède venait chaque semaine pour les carrés de pommes de terre, poireaux et autres utilités, touffes d'oseille, qui participaient obligatoirement de cette économie de l'isolement.

Il ne m'est pas possible de définir mieux cet appareil, pas très compliqué, qui lui servait à aligner, poser et fixer ces carreaux de ciment au dessus triangulaire. Il incluait deux tiges d'inox, une monture de plastique verte, une poignée. Ce qui est bizarre, c'est de n'avoir pas de réminiscence du visage de Tancrède Pépin, mais qu'elle soit très précise concernant son vélomoteur et cet appareil.

Quelque part, je trouvais ça merveilleux : je n'ai jamais aimé l'herbe, la terre, le végétal. Avec cet appareil on les repoussait définitivement. On transformait la campagne en ville. On pouvait recouvrir la totalité du monde par des géométries de ciment pures et nettes.

Tancrède Pépin habitait, à six kilomètres du bourg, un lieu-dit officiellement dénommé le *Bout du monde*. J'ai toujours associé à son nom cette expression : le monde avait une extrémité, et s'appelaient Tancrède Pépin ses habitants. Il vivait seul, dans une de ces minuscules maisons d'éclusier accordée par le Syndicat. Moyennant l'occupation gratuite, à sa charge d'ouvrir l'écluse à marée montante, la refermer à marée descendante, soit quatre fois la manivelle, trois cent soixante-cinq jours par an. Cette occupation aussi me semblait vaguement merveilleuse, bien plus en tout cas que les différents métiers proposés par le bourg ou ce que j'en percevais directement, les charges pesant sur les instituteurs et institutrices, avec la visite annuelle de l'inspecteur Touroude (je ne me serais pas souvenu du nom, il surgit de lui-même dans la phrase), ou symétriquement de servir l'essence et réparer les voitures. Plus tard j'aurais moi-même une écluse au bout du monde, j'ouvrirais régulièrement les vannes dans le mystère des miroitements à la marée montante, que tous nous savions (et que je sais encore) rien qu'à certaine qualité du vent et de l'énergie terrestre. Le monde que nous habitions respirait par la mer, et l'absurdité de cet urbanisme à bas prix nettoyé il y a un an par la tempête Xynthia était exactement la leçon inverse de ce que nous enseignait le vélomoteur de Tancrède Pépin, qui surgissait dans le bourg à heure variable, selon ce qu'exigeaient de lui les tours de manivelle.

Est-ce que je l'ai seulement un jour entendu parler ? Mais il y avait cet appareil, qui prouvait que les villes se fabriquaient.

Telefunken

Il n'a jamais perdu son statut d'autorité. C'était jusqu'en 1962 : dans la petite salle à manger sombre, qui ne servait qu'aux *occasions* (sinon, c'était la cuisine), sur une table mince à lui réservée, le gros appareil radio de marque Telefunken. Souvenirs associés : le laqué et les reflets sombres des parois de bois lisse, la lourdeur du couvercle rabattable de la partie électrophone en haut, l'odeur très identifiable de la toile jaune vernie devant le haut-parleur ovale, et ce gros œil vert mobile qui indiquait la qualité de réception des grandes et petites ondes. Dans sa période de splendeur, associée à la voix de De Gaulle, et il fallait écouter avec les parents l'incipit qui sonnait comme un générique, *Françaises, Français*.... Les politiques d'aujourd'hui n'useraient plus de ce ton d'autorité naturelle. Puis vient le poste de télévision – je ne le vois pas lui-même, mais j'ai rémanence précise des informations avec ces voix et ces photographies noir et blanc fixes qui évoquaient la guerre d'Algérie finissante. Il y eut ce jour où l'instituteur – Boisseau ou Galipeau ? – avait embarqué la classe en rang deux par deux pour l'arrivée du premier poste de télévision dans une maison du bourg : celle du percepteur. Seulement, en journée, il n'y avait que la mire, et voir l'intérieur de la maison du percepteur – fonction mystérieuse de cet homme autorisé à prendre les sous des autres, qu'en faisait-il donc –, nettement plus intéressant, me laissera une image plus rémanente.

Une fois la télévision à la maison, cette année 1962 donc, le poste de radio est dans le couloir, mais il n'est même plus branché. Il sert à poser des objets. Lorsqu'on déménage en 1964, commence vraiment l'ère de la télévision, non plus pour l'écoute ritualisée, mais présence quotidienne, c'est l'époque de *Thierry la Fronde* et *Cinq colonnes à la Une*, des premiers *Intervilles* à Maubeuge, mais j'ai onze ans c'est déjà trop tard pour que ça prenne de l'importance, j'ai bien mieux avec Poe et Verlaine.

Le Telefunken est maintenant dans notre chambre d'enfants, les trois lits dans la même chambre, avec une cheminée inutilisée au fond, qui lui sert d'appui. La radio m'indiffère : elle retrouvera son importance avec le transistor, c'est celui de mon père, à peine plus grand qu'un paquet de cigarettes, mais la possibilité d'écouter la nuit en cachette et c'est à ce moment-là, ô les concerts en direct du *Pop Club*, qu'on découvrira enfin combien le monde est vaste, et qu'avec ces musiques il peut être nôtre.

Il y a donc une mince période, de cette fin de cinquième en 1965 où je reçois mon premier disque, *Baby Come Back* des Equals, jusqu'à juillet 1967 où j'ai le brevet et enfin mon électrophone pour y passer le *Sergeant Pepper's* des Beatles, où le haut du Telefunken, le couvercle rabattable maintenu ouvert par un petit bras de cuivre, on règle l'onglet de plastique faux ivoire sur 33, 45 ou 78 (il faut une petite rondelle de plastique convexe supplémentaire pour centrer les 45 tours, c'est les premiers Rolling Stones), et finalement je ne sais pas si j'ai tant besoin de la musique – le mouvement noir tournant du microsillon en spirale est un enchantement suffisant.

Puis, ça doit correspondre au printemps 1968, j'ai cette guitare et un micro à boîtier inox en travers de l'ouverture, deux fils dénudés : j'ai dévissé le fond du Telefunken, décâblé la liaison de l'électrophone au boîtier à lampe (pas très difficile, mais souvenir encore un peu effrayé d'avoir pris plusieurs fois le 220 volts là-dedans, le transformateur brûlant, et cette odeur si particulière de la poussière brûlée dans ces parties chaudes), pour la remplacer par l'arrivée des fils de la guitare.

Non, ça ne suffisait pas à faire une *guitare électrique*. Mais qu'on en ait l'illusion, en écoutant bien près du haut-parleur, certainement. Aucune idée de ce qu'il est advenu du Telefunken ensuite, et de son gros œil vert pour les grandes ondes et petites ondes.

casquettes de Moscou

Si on ouvre plutôt, concernant les choses oubliées, les points fragiles de soi-même, je trouve déjà sur ma route ces deux casquettes de Moscou, une à fines rayures roses et blanches, et une autre plus plate en toile blanche. Dans l'hiver et le printemps qui suivraient mon séjour de trois mois à l'été 1978 je les ai portées souvent, et à distance je trouve ça cocasse.

Je n'ouvre pas ces trappes souvent, et j'ai peu à y prendre : trop de distance. Des instants, plutôt – comme ce réveil tôt le matin dans le train couchettes qui filait de Moscou à Leningrad, ou les gares et ceux qui y attendent, ou le *Goum* où ceux de la campagne venaient à la capitale s'approvisionner de choses pourtant essentielles et simples – j'allais souvent dans le *Goum*.

Réminiscence aussi des soirées quand on ne quittait pas l'hôtel, retrouvant alors forcément l'électricien et le tuyauteur qui formaient avec Roland Barbier notre équipe pour le chantier. Le goût du thé au samovar dans le couloir de cet hôtel *Oktobrskaya Plochad*, et l'orchestre payé pour entretenir les heures creuses, parfois on échangeait, et je leur avais laissé mes cassettes en partant (Telefunken aussi, mon petit magnétocassette, souvenir cet été-là d'écouter François Jeanneau, un disque avec du synthétiseur Oberheim).

Si je considère les objets achetés ou rapportés, je revois une librairie, façon soviétique évidemment, les livres emballés de papier kraft et l'établissement compliqué de la facture – avec Roland Barbier nous allions une fois par semaine à l'Institut français, j'ai relu des Dostoïevski et j'étais passé à des contemporains, dont Axionov (*Les Oranges du Maroc*), la bibliothécaire m'avait dit au bout de quelques semaines, d'un air de profonde psychologie, que probablement je faisais beaucoup de fautes d'orthographe. Pourquoi ? Parce que je lisais beaucoup et vite. Je ne lui ai pas répondu quant à l'occupation de mes heures de nuit, j'ai considéré cela comme insultant et désormais, quand j'empruntais mon paquet de livres, je ne lui adressais plus la parole. Parmi les livres achetés dans cette librairie à la soviétique, une méthode russe-français, petit livre cartonné gris que j'ai gardé longtemps ensuite. Souvenir symétrique d'un magasin de disques : ils étaient si peu chers, on y allait aussi avec Barbier, c'étaient les compositeurs reconnus, j'étais revenu avec du Bartøk, du Dvořák, du Janáček, du Beethoven.

C'est qu'une partie de nos frais de mission nous était rétribuée directement en roubles par cette filiale Tupolev où nous convoyait chaque matin une camionnette, et le *traducteur* accompagnateur qui nous était d'office affecté, et sur le plan de Moscou dont je m'étais fourni toute cette zone des usines était blanche et sans rues. Les roubles, on était obligés de les dépenser sur place, alors que même les restaurants qui vous accueillaient vous contraignaient généralement à payer en devises.

Outre quelques voyages, Vladimir-Souzdal, Leningrad, deux achats avaient étanché les roubles en surplus : un accordéon diatonique trois rangées, je l'avais trouvé beau pour ce plastique façon écaille qui le recouvrait, une impression d'années cinquante, boutons de nacre, forme carrée qu'on n'avait pas chez nous. Hélas, jamais pu apprivoiser son système de boutons, revendu en bloc deux ans plus tard, avec mes autres accordéons, le type qui m'avait pris les quatre pour 1 800 francs a fait une affaire. Et puis un appareil photo de marque Zenith, fabrication Allemagne de l'Est, les plus réputés dans toute l'Europe et la marque préférée des communistes.

J'étais contre la photo, par principe. Qui s'occupe du langage doit voir avec les mots, et se contenter de son carnet de notes. Je maintiendrais ce point de vue jusqu'en 2003 et le numérique. Et ces choses mécaniques m'ennuient : boîtier à ouvrir, pellicule à charger, réglage à faire. Je me revois déambuler dans le Moscou qui commençait à m'être familier, pour des photos à faire. Je me revois longeant la Moskva sous l'arrière du Kremlin, cherchant des reflets. Pour moi, je préférais les parcs publics, les rues populeuses, les terrains de football sous les immeubles, mais je n'aurais pas osé photographier (au fait, à la fin du séjour, je revois le chef d'atelier, homme rond et rubicond, mais arborant de nombreuses médailles, nous photographiant avec son équipe, puis lui-même avec nous, devant la machine glorieuse : tout le monde avait un peu bu pour l'au revoir). J'avais terminé une pellicule, commencé la deuxième. Au retour j'ai donné l'appareil avec la pellicule entamée, et longtemps je me suis dit qu'il me faudrait porter la pellicule terminée au développement, elle a disparu avant.

Il me reste cependant deux cahiers. Ils sont rouges, petit format épais, reliure plastifiée souple, inscriptions en russe bien sûr. Je sais où je les conserve : même maintenant, sans jamais utiliser l'écriture manuscrite, je ne peux m'empêcher, dans les villes étrangères, d'acheter des cahiers, s'ils me plaisent. Les pages que j'y avais écrites, je les ai arrachées, sans d'ailleurs me souvenir de la date ni des circonstances. Ce sont donc des cahiers mutilés, je ne me servirais pas d'un cahier dans lequel un tiers des pages a été arraché. Je préférerais aujourd'hui savoir ce que j'y ai écrit, mais dans ce cas je ne serais pas là à écrire ce texte.

J'aimerais me souvenir mieux de comment, où et pourquoi j'avais acheté ces deux casquettes, c'était forcément au *Goum*, mais moi-même j'aurais été bien empêché de m'afficher dans Moscou les portant. Elles ont traîné pas mal de mois, ensuite, dans les affaires qu'on emporte de déménagement en déménagement.

le litre à moules

Pas besoin qu'un objet soit nôtre pour déterminer sa place autobiographique. Entre la rue principale du bourg et la rue dite rue Basse, une traverse. Au bout, le hangar de Jézéquel. Presque vide, un peu sombre, l'impression d'humidité liée peut-être à ses nasses et casiers de mareyeurs, qu'il empile au matin dans sa camionnette. Elle, c'est avec son vélo et sa remorque qu'elle arpente le bourg. Devant le guidon, il y a sa balance romaine. On achète ce qu'elle propose, selon la pêche. Ça peut être des seiches ou un congre, des crevettes grises encore toutes frémissantes et transparentes, une lourde plie très noire ou des soles. Il n'y a jamais *beaucoup* – les empilements des supermarchés m'effraient, à échelle de cette remorque qui longeait la rue, et elle qui lançait son appel, *y a de la sole les ménagères, y a de la moule les femmes* ou quelque chose du genre, je n'ai de souvenir que la voix un peu haut perchée pour le cri, et qu'il suffisait de savoir que c'était l'heure de son passage. Reste aussi le papier journal : le merlu roulé directement dans la chose imprimée, les actualités locales rapportées par *Ouest-France* ou la rubrique nécrologique. Ce qui est sûr, pour moi, c'est la disparition des silhouettes, de lui, d'elle, tandis que l'intérieur du hangar quasi vide, sa lumière assombrie, restent aussi précis que le vélo et sa remorque. L'anse de fer forgé recourbée par quoi la remorque s'accroche sous la selle. Les poids de cuivre qu'on pose sur le plateau de fer-blanc de la balance romaine. Et le litre à moules. Région de mytiliculture, c'est un des éléments imposés de la liste des ressources permanentes, avec les escargots, la salade de pissenlits et les cuisses de grenouilles – on mange des moules au moins une fois la semaine. Comme tous les miens, j'ai le réflexe de ranger les coquilles vides en les emboîtant. On les accompagne de pain et de beurre : ça tombe bien, le territoire du village est fait de prises sur la mer, en partie redistribuées à la communauté. Ceux qui n'ont pas d'activité agricole reçoivent en compensation des *bons de pain*, part de farine annuellement portée à votre compte à la boulangerie (combien de fois ce sera mon surnom dans la classe, puis de mon frère dans la sienne), et les agriculteurs qui pâturent sur les terres imparties à la famille rétribuent en beurre – comme ce monde est loin. Il n'y a aucune raison que je me souvienne de ce litre à moules, un récipient de bois cylindrique, renforcé de zinc. Sinon que c'est le bruit associé, des moules versées du récipient dans le *Ouest-France* (ou *L'Ouest-Éclair*) replié en cornet, qui rappelle et le hangar et le cri, et les poissons chichement posés dans le fond de la remorque, et toute cette économie du nécessaire, de la place relative de chacun dans la communauté. Un jour elle devra cesser d'utiliser ce *litre* qu'on connaît tous, les moules doivent se vendre au kilo. Comme cela touche à un quotidien de si longtemps avéré, l'étonnement m'en demeure jusqu'à aujourd'hui. C'est peut-être pour ça, aussi, que je vois avec autant de précision le *litre à moules* de la Jézéquel.

magnétites

Je vais sans ordre. Je prends les choses selon qu'elles me viennent là dans la main. Selon la curiosité que j'ai de les tenir, quand nous sommes tant requis par l'ordre immatériel, les textes qu'on stocke sur des serveurs loin – rien d'immatériel dans ces transferts de données et lieux de stockage, mais la propriété ne nous en est pas déléguée, quand nous venons d'un monde où c'est cela même qui décidait de la relation entre les hommes, et la reconduction de ce qui les assemble. Je ne garde pas longtemps mes ordinateurs : je n'en tiens même plus vraiment compte, attentif plutôt seulement à ce que les données et les outils qui les traitent puissent être indépendants de la machine même. Près de mon bureau j'ai deux magnétites, une ronde et une ovale. Comme d'acier lourd, et poli. Que la bille de métal tombe et rebondisse, on l'attrapera avec l'ovale. J'en tiens une dans la paume, l'autre me roule sur les doigts sans pesanteur. Je ne peux pas les garder sur ma table : elles risqueraient de fausser ou détruire à jamais ces équilibres électromagnétiques qui constituent nos données, ou le disque dur des sauvegardes, ou la carte de crédit dans le portefeuille. J'ai rarement à téléphoner, et très peu d'interlocuteurs – une de mes défenses est d'ailleurs d'oublier très vite ce que dit au téléphone, pour leur apprendre à expédier plutôt des e-mails. C'est quand je téléphone que j'attrape mes magnétites, et qu'une main joue avec pendant que l'autre tient l'appareil. Je les ai achetées dans cette boutique rigolote de Soho, à New York, spécialisée dans ce genre de curiosités naturelles. J'aime New York, c'est un des rares lieux où je me sente chez moi : si je parle via les objets des lieux de mon enfance et de mon adolescence, cela ne crée pas d'affinité pour autant, et de nostalgie moins encore. New York est une ville de mains vides, de regards et de pas – ville qu'on consomme sans reste. Si, dans les vêtements que je porte, je saurais bien reconnaître ceux qui viennent de cette fois où la valise était parvenue en retard. Mais j'ai ces magnétites.

tige et rondelle jeu glissant

De même, sur mon bureau, cette rondelle d'acier forgé, épaisseur 12 millimètres, les traces de fraisage même pas rectifiées, et la tige à section pentagonale de 20, six centimètres de long environ.

Quand nous quittons la Vendée pour la Vienne, mon grand-père vend son garage, et ils vont s'installer à Luçon, dans une maison relativement grande, avec jardin et divers appentis – dont l'un deviendra son atelier –, et une disposition qui leur permet de transposer assez directement la maison qu'ils quittent, celle dont la porte de cuisine donnait sur le garage, et le séjour sur les pompes à essence. C'est dans cet appentis vitré et silencieux, tout petit, qu'il a installé son étau (en ma possession aujourd'hui, et qu'il tenait de son propre père), une perceuse sur pied et une meuleuse, qu'il s'occupe à des réparations pas vraiment nécessaires. Les tiroirs sont classés et rangés. Je ferai connaissance à cette époque de la tige et de la rondelle.

Né en 1899, il est apprenti menuisier dans le village quand mobilisé en 1916, et – à cause de cette spécificité technique – envoyé dans une usine d'aviation de la couronne parisienne, Puteaux ou Courbevoie. C'est la première épopée aérienne : « J'ai touché le manteau de Guynemer », disait-il en faisant le geste. Plus tard, requis comme tourneur là où on produit en série les canons de 75, il est chargé du frein de recul, j'ai aussi mis à l'abri celui qui ne l'a jamais quitté. À la fin de la guerre, commence la reconversion des matériels militaires en matériels civils : il reste à Paris, habite rue Lepic la même maison qu'un certain Louis Ferdinand Destouches qu'il ne connaîtra pas (pas plus que Francis Ponge, Henri Michaux ou Nathalie Sarraute qui sont nés la même année que lui et vivent aussi à Paris ces années-là), et se présente aux ateliers Championnet.

La rondelle est lisse et brute, la tige circulaire telle que sortie du tréfilage. Ils ont une lime – probablement un pied à coulisse et un compas –, et dix heures. La tige doit coulisser dans l'ouverture à cinq pans de la rondelle, avec *jeu glissant*, sur toute sa longueur. C'est toujours le cas, quatre-vingt-dix ans plus tard. Quand on parle de ces années-là, il trouve toujours moyen de sortir la tige et la rondelle d'un tiroir, et qu'on en reparle.

Plus tard, bien plus tard, ils sont tous deux à la maison de retraite, parfois quand il parle il a des larmes, mais comment faire autrement ? Je crois bien qu'il aurait préféré rester dans son cagibi atelier, quitte à ne plus manger ni rien, et qu'un jour on l'ait trouvé là. Il reste des mystères : de la guerre suivante, il a gardé un revolver, mais quand on a revendu la maison, pas moyen de mettre la main dessus, trop bien planqué. Il ressortira, les munitions étaient avec.

Un jour, le visitant à la maison de retraite, j'étais passé chez eux, avais pris la tige et la rondelle, les lui avais apportées. Je revois sa main s'en saisir. Sur ma table, c'est sa présence, mieux qu'une photo ou quoi que ce soit d'autre. En dix heures, il a fallu percer la rondelle, puis creuser les cinq pans au bon angle, et soigner la perpendiculaire au plan. Puis araser sur la tige les mêmes six pans, la lime travaillant alors de l'extérieur et non plus de l'intérieur, puis commencer la longue approche de l'ajustement.

Il est resté jusqu'en 1924, ensuite, aux ateliers Championnet, le fils du tailleur de pierre, qui ne serait jamais menuisier, et reviendrait dans son village, demanderait un bout de remise à son père, irait ensuite à Luçon chez l'imprimeur pour se proclamer *motoriste*.

jouets

Tout tenait probablement à l'horizon de mer, ligne grisée sur l'horizon indéfini, par grand beau les découpures au loin de La Pallice et ses mâts de charge, le bourg accroché au vieux rocher qui marquait l'ancienne île, et la digue plus loin puisque tout le reste était en altitude légèrement négative. Les autres villages, et même Luçon gardant souvent dans leur géographie la trace de l'ancien port, et le peuplement ici si étrange, via les arrivées de mer, le cabotage des côtes, les bagnards envoyés pour les digues, où se rejoignaient Louis XIV et Napoléon – et le savoir très souterrain de tout cela, regarder bien plus la masse d'eau que ce qui nous appuyait de terre à l'arrière.

Le coffre à jouets est un élément très précis du souvenir, et d'ailleurs il n'aurait pas été question que nos possessions de gosses débordent ce qui était leur assignation finie, ni que nous ne rangions pas. C'était une caisse en mince bois vert marquée Castrol, Castrol étant la marque de l'huile utilisée pour les vidanges sous le pont élévateur, tandis que pour l'essence c'était Caltex.

On farfouillait dans la boîte. Certains des objets remontaient à mon père, gardés ici dans leur fonction d'occupation pour enfants donc recyclables à échelle de génération – ce que nous avons aussi perdu. On était entrés dans un monde neuf de rapport à la consommation et probablement, la mère institutrice et le père garagiste, étions-nous mieux lotis que les copains de classe – je revois aux Noëls une tente d'Indiens ou un train miniature, et qui ne saurait pas pour lui-même faire cet inventaire ; mais à la sortie de classe c'est au garage des grands-parents que nous revenions, et après la tartine beurrée du *goûter* construisions nos jeux, cela partait obligatoirement de la caisse Castrol aux jouets venant du père, complétés des curiosités choisies par le grand-père.

Parce qu'il les réservait à notre intention ? Aujourd'hui je ne crois pas. Plutôt, simplement, par cette impossibilité à jeter, et la curiosité où lui-même était de ces horlogeries, assemblages, miniatures.

Ainsi, nettoyer des *vis platinées* quand plus tard nous aurions ces méchantes voitures à essence ou notre Vélosolex, ce serait une routine. Mais le rotor aux huit enroulements de cuivre d'un Delco, les minces balais de carbone qui en frottaient la couronne, et la légère came qui transformait le courant continu en impulsions et le contact interrompu quatre fois par tour via cette très mince couche de platine sous la petite lame de métal, est-ce que ce n'était pas une leçon qui englobait toute l'histoire des hommes ? Direction la caisse Castrol, et je crois bien que l'émerveillement abstrait de ce rotor sous le mouvement discontinu des deux lames je l'appréhendais comme cela.

Il y avait aussi un mécanisme de commande des phares et clignotants de deux-chevaux. À l'époque nous savions tous dater n'importe quelle Citroën par les marques extérieures de ses accessoires, découpe des vitres, de la calandre ou des phares, et sur la deux-chevaux l'essuie-glace manuel engoncé en plein pare-brise avait fait place à un mécanisme qu'on remontait à la main, les clignotants qui faisaient battre à l'horizontale une tige de plastique orange (tiens, il y en avait aussi une dans la caisse Castrol) venaient d'être remplacés par une minuterie électrique, dans cette même commande qui commutait veilleuses codes phares, et si on poussait ça déclenchait le klaxon.

Mais, décortiqué de son enveloppe de Bakélite noire c'était un monde, là-dedans, tiges brillantes, contacts fragiles et ressorts – et c'est bien comme un monde que nous le recevions, sans compter que la minuterie fonctionnait toujours.

Assez, en tout cas, pour que ce boîtier de commande phares et clignotants de deux-chevaux, serré par un collier sur la colonne de direction, et qu'un défaut d'origine avait dû faire remplacer, soit de toute façon un élément d'importance dans la caisse Castrol, et donc la construction d'imaginaire, si telle est la fonction de ce qu'on décrète *jouet*.

pierre de taille

Si je cherche les objets, je trouve ces deux mains et leur couronne de pierre. Hissées sur une croix de calvaire, mais sans autre référence religieuse.

Dans la communauté d'un bourg, avant la fracture des années soixante-dix, chacun porte les marques extérieures de sa place propre. Elles n'induisent pas de hiérarchie – du moins les hiérarchies se sont construites et accentuées à cette époque : la première voiture vendue en 1925 l'avait été au vétérinaire, la maison du docteur, dans ses hauts murs clos d'ancien presbytère, est plus belle que la nôtre. On franchit par l'arrière le mur du *château* (lire Dominique Sorrente pour regard symétrique) pour aller à l'automne voler des marrons si lisses et sphériques, ce sont les seuls arbres dans tout l'horizon.

Ainsi, les photographies des nouvelles voitures, ou des Citroën 23 vendues à la coopérative laitière, laissées toute la journée sur le parvis de l'église, en face du garage.

Le tailleur de pierre, père de mon grand-père, venait de l'île d'Oléron, ils étaient neuf enfants et la trace de cet humble monde est bien difficile à suivre. Là-bas ils tressaient des paniers à huîtres, comme si le seul héritage c'était cette fonction intermédiaire, fonction non agricole ni pêcheuse dans une société qui y trouve son mode d'organisation. Pas possible de savoir d'où il tient son apprentissage de la pierre, et pourquoi cette installation ici, sauf ce permanent chemin entre côte et îles, d'Ouessant au Pays basque où on retrouve trace du nom.

Il a deux fils, celui qui devient motoriste, et l'autre qui travaille avec lui à la taille de pierre, jusqu'à l'accident. Cette croix, c'est l'adieu du père à son fils, par le métier même qui les a rejoints et séparés.

N'empêche que c'est aussi comme une enseigne : celui qui bâtit les pierres tombales montre par la sienne son savoir. De quel droit sinon la tombe familiale passerait de la tête ses voisines du bourg ? Pour l'enfant, c'est un mystère. Le cimetière on y va pour le fleurir, présence et tenue requises, mais aussi un souvenir d'école primaire, quand on y avait conduit un des mômes de la classe, suite à bagarre avec jet de pierre, encore la pierre.

Il s'agit toujours du caveau familial, je sais les noms, les dates, et l'arbre qui les unit. Il y a deux ans, il a fallu faire de la place. On paye une entreprise pour une *réduction des restes*. On se force à ne pas trop imaginer ce dont concrètement il s'agit. Après tout, ils ont les outils pour cela. Sauf qu'on est tombés sur une entreprise de sagouins, dalle fracturée et recimentée grossièrement, et ils s'y sont pris avec une telle délicatesse qu'elle est tombée, la couronne de pierre avec les deux mains, la partie gauche a éclaté. Ils l'ont grossièrement recollée et replacée, mais la lèpre blanche de la cassure est visible – pour ce qu'elle symbolise, c'est irréparable.

Ce sont des questions qui me dépassent. Mon père n'est pas là, l'urne avec les derniers restes, je crois qu'elle est plutôt dans mon livre *Mécanique* que dans cette dune face mer où il a souhaité qu'on la dépose. Mes grands-parents sont ici, mais ils étaient si légers quand on les y a déposés. Le fils du fils tué, c'est à Luçon qu'il y a deux ans on l'a déposé. Je n'aime pas les cimetières, et j'espère pour moi une évacuation propre et radicale. Ce qui me questionne, dans la couronne aux deux mains, c'est la pérennité du geste. Et quelles mains, tiens, celles qu'il a représentées ?

le mot Dodge

Dans cette distance, ce qui me frappe c'est la masse de temps accordée à l'enfant solitaire. Sans doute ceux d'aujourd'hui se débrouillent aussi pour y faire leur niche. Mais elle est rongée par la vie urbaine, les sollicitations du dehors : notre dehors était infini et sage. J'enviais et n'enviais pas le contexte des copains de classe où le foin, les granges, les animaux autorisaient d'autres labyrinthes. D'ailleurs, pour les deux garçons

Richardeau, les deux filles Boisseau, ou chez les Ferchaud ce n'était pas la ferme, et le rapport à cette construction de l'imaginaire, dans la durée et sous le ciel ouvert, dans le contexte quasi immuable du bourg, était le même que pour mon frère et moi, même sans les camions.

Il me faut relire *Sans famille*, pourtant écrit bien plus tôt, ou *Le Grand Meaulnes*, cinquante ans plus tôt aussi, pour retrouver ce contexte de permanence et variations : j'ai encore souvenir d'un montreur d'ours, qui passait chaque hiver, et comment on nous laissait regarder, le nez à ras de la fenêtre de la salle à manger donnant sur la rue, pièce que pourtant on ne faisait que traverser, pour l'apercevoir. Le *spectacle de rue*, comme on dit aujourd'hui, suppose le spectateur dehors, lui et sa bête placide jouaient pour les maisons – et ce n'était pas forcément de l'ours que venait l'inquiétude, plutôt du genre de vie que cela supposait pour son maître. J'ai souvenir aussi que plusieurs fois par an un camion venait installer à la salle des fêtes un projecteur de cinéma, mais si j'ai assisté forcément aux séances ça ne m'a pas marqué. Le premier souvenir de cinéma date d'une visite à Paris en 1961, je crois que c'était *Le Jour le plus long*, où je retrouvais le récit familial, en version augmentée mais selon les mêmes schèmes. Le cinéma est venu bien trop tard pour moi, et ce n'est pas un art pour les myopes, jamais su le recevoir.

Il y aurait donc ce fil à suivre, pour les Bordin ou les Macaud, ou les Boisseau et Richardeau, de comment l'initiation qu'est toute enfance se construisait îles, grottes et refuges. Et cela les enfants d'aujourd'hui le savent évidemment toujours – pour mon frère et moi, c'était principalement le Dodge.

Les voitures des clients étaient des lieux habités et personnalisés. On y entrait juste pour voir, on ouvrait la boîte à gants, plus tard viendrait le temps des Gauloises volées – on testait l'autoradio. Chaque voiture a une odeur, Aronde ou Versailles, ou la fine Panhard 24, on savait les reconnaître. La Jeep récupérée des surplus militaires américains était plus amusante, mais ne constituait pas une coquille. Le dimanche matin, on accompagnait mon père ou mon grand-père pour rituelle séance de démarrage du camion de pompiers qui semblait d'un rouge très sombre dans ce hangar qui sentait le cuir des vestes, le caoutchouc des tuyaux, mais celui-ci était une sorte d'icône religieuse, bien plus impressionnante que ce que le triste catholicisme proposait à l'admiration – si on montait timidement pour s'installer derrière le volant, on redescendait vite. Le Dodge par contre nous appartenait.

Il s'agissait d'une ancienne ambulance militaire, venue avec le débarquement de juin 1944, et la poche de résistance de La Rochelle avait dû accumuler ici le matériel : on allait au moins une fois l'an à cette casse sur la route de Rochefort, pour les boîtes de vitesses ou cardans ou treuils des Jeeps reconverties à l'entretien des digues – et c'est maintenant seulement que je découvre combien la distance temporelle entre ces années-là et la guerre est bien moindre que ce qui me sépare d'elles aujourd'hui. La partie arrière du Dodge avait été transformée en plateau à ridelles, avec une grue de dépannage. Les roues étaient dures et énormes, les marchepieds à l'américaine d'une épaisseur de tôle qui aurait fait plier le monde. La cabine par contre relativement étroite, un double pare-brise un peu opaque, une banquette de simili cuir vert armée un peu fatiguée, peut-être même du crin par endroits qui fuyait.

L'odeur avec un fond d'huile brûlée, de graisse noire. On poussait à la main les deux essuie-glaces depuis un levier dans la tôle, et les arceaux de fer qui protégeaient les phares les rendaient indestructibles.

Dans le bas du garage, il était garé dans le même angle, on ne le sortait que pour les dépannages, souvent le dimanche matin puisque les quatre-chevaux Renault plongeant dans les fossés du marais c'était plutôt les retours de bal. Le treuil principal sur le plateau arrière, un autre treuil en bascule sur l'avant, et deux leviers de vitesses, un pour l'avant et un pour l'arrière, ce qui me fascinait dans cette cabine, et encore plus quand on roulait, c'est qu'à ces interstices des leviers de vitesses elle ouvrait directement sur la route qu'on voyait défiler dessous – j'ai aussi souvenir de cette vibration qui vous prenait là-dedans en roulant, et qu'il fallait crier pour s'entendre.

À quoi on occupe les heures qu'on passe enfant dans un camion immobile ? Ce sont des rêveries actives. Un des jeux consistait à sortir de la cabine et passer dans le plateau à ridelles sans poser pied à terre, ou contourner l'immense capot moteur par les rebords, jusqu'à la calandre avant, et revenir par l'autre portière. Il a dû nous arriver aussi de monter sur le dessus de la cabine – je me revois perché là, mais seulement quand on était assurés, les dimanches midi en fin de repas, d'être sans surveillance.

C'est au point que dans le garage suivant, donc entre mes onze et seize ans, le gros Citroën jaune qui servait de dépanneuse 4 × 4, lui aussi avec flèche arrière et treuil avant, servait aussi de repaire du dimanche, pour de longues heures calmes, désormais avec livre. Mon frère récemment m'a dit que ce camion, trop lourd et plus du tout aux normes de sécurité, il n'avait même pas trouvé de ferrailleur pour l'évacuer, et avait dû le scier lui-même en quatre au chalumeau. Ça m'a amusé, j'en aurais bien récupéré un morceau, la grosse calandre arrondie. Le mot Dodge suffit encore à m'émerveiller, comme l'an dernier lorsqu'on est allés de Québec à Toronto dans une Dodge de location, d'ailleurs bien plus instable en conduite sur route que les Chevrolet ou Toyota qu'on louait habituellement. Et si grimper dans un camion arrêté est encore aujourd'hui un exercice pour moi de grande tension imaginaire, je dois en conclure quoi, pour moi-même ?

quoi faire d'une hélice d'avion

Parce qu'en gros on avait acheté le garage avec tout ce qu'il y avait dedans. Ce qui m'en reste, plutôt qu'une terreur, tiendrait plus d'un examen qu'on sait important, dès notre arrivée suivant le camion de déménagement, tous ces trois jours qu'il avait fallu pour *l'inventaire*, meubles de bureau, stocks de pièces détachées et cartons d'huile, machines et outils (le tour on l'avait apporté de Vendée, il n'y en avait pas sur place, je revois la douzaine d'hommes requis pour le déplacer). L'appartement où on s'installait, juste au-dessus du porche d'entrée, était lui parfaitement vide, mais le grenier au deuxième parfaitement encombré.

Trois fenêtres empoussiérées qu'on n'aurait pu ouvrir. Un plancher inégal, avec des lattes manquantes. Au milieu, les éléments de carrosserie, ailes de deux-chevaux, capots de DS, pare-brises et portières. On y défilait sans toucher, comme parmi une armée morte. Mais le père Chagnaud avait laissé, par paresse, un tas de croûtes diverses auxquelles mon père avait interdit qu'on touche, mais le temps passant il fallut bien se faire à l'idée que ce n'est pas leur propriétaire qui nous en débarrasserait.

Ainsi, une large hélice d'avion que je vois en bois noir, une hélice à deux pales hélicoïdales, lourde, posée là au fond par terre. Ainsi, une suite de cuves pour développement photographique, et des restes de produit dans des bocaux fermés, je ferais quelques expériences avec, et puis nos livres, sur des étagères : les livres n'avaient pas vraiment droit de cité dans l'appartement, de toute façon c'était trop petit, ici ils se déployaient mieux.

Bizarre comme je peux refaire à distance le détail de ce désordre : en Vendée nous n'avions pas de *grenier*, le mot lui-même déjà presque une survivance. Les poutres de bois de la vieille maison sentaient la poussière. Dans un recoin fermé par une porte, d'autres étagères gardaient des pièces de voitures elles-mêmes disparues, bougies, roulements à billes, moyeux ou engrenages dans leur cire brune durcie. Ailleurs, un ensemble disparate de verreries dont je me suis toujours demandé la provenance. Deux masques à gaz dans leur étui d'aluminium. De vieilles revues d'ameublement. Des diplômes et trophées, chasse ou rallye automobile, à la gloire de celui qui les avait abandonnés là.

Dans un carton, les registres toilés noirs avec les archives de la comptabilité du garage avant nous. Au bout, il restait souvent des pages blanches, j'y ai eu mes premières expériences d'écriture – des débuts de roman. Ça n'allait pas loin, mais comme il y avait autant de registres que je voulais, je les replaçais avec le récit en panne, j'en commençais un autre dans le suivant.

Autant que je me souvienne, un siège arrière de deux-chevaux avait échoué là. La rumeur de la petite ville nous parvenait faiblement (j'associe encore mon frère à ces heures de grenier), la température sous le vieux toit d'ardoise amplifiait soit le froid, soit le chaud du dehors. J'étais assis sur ce siège arrière de deux-chevaux, il y avait à proximité ce carton avec les registres toilés noirs dépositaires de mes romans futurs (vague souvenir aussi de récits cryptés, suite à la découverte du *Scarabée d'or* d'Edgar Poe), les après-midi duraient comme une année.

Parmi les livres, ma mère avait osé installer sur une des étagères ceux qui lui appartenaient : avec cachet encreur de l'école normale d'instituteurs de Luçon, c'étaient ses prix obtenus juste après la guerre (son premier poste au Mazeau, dans le Marais poitevin, doit dater de 1951, son mariage lui vaudrait un prochain poste à L'Aiguillon-sur-Mer, et après ma naissance enfin sur place Saint-Michel-en-l'Herm). De ces livres grand format à reliure cartonnée rouge illustrée, je me souviens de titres comme *Anna Karénine* et *David Copperfield*, l'étrangeté aussi d'un Dostoïevski. Lire *Anna Karénine* est définitivement lié pour moi à ce siège de deux-chevaux accoté à un des poteaux de la charpente, dans le silence de ce grenier encombré par les éléments de carrosserie.

Mais ce qui demeure le plus vif, c'est cette hélice de bois noir à deux pales. Dans mon souvenir, je la vois très grande, pas sûr qu'elle soit aussi large. Je l'associe au mot *Breguet*, mais sans preuve. De sa provenance, de sa raison d'être ici, aucun renseignement. On est restés là cinq ans : ce qu'elle est devenue quand tout cela a été vidé, en 1969, tandis qu'une supérette investissait le garage, aucune idée non plus.

Si je déplace la main en fermant les yeux, je reconnais la forme hélicoïdale des pales et leur bord d'attaque. Plus tard, en école d'ingénieurs, on aurait de méchants exercices d'aérodynamique avec intégrales sur des objets similaires.

J'appartiens à un monde disparu – et je vis et me conduis au-delà de cette appartenance. C'est probablement le cas pour tout un chacun. La question, c'est l'importance et la rémanence matérielle d'un tel objet, parfaitement incongru, parfaitement inutile, dans le parcours personnel.

sous cadenas

Les périodes ne manquent pas, où on vit sans les choses. C'est la limite de la série entreprise ici : on part un an à l'étranger, on reçoit par les yeux, la parole, l'expérience, on revient avec aussi peu qu'on est parti mais les choses laissées vous attendaient, on enlève la poussière, on reprend sa vie assise.

Je saurais faire la liste de ces saisons ou ces années sans choses ni objets. Par exemple l'année scolaire qui va de septembre 1969 à juin 1970. À distance, cela me paraît une période de gloire, tournant de la guerre au Vietnam, meeting de Jacques Duclos et grandes manifestations (pour Angela Davis, ou c'était juste après), ces albums rock de l'âge d'or, *Get Yer Ya-Ya's Out*, le premier *Led Zeppelin*, la transformation désormais radicale que Mai 68 avait imposée à notre quotidien : comme si la vie passait enfin en couleurs, et puis « on » avait marché sur la Lune.

Je suis en terminale au lycée Camille-Guérin de Poitiers. Interne, j'arrive le lundi matin et repars le vendredi soir, resterai parfois aussi le dimanche. Il y a trois terminales, une de biologie (terminale D) qui remplit la première salle d'étude, une littéraire qui accueille beaucoup d'externes (ceux de Poitiers ville) mais peu d'internes (fait social à creuser) et partage la deuxième salle d'études avec nous, les scientifiques (terminale C), avec lourde place faite aux maths (je revois pourtant très peu le visage du professeur, il me semble une jeune femme qui avait tendance à léger bégaiement quand elle ne contrôlait plus sa classe). On ne s'imaginait pas que l'économie, où on enfourne désormais des classes entières, puisse intéresser quiconque – il existait, mais pas dans notre lycée, des terminales G avec comptabilité.

Le centre de gravité, c'est cette salle d'étude où nous avons notre casier et notre bureau (en fait deux bureaux placés à angle droit), nous y sommes une heure chaque midi, puis en continu de 17 h à 21 h 30, avant le dortoir par box de six – et là aussi une armoire avec cadenas.

En tant qu'internes nous sommes astreints au port de la blouse dans l'établissement, blanche le lundi et bien moins blanche le vendredi (je porterai à nouveau une blouse en 78-79 dans mes deux premières années d'usine). Il m'en reste une sorte de sentiment d'anonymat : que je repense blouse, et l'individuel disparaît, je ne vois plus que mouvements de groupes, de dos ou en ligne (attente à la cantine, attente devant les classes, attente pour le dortoir ou pour en descendre).

De l'armoire dans le dortoir, cadenassée en journée, impression qu'elle est plutôt vide, quelques vêtements de rechange, le sac pour le retour, la trousse de toilette. Notre vie privée, elle est dans le casier de l'étude. Quand j'en ouvre les deux portes à la perpendiculaire, elles sont tapissées de photos de rock, découpées dans *Rock & Folk* ou *Best*. À mesure que l'année passe, et que mes découvertes se transposent dans les livres, cette « déco » me devient indifférente, mais je la garde pour ne pas me déjuger. Quelques livres scolaires, recouverts de Cellophane transparente, dans la rangée du bas. Les classeurs pour chaque matière sont dans le casier perpendiculaire, sans cadenas : on se recopie souvent les cours et exercices les uns sur les autres. Et dans le casier à cadenas, ce qu'on appellerait aujourd'hui les « compléments alimentaires » : à 17 h on fait la queue pour les restes de pain de la cantine, on étale dessus du pâté qu'on achète par paquets de cinq boîtes le mercredi à la supérette du coin, un peu plus bas (elle y est toujours), on ouvre en insérant l'ongle dans un œillet de métal et je n'oserais plus en consommer aujourd'hui. Mais le cadenas ne sert à rien : les durs du fond de l'étude, Viaud et Cardinet notamment, s'en sont fait une spécialité, prêts chaque fois à donner la preuve qu'ils en manipulent les serrures ou les codes en moins de deux minutes.

Peu nous importe les boîtes de pâté qu'on étale sur le pain rapporté de la cantine, mais comment imaginer qu'on stockerait dans le casier quoi que ce soit de personnel, écriture ou cahier ? Je me revois *écrire*, je ne me revois pas *garder*. On ne doit pas amincir la cuirasse : ce qu'on est, le garder mais à l'intérieur.

Pourtant, je ne crois pas que des possessions plus précieuses nous aient jamais été volées : au-dessus de mes livres de classe, j'ai mes 33 tours vinyle les plus précieux, il nous arrive le midi d'aller dans une salle avec électrophone, et le mercredi on descend chez Vergnaud, dans le centre-ville, où le disquaire – pourtant bien plus spécialiste jazz et blues, mais nous l'ignorons – nous laisse écouter à volonté les nouveautés que nous n'avons pas les moyens de nous acheter. Avec Jean Arnault, mon voisin d'étude, nous achetons à deux le double album de Chicago Transit Authority et *Ummagumma* des Pink Floyd : j'aurai le 1 de Chicago et le 2 des Floyd et lui l'inverse.

Plusieurs d'entre nous pratiquent la guitare, dont un boutonneux qui y est exceptionnel : souvent nous l'écoutons nous démontrer les plans exacts de Clapton et des autres, je comprends cet automne-là que le vieux rêve entretenu dans ma toute petite ville est balayé d'avance.

Les terminales C occupent les deux tiers de la salle, et l'autre tiers, la rangée de droite le long du mur du couloir, est occupé par les littéraires, eux en blouse grise. Ils sont cinq, dont Bozier, Savigny, Chuillet. Chuillet ne quitte jamais le lycée de tout le trimestre, porte une ficelle en guise de ceinture. C'est aussi un remarquable joueur de clarinette (ou de hautbois) et parfois le midi je vais l'écouter répéter. Bozier le mercredi rapporte *L'Humanité*, c'est le seul journal à notre disposition parce qu'aucun de nous n'aurait l'idée d'en acheter, on lit donc tous *L'Humanité* le mercredi soir et peu à peu le monde se met en place, une place qui ne correspond pas à ce que nous en percevions de Loudun, Saint-Maixent, Doué-la-Fontaine ou Civray. Certains tiennent ça violemment à distance, comme Éric Pied ou Chargelègue, et cette violence aussi m'étonne. Au contraire, Pierre Douteau ou Jean Arnault (les parents parisiens pensent qu'on redouble mieux en province) fondent une section UNCAL, l'onde 68 continue de se propager. Bozier est aussi celui qui nous prête les livres : la collection *Poésie 1* (mais peut-être je me trompe, il doit se souvenir mieux), en tout cas Éluard et les *Manifestes du surréalisme*. Il est dur avec ceux d'entre nous qu'il considère issus d'un monde soumis aux lois petites-bourgeoises, l'imagerie rock en étant une des composantes. Et pourtant il nous prête ses livres : si nous n'irons pas bien loin sur les chemins de poésie, au moins saurons-nous plus tard, grâce à lui, en reprendre les pistes.

En tout cas je découvre cet hiver-là, via Bozier et Arnault, que le compagnonnage avec certains livres passe par le fait de les ouvrir mille fois en y trouvant chaque fois une autre chose, brève et dense, qui vous exclut vite mais vous en laisse porteur, sans jamais cependant les lire d'affilée, ni même en entier – j'identifie cette idée à ma découverte des Poésie Gallimard, Paul Éluard le premier, puis l'éblouissement à *L'Homme approximatif* de Tzara, non pas emprunté à Bozier mais acheté de moi-même, pour le titre d'une part, et nom mystérieux d'auteur ensuite, et qui serait si longtemps mon livre fétiche, la découverte qu'on n'entre pas dans un livre par la raison. Je ne connaissais encore ni Baudelaire ni Rimbaud : l'histoire de la littérature commençait pour nous avec Robbe-Grillet pour la prose, les surréalistes de l'autre, comment s'en plaindre.

Dans le casier au cadenas, sous la possession la plus symbolique, nos hiératiques 33 tours (les roulements sombres du premier album de Led Zeppelin, en janvier 69, avaient donné la couleur intérieure, et ce mois de janvier 70 au lycée ce sont les feulements de

Whole Lotta Love qui nous rassemblent à midi au foyer, après la cantine, pour réécouter une cinquantième fois en stéréo. Et, plus encore que Tzara et Éluard, c'est un livre à couverture orange que je revois soudain : aux Éditions sociales, *L'Idéologie allemande*.

Si l'année avec blouse et mauvais cadenas fut une année sans objets, j'avais pris possession de ma cervelle. J'aurai plus tard d'autres chambres avec aussi peu de bagages. À quarante ans de distance, découvrir progressivement une indifférence intérieure : il y a bien sûr cet ordinateur sur mes genoux, pour fignoler ce texte. Mais l'impression d'un double mouvement : un « en-avant » qui s'établissait par les objets eux-mêmes, et ce même « en-avant » qui se prolonge maintenant de l'autre côté d'une joie à en disposer, les acheter, se les approprier ou les transmettre.

machines à écrire

J'ai possédé en propre six machines à écrire mécaniques puis électriques, enfin à sphère et marguerite, avant de disposer d'un premier ordinateur à traitement de texte, l'Atari 1040 en 1988.

La première que je me sois achetée : je suis à Paris, encore en intérim, mais de la chambre en partage avec un copain rue La Fayette j'ai migré vers une autre où cette fois, rue de Trévise, je vis seul, et c'est aux Galeries Lafayette, dont le dernier étage dissimulait un rayon papeterie, que j'achète cette portative Olympia rouge, dans les 800 francs si je me souviens bien, mais mon salaire doit avoisiner désormais dans les 4 000.

Je m'en sers de 1977 au début de 1981, lorsque la rédaction de *Sortie d'usine* accroît brutalement la quantité de pages à dactylographier. J'habite alors rue Rochechouart, près du square d'Anvers, avec au coin de rue une sombre et étroite boutique qui vend des machines électriques : des Smith-Corona. J'en aurai deux successives, la première faisant un raffut épouvantable, rien qui la distingue mécaniquement de la précédente, c'est un électroaimant qu'on déclenche par le clavier et qui appelle la percussion du bras. La seconde est un peu plus agréable, elles valent respectivement 1 100 et 1 400 francs, et il m'avait suffi d'une petite annonce dans la boutique même, plus tard, pour m'en débarrasser.

C'est l'année où, entre le premier refus des éditions de Minuit et leur acceptation un an plus tard, je n'ai plus de ressource, je me procure des thèses à dactylographier et corriger – souvenir de cette thèse sur Proust d'une Brésilienne, je rajoute des pages et quand je les lui signale, elle me dit qu'on peut les laisser.

Pour une meilleure compétence, je me procure d'occasion une énorme IBM à sphère, avec la possibilité d'avoir une police différente pour les titres, et des formats variables pour le texte, les italiques par exemple. Mais elle se dérègle tout le temps, et, de lassitude, je fais cette folie de basculer à une Adler à marguerite – le prix passera à 2 500 francs pour ma première, à 3 200 pour la dernière, cette fois je peux dater avec précision : printemps 1986. Au lieu de la sphère fragile, des rosaces de plastique, une frappe très silencieuse, et une innovation technique considérable : on dactylographie à son rythme, et tous les soixante caractères la machine reprend l'ensemble de ce qu'on a écrit, aligne les fins de phrase. La deuxième des Adler permettra même, pour la première fois, de corriger sur un minuscule écran une faute de frappe parmi les quinze ou vingt derniers caractères. Sinon, ce sont les années Tipp-Ex, on refrappe en intercalant le petit papier rectangulaire ce qu'on veut effacer, et on récrit par dessus.

Et il me suffit d'écrire cela, sur ce minuscule ordinateur posé sur mes genoux (elles étaient énormes et lourdes, ces machines, mais elles avaient un couvercle rigide et une poignée qui permettaient qu'on s'en accompagne comme d'une valise, de Rome à Berlin), pour que revienne tout neuf ce mystère de la découverte des pages, la pile des pages reprises devenue six ou dix fois plus hauts que le manuscrit lui-même, et les précautions qu'on en avait.

Mais taper à la machine, je l'ai toujours su : dès Saint-Michel-en-l'Herm, où ma grand-mère utilisait pour sa comptabilité et ses factures une Olivetti de couleur verte, à laquelle nous n'avions pas le droit de toucher. Mais à l'autre bout du petit bureau, donnant sur les pompes à essence, la hiératique Remington noire qui l'avait précédée, et qu'on gardait probablement « en secours » : nous avions le droit de prendre dans la corbeille à papier une feuille jetée, de l'y insérer et essayer. Je revois plutôt la Remington dans sa triste fin, passée définitivement dans le territoire des enfants, y pratiquant des *clusters*, touches appuyées simultanément de plusieurs doigts, et les longues tiges brillantes s'emmêlant en étranges figures. Nous héritions aussi des rubans bicolores noir et rouge (une touche sur ces anciennes machines surélevait légèrement la bobine et permettait de changer de couleur). Et de la toile de nylon fine du ruban bicolore, enroulée sur sa bobine de métal noire, et qui laissait des traces aux doigts quand nous la dévidions, les applications étaient multiples. On n'aurait pas jeté une bobine métal vide.

Lorsque nous déménageons en 1964, c'est une Japy électrique qu'il y a sur le bureau de ma mère. À son tour de saisir les factures. Là je viens le dimanche, quand tout le garage est à nous, d'ailleurs parfois j'aide, mets à jour le fichier clients ou celui des immatriculations. Mais sur la Japy j'improvise des écritures, et saurai dès lors dactylographier à vitesse courante : chose d'évidence pour les gamins d'aujourd'hui, chance moins courante alors.

Aurait-il fallu conserver ces masses complexes de métal manufacturé ? Au décès de mes grands-parents il y a encore chez eux la petite Olivetti verte avec couvercle. Les machines ont cette capacité de produire elles-mêmes leur propre annulation : à telle distance de temps, que ce soit pour mes machines personnelles, ou celles qui ont été la première découverte, pas d'attachement particulier. L'enfoncement brut des doigts, le rythme attaché à la lettre et non à la phrase, le retour chariot et toutes ces complications de rouleaux pâlissants, de bras coincés, c'est une mémoire de geste, pas du cœur. Bien curieux de voir ces vieilles Remington si souvent utilisées, même sur le Web, comme symbole de l'écriture littéraire moderne.

transistor

On est fin 1964. C'est l'apparition du break Ami 6 : un premier signe avant l'expansion massive de la voiture moyenne – il restait sept ans avant les rocades, les autoroutes, la fin. Le garage récemment acquis par mon père va multiplier brusquement son activité, et symétriquement le garage Tabarin qui propose la 204 Peugeot. On a embauché plusieurs jeunes mécaniciens.

Sur la place Leclerc, qu'on appelle encore place d'Armes, il y a l'église, un des deux cafés principaux (l'autre sur la place des Halles, et probablement deux ou trois dizaines de cafés minuscules, mais ils ne comptent pas et disparaîtront), et puis la pharmacie, la librairie-papeterie Baylet, les vêtements Gardès, le bijoutier Logeais et l'électroménager Chauveau. Il n'y a plus grand-chose de tout ça aujourd'hui : dans toutes ces petites villes, un ou deux marchands d'assurances, un ou deux cabinets paramédicaux ou matériel orthopédique, et pour le reste on ferme, les maisons de retraite étant souvent devenues le premier employeur de chaque ville.

Pour Chauveau, la révolution sera encore plus brutale que pour nous : les téléviseurs tiennent la place noble dans la vitrine, même bien avant la couleur. Mais l'équipement des familles en lave-linge, en voie de généralisation, contribue certainement bien plus à leur essor. Quand Civray sera désenclavé, on ira acheter tout ça dans les grandes surfaces à Poitiers, pour l'instant ça ne viendrait à l'idée de personne.

En tout cas, dans cette longue caverne des merveilles qu'était déjà devenue leur boutique rallongée, agrandie, sous les lustres à trois branches pour la salle à manger, les Cocotte-Minute brillantes et les rayons d'ampoules, il y avait place pour le rêve : ils étaient les seuls à Civray à vendre des disques, je crois bien que c'est chez eux, parmi les machines à laver, que j'achèterai cinq ans plus tard mon *Double Blanc* des Beatles.

Mais le rêve, en cette fin d'année 1964, c'est l'apparition des *transistors* qui l'incarne.

Avec la complexification et la fabrication mondialisée des circuits électroniques, on n'emploie plus le mot transistor. Dès cette époque, et ces talkies-walkies à monter soi-même qu'on recevait à Noël, jusqu'à mes débuts industriels, je sais bien qu'un transistor c'est une bête à trois pattes et haute tête ronde, et si la diode c'est un mince clapet, le transistor joue le rôle du robinet mélangeur eau chaude eau froide, ou de l'écluse, comme on veut.

Des transistors, il y en a des milliers et milliers dans un millimètre carré de nos modernes processeurs, dans le moindre téléphone, mais, en se faisant invisible, le mot a disparu du vocabulaire. Nous apprenions à parler l'électronique courante, le mot en lui-même nous émerveillait, nous savions la valeur d'une résistance rien qu'aux traits marron bleu rouge vert qu'elle portait sur le ventre, selon épaisseur, nombre et ordre (mais j'ai oublié le code).

On appelait transistor, par extension, les récepteurs radiophoniques qui, en abandonnant la lampe, s'étaient d'un coup miniaturisés. Chez Chauveau, on les avait installés sur un présentoir devant la porte, à l'extérieur, petits rectangles de plastique dans un étui de plastique souple, et reliés par une chaînette au présentoir, de telle façon que le présentoir restait dehors quand le magasin fermait, entre midi et deux heures. Nous avions désormais à la maison un poste de radio portable, mais bien plus gros – et quand on déjeunait, dans la cuisine, il était allumé, la bascule avait commencé. Mais j'étais venu plusieurs fois les voir, devant le *présentoir* de chez Chauveau, les tout nouveaux *transistors* – ce que ce mot emportait alors du mot *trésor*, sans parler de la promesse de la petite antenne télescopique et orientable.

Derrière le garage il y avait un bout de terrain, comme dans tous les garages on y stockait les vieux pneus, la vieille tôle (mode d'emploi les années à neige : on prend un capot de deux-chevaux accidentée, on le monte en haut du tas de pneus, on glisse – mais on n'avait pas souvent de la neige), un cabanon pour l'huile de vidange et un autre pour l'acide à batterie. Il y avait aussi les véhicules épaves, et un mur du dessus duquel, en circulant, on observait tous les voisins par l'arrière. C'est dans un de ces véhicules à l'abandon que je l'ai trouvé, le même transistor que chez Chauveau, tout brillant, tout neuf. En territoire neutre.

Je m'étais débrouillé pour me procurer la pile neuve : j'avais mon propre appareil radio et c'était magnifique. Il n'était *à personne*, je l'*avais trouvé*.

En tout cas c'est bien ce que j'ai tenté d'expliquer à mon père, quand il a débusqué l'objet deux jours plus tard. Ça devait bien valoir dans les 300 francs, c'était un luxe. Confisqué, bien sûr, étape 1. Retour chez Chauveau, bien sûr, étape 2 : oui, dit le bonhomme, on lui en avait bien fauché un, trois ou quatre jours plus tôt. Ce n'est pas une chaînette comme celle qu'il tressait dans les poignées des transistors neufs qui pouvait dissuader une main experte en mécanique.

La rage, le gâchis, pour ce qui m'en revenait je pouvais progressivement l'acclimater. Mais est-ce que je n'avais pas volé l'appareil à celui qui l'avait détaché du présentoir au vieux Chauveau ?

Pendant deux ou trois semaines, je n'osais même plus traverser l'atelier, de crainte que celui qui avait planqué l'appareil, mais ne se doutait pas qu'une des premières qualités naturelles des gosses c'est cet inventaire permanent et mobile de leur territoire, et principalement de ce qu'il peut comporter de cachettes, m'en demande raison – pour lui et pour moi, non pas pour Chauveau.

Je crois bien que mon père, pour arranger l'affaire et ne pas exposer un de ses gars à la vindicte publique, avait payé le transistor à Chauveau, on n'en avait pas besoin mais ça permettait de sauver la réputation : il n'employait pas de *voleurs*. Et donc, tout cela oublié, quelques semaines plus tard, la nuit dans le noir, sous l'oreiller, une oreille sur le minuscule haut-parleur, je commençais comme des milliers d'autres de mon âge d'écouter le *Pop Club* et les concerts en direct la nuit – l'année 1965 venait de commencer, allez donc voir ce qui se passait, cette année-là, dans la musique en anglais.

L'appareil n'était pas à moi, mais du moins je pouvais l'emprunter en bonne légalité. Sans celui qui avait voulu le piquer à Chauveau, et l'avait planqué trop maladroitement dans l'arrière-cour, le pop ne me serait pas arrivé si tôt.

la boîte aux toupies

Parler de toupies juste pour le besoin ici que ça tourne, que ça fasse tourner la tête, qu'on n'ait plus soi-même de prise sur sa mémoire, qu'à travers ces figures trop rapides, en provisoire équilibre ?

Ainsi cette cuve métallique au milieu des manèges, qu'on actionnait par un volant de fonte au milieu, à en perdre l'équilibre quand plus tard on en descendrait, presque soûl. Le mot toupie viendrait du germanique *zopf*, pointe, et d'un jouet tournant lancé avec une ficelle, devenu ensuite celui de l'outil sur la fraiseuse, qui creuse, puis tout simplement celui du jouet banal : souvenir un Noël d'une toupie en fer-blanc (on avait beaucoup de jouets compliqués en fer-blanc, avec dedans des ressorts, et peints de toutes décorations imaginables, avant que le plastique n'y mette ordre), donc un genre de soucoupe volante, la poignée sur le dessus liée à une crémaillère qui la mettait en mouvement via toutes sortes de claquements accélérés, puis posée sur une sorte de ventouse elle penchait en tous sens et il s'y allumait des lumières. Ce genre de jouet dont on se lasse assez vite, qui cassait en général à ce moment-là, à moins même qu'on ait déjà eu la tentation de le démonter. Finissant alors dans le fond de la caisse à bidons d'huile qui servait de coffre à jouets, plus rien qu'une forme cabossée et inerte, puis on la jette.

J'ai eu des toupies de bois, dont une plus fine, qui tournait et tournait en dessinant des chemins en spirale sur le bois lisse de la table ou la toile cirée de la cuisine, ou même ce plateau qu'on nous donnait les jours de grippe ou de rougeole, qui ne font pas de si mauvais souvenirs, et que la fièvre semble à la fois ralentir et agrandir. Et l'étonnement, à voir surgir ces minuscules toupies de façon aussi nette, de ne plus savoir à quelle maison les rattacher, côté grands-parents maternels ou paternels, Damvix ou Saint-Michel-en-l'Herm : mais simplement parce que de chaque côté, très vite, ensuite, je revois deux boîtes pour remiser spécialement les toupies et elles seules.

À Damvix, une boîte en bois tourné, au couvercle qui s'emboîte, et dedans trois toupies en buis, dont une minuscule dont on nous interdisait l'usage hors de la présence du grand-père. À Saint-Michel-en-l'Herm, je revois une suite de boîtes – et très clairement l'étagère du petit meuble bas où elles étaient rangées – la plus belle, chaque face en était un miroir, et les autres plus modestes, par exemple boîte de bougies Marchal au couvercle retenu par un anneau de caoutchouc découpé dans une chambre à air conservée pour cet usage (et j'en fais toujours autant). Quand on ouvrait la boîte aux parois en miroir, un intérieur de peluche rouge, et dedans deux toupies de forme octogonale dans ce plastique dur dont on faisait aussi les dés à jouer.

Rien d'autre : des deux côtés du département, des gens qui ne se connaîtraient que tard, par l'arbitraire du mariage d'un de leurs enfants, conservaient sur l'étagère aux choses précieuses de minuscules toupies enfermées dans une boîte qui leur est réservée. Je n'ai pas souvenir que chez mes parents on ait pratiqué cet usage. Je n'ai pas souvenir d'avoir jamais acheté de toupie à mes propres enfants – on trouve pourtant dans chaque centre-ville ces magasins de jouets qui font dans le joli, et visent plutôt comme clientèle les parents ou grands-parents qui achètent pour compenser leur propre nostalgie.

Le musée canadien de la Civilisation m'apprend que, dans l'Antiquité, la toupie symbolisait le mouvement de la rotation terrestre, sur son axe oblique, et qu'au XIVe siècle, en Angleterre, chaque village disposait d'une toupie géante. Cette très vieille fonction aurait survécu dans nos sociétés rurales, et nous l'aurions liquidée comme si ce vertige ne nous concernait pas ?

Jacques Rogy

Je n'ai jamais manqué de livres. Ils sont passés dès l'enfance au premier plan d'une expérience de vie que la routine du bourg rendait assez médiocre. Ce qui en reste et a fait qu'on préférait les choses, c'est cette violence sourde qui nous rejoignait jusque dans la cour d'école, et c'est comme lorsqu'on nous menait en rang par deux à la ferme d'à côté assister au spectacle annuel du cochon qu'on égorge : pas beaucoup de place pour le rêve. Ajouter la myopie : mieux valait lire.

Souvenir extrêmement précis et concret de tout ce qui est associé aux premiers livres : cette île grande comme les deux bras d'un enfant, dans un album dont je ne visualise plus rien d'autre. Après, le temps des collections : la Rouge & Or, premiers émerveillements, pourtant écrit gros, et ne dépassant pas l'âge du cours moyen. Puis la Bibliothèque verte, les *Club des cinq* et les Jules Verne (*Michel Strogoff* en deux tomes, mais un seul très épais pour *Vingt Mille Lieues sous les mers*), la façon dont ces livres s'accumulaient sur l'étagère, c'était forcément avant mes dix ans. A pris le relais une collection de récits plus complexes, la Bibliothèque de l'amitié. Là encore, je devais bien en avoir accumulé une vingtaine, la plupart basés sur des fictions avec héros adolescent, une traversée de l'Australie, des aperçus de l'Afrique – ma mère devait choisir ceux qui concernaient plutôt les garçons. Celui dont je me souviens le plus précisément concernait les Chantiers de Saint-Nazaire, où nous-mêmes étions allés voir le *France* en construction (donc avant son lancement le 11 mai 1960) : des gamins s'équipaient d'appareils de plongée pour entrer clandestinement dans la cale et pénétrer les lieux interdits. Le livre, décidément, était ce qui permettait de passer les frontières du réel mesuré et perceptible.

Comme ce livre qui est toujours en ma possession, même si couverture et pages en sont maintenues par un élastique : *François Crabet*, outre l'ambiguïté du prénom, raconte l'aventure d'un crabe partant de la digue de l'Aiguillon pour venir jusqu'au rocher de la Dive et à Saint-Michel-en-l'Herm. Ainsi donc, il était possible de commencer dans un livre, et de finir dans notre village réel : les crabes on les consommait à pleins seaux, comme les têtes de seiches ou les *pibales* à la saison. Une fois, repartant à l'école pour l'après-midi, sous l'étal du poissonnier du matin nous en avions trouvé un, de crabe. On l'avait planqué dans le chiffon du tableau, et la solidarité des camarades s'était effacée devant la colère de Guy Boisseau, l'instituteur, souvenir assez amer. Dénoncé, j'avais dû moi-même le porter aux toilettes à la turque et le voir y disparaître. Crime définitivement associé depuis lors à ma lecture de *François Crabet* : que la lecture puisse porter toutes vos hontes, c'est aussi ce qui m'y a enraciné.

À la maison, tenant la place d'honneur, les livres d'Ernest Pérochon. Parce qu'ils parlaient de Luçon ou de l'Aiguillon ou de Champagné-les-Marais. Quand il m'arrive de croiser, dans les supermarchés du ravitaillement hebdomadaire, un auteur dit *régional* proposant pathétiquement ses ouvrages sur une table de camping, j'éprouve toujours ce sentiment très ambigu, l'étonnement que c'était de voir se croiser la fiction des livres et le monde où on vit.

La collection Spirale était le prolongement de la Rouge & Or pour les dernières années de l'école primaire. On avançait en lecture comme on progressait à l'école. Une des séries s'intitulait *Jacques Rogy*. Un journaliste beau gosse, accompagné d'un René baraqué, son chauffeur, qui avait aménagé le coffre de leur DS 19 avec toute une suite d'équipements de survie ou d'attaque. Un des livres concernait le barrage de Serre-Ponçon juste mis en service, avec son village englouti.

À la librairie Messe, à Luçon, ou à la librairie Dandurand, à Fontenay-le-Comte, j'avais le droit de choisir mes livres : je n'aurais pas supporté de n'avoir pas la collection des *Jacques Rogy* au complet. Avant même Jules Verne, il est celui qui m'a fait comprendre qu'on ne devait lire un écrivain qu'en œuvres complètes. Bizarrement, sans aller voir à côté : parce qu'ils parlaient des villes et que je n'y connaissais rien en villes ? Ainsi, je suis passé à côté des *Bob Morane*, et de Jean Ray.

Dans le récent déménagement de ma mère, je n'ai pas cherché à récupérer ces livres. Avoir affaire au souvenir est plus riche quand on est dans l'impossibilité de relire ou vérifier. J'ai pris quatre livres, mais je n'en parle pas à ce stade.

La matérialité des livres comptait : les motifs or sur fond rouge des Rouge & Or ou des Spirale, les incrustations mi-reliefs, mimant les vieux livres reliés, de la Bibliothèque de l'amitié, sont définitivement associés à leur lecture. Comment retrouver cela dans les usages d'aujourd'hui ?

Et puis une autre question, sous-jacente, que je vis elle aussi avec une culpabilité sourde : ces livres, parce que l'aîné, j'étais le premier à les lire. Mais ils ne m'appartenaient pas en propre : c'étaient les livres *des enfants*, ceux de la fratrie. Ainsi, mes deux frères ne pourraient lire que des livres *déjà lus* : qu'est-ce que cela a pu changer, dans ce qui a déterminé nos vies ?

la caisse aux grenouilles

On ne vivait pas dans des espaces limités. Il y avait des granges, des buanderies, et à Damvix le fenil.

Les outils n'y étaient pas forcément rangés, mais on savait où les retrouver. Chaque fonction avait son outil, quand bien même on ne l'utilisait qu'une fois l'an : il y a un nom pour cette gouge dont on glisse la lame sous terre pour casser l'asperge au plus profond de la butte sableuse.

Les yeux fermés, à tant d'années de distance, il me suffit de me projeter en pensée dans le fenil pour que soulever le bâti de bois de la caisse à grenouilles, avec les deux grillages à maille fine sur le côté et la trappe à ressort sur le dessus, redevienne possible.

Ensuite on est dans la barque, côté conches, celui qui est à l'arrière *pigouille* lentement sur l'eau recouverte de lentilles, et sur la planche du plat-bord avant, côte à côte, on s'allonge avec appui sur la poitrine, les deux mains en avant le plus loin possible, effleurant ce contact grumeleux de l'eau végétale.

Il existait un très vieil équilibre entre les ressources qu'offrait le marais et ceux qui en usaient – nous en étions les derniers témoins, mais n'aurions pu le savoir. Chaque maison avait sa barque, et le trémail pour la rivière. Les conches donnaient sur les jardins que chacun y entretenait. On s'y perdait facilement, mais cette lenteur faisait de l'errance elle-même un prolongement des vieilles légendes d'ici, et chaque ruine ou chaque arbre avait une histoire. C'était bien longtemps avant qu'on draine les conches au tracteur, que le marais s'appauvrisse, hors le petit mouchoir de poche réservé au tourisme régional. Les grenouilles, les escargots, les nèfles : ces nourritures du peuple que Rabelais atteste déjà, trop méprisées pour qu'en soit interdit le libre ramassage, même sous le régime féodal.

Alors on repérait les yeux dorés, qui sont le seul signe par quoi on la reconnaît. Elle est là, verte, lourde, elle ne repère pas la masse géante qui la surplombe. On a brusquement refermé la main là où brillaient les yeux dorés. On sent dans la paume que ça se gonfle et se crispe pour sauter, mais on tient bien. Le corps est gros comme la main qui le prend. On se redresse, la caisse aux grenouilles est posée sur le fond de la barque, on la pousse par la trappe. Dans ces deux heures de l'immobilité chaude d'après-midi, en voilà quelques douzaines.

Je ne crois pas que ma grand-mère maternelle ait jamais témoigné d'une once de méchanceté envers quiconque, et cela jusqu'au terme de sa vie – une vie simple (mais ce titre est déjà pris). Pourtant, dans un des encastrements parmi les vieilles pierres du mur extérieur du fenil, un clou ancien, rouillé, énorme. C'est là qu'on pend les lapins, une ficelle accrochée aux deux pattes arrière : le sang égoutte en bas dans une cuvette, puis on arrache la peau tout net, ils émergent roses, devenus consommables. La peau, on la sèche. Dans un autre coin on a la réserve de charbon, boulets et anthracite, et dans le carré pour accueillir tout ce qui pourra faire compost. On a un coin avec deux seaux de sable, non pour y jouer, mais parce que c'est le seul moyen de se saisir des anguilles qu'une nasse fournit régulièrement – bien curieux de les voir s'agiter même après avoir été coupées en tronçons.

Il n'y avait pas de cruauté inhérente à ces modes d'organisation, où chacun disposait de ressources pour sa propre consommation. Mais lorsqu'on remettait la caisse aux grenouilles à ma grand-mère, on préférait quand même ignorer, et regarder de très loin. Il lui fallait du temps. On revoyait les yeux dorés, la détente brusque du corps mou sous la paume qui serre. Elle, elle les prenait une à une, passant la main par la trappe, les appliquait sur un billot de gros bois, et tranchait au hachoir. Les longues pattes arrière épiautées dans une passoire, le reste dans une bassine en zinc.

Quand je repense à la caisse aux grenouilles (qui doit y être encore, il n'y a aucune raison que mon cousin Jean-Claude, propriétaire de la maison maintenant, ait rien touché au fenil de l'enfance), je ne sais pas bien ce qu'il faut y associer de la mécanisation agricole, qui a fait tant de mal au marais, polyculture à échelle familiale remplacée par des parcelles sans haies et drainées pour le maïs ou l'élevage. On trouve dans les étals des brochettes de *cuisses de grenouilles*, mais importées en général de Roumanie ou Hongrie : je n'en achèterais pas.

On ne faisait pas d'elles, les yeux dorés, un repas ordinaire : elles étaient fêtées par le plat préparé, la quantité respective distribuée à chacun. On remerciait l'animal et le marais, comme on faisait pour un sandre ou un brochet livré par la rivière.

Restait la bassine en zinc. On sortait par le garage, on traversait la route, et en bas du pont on la vidait côté rivière, depuis l'autre embarcadère, celui de la barque de rivière, plus lourde, où il était encore fréquent, en ces temps, de croiser un agriculteur y convoyant ses vaches, ou toute une famille en balade. La bassine vide, la masse inerte de chair batracienne coulait, à vingt mètres d'où on les avait prises, mais dans une eau qui n'était pas la leur.

On en plaçait une partie dans les nasses : la semaine suivante, les anguilles et les écrevisses nécrophages feraient à leur tour le plat familial.

au microscope

On m'avait offert pour Noël un microscope. Je le revois avec une extrême précision, dans sa boîte rectangulaire de carton bleu rigide : j'ai passé assez d'heures avec lui.

Volume complexe soulevé des deux mains, incluant des mondes, je l'associe à mon petit globe terrestre de métal peint, avec son cadran gradué pour les latitudes, et chaque pays un nom une couleur, les océans et villes leurs noms, la grandeur des mers – les couleurs et les frontières, les noms depuis ont changé, mais pas les mers (on montre maintenant leur relief). Le globe terrestre avait été choisi à Civray chez Baylet, il y en avait de plus grands, en plastique, mais moins précis et plus chers (et même un merveilleux qui s'allumait, ampoule à l'intérieur), le microscope a donc dû arriver après, en cinquième, décembre 1965.

Ce qui m'étonnait, c'était sa lourdeur. Un pied de métal en fourche plane et pesante, qui s'arrondissait dans la partie verticale pour permettre le glissement du tube. Le grain du métal tenait à sa fabrication en fonderie, mais je ne m'y connaissais pas dans tout ça à l'époque. Deux gros boutons lisses d'alu chromé pour les réglages, un pour l'angle par rapport à la verticale, et un pour ajuster la hauteur du tube, et la possibilité avec les deux mains d'un mouvement combiné.

Le tube lui-même et ses optiques sur un anneau pivotant décentré oblique avec trois focales via trois nouveaux cylindres de taille croissante, je dirais grossissements 60, 150, 300 – la plus grande frôlant alors le verre. Mais il est loin, le temps du microscope : lorsque nous avons vidé la maison, après la mort de mon père, je l'ai de suite reconnue, la boîte de carton bleu, posée sur une poutre du faux grenier avec les autres trésors de cette guerre humble qu'est la mémoire.

Mention pour le miroir convexe concave, les deux faces cerclées de métal noir, qu'on orientait sous la lampe pour éclairer la petite ouverture ronde par en dessous. Et comme on s'y regardait soi-même, agrandi ou déformé.

Dans de minuscules boîtes plates il y avait la réserve de plaques de verre, des petits rectangles fragiles, et les lamelles à intercaler entre la plaque de verre et l'objectif.

Toute la première année, je fais des expériences : celles conseillées par le petit livret associé (la magie du livre, même d'un simple manuel, toujours plus forte pour moi que celle de l'objet lui-même). Bien sûr les ailes de mouche, les pattes d'araignée, l'œil de l'abeille et tout ce qu'on pouvait décortiquer d'insectes. On se piquait d'un bout d'aiguille pour examiner l'intérieur d'une goutte de sang. Un cheveu devenait un monde, avec son tube large et ses parois d'animal hérissé, mais ce serait tellement plus fort ensuite avec le pou de Lautréamont qui parlait, lui, au moins.

La fascination commençait lorsqu'on fabriquait soi-même ces mondes qui ne se révélaient que par l'objectif : on commençait par les moisissures, et dans la cour, dans de vieux bidons d'huile découpés, je laissais du pain, des morceaux de fruits ou de viande, pour examiner ces forêts qui leur poussaient. Plus complexes, parce qu'il fallait les lamelles, les cultures en milieu liquide : ce qui me permet de dater, puisque je vois à distance boîtes vides de lait Guigoz, ô mon frère Jacques tout jeune. Il suffisait d'exposer un fond de liquide à l'air libre, sur le rebord de la fenêtre ou caché dans les mansardes du grenier, même pas interdit d'y écraser puis laisser tremper ces énormes araignées qui semblaient endormies pour l'éternité dans leur recoin de vitre sous toile lourde et empoussiérée. Cela vous prenait des verts profonds et des odeurs qui s'épaississaient à mesure de la soupe résultante (je la perçois encore). Sous la lamelle, d'étranges vaisseaux ovales défilaient lentement, avec noyau plus géométrique : là, c'est le contact de l'œil sur l'objectif qui me revient, le temps anxieux à retrouver ce qu'on observe en passant au grossissement supérieur, via les deux boutons cylindriques lisses plus petits pour le déplacement horizontal des lamelles.

Mais question finalement plus profonde : pourquoi ce désintérêt rapide et définitif pour ce qu'on nomme désormais *sciences du vivant* (et pourtant, comme j'aimerais lire, plus tard, et Buffon et Darwin ou Fabre, et bien sûr *La Logique du vivant* de François Jacob) ? Ce qu'on ferait plus tard au lycée avec les *loupes binoculaires* me semblerait banal et rasant. C'est plutôt cette sensation de monde qui s'ouvre, et d'y déambuler, avec architectures et labyrinthes, qui me retenait ici. Les livres me l'apporteraient, bientôt, sans besoin d'autre appareil.

Mais aussi pour avoir découvert que le microscope il suffisait de le tenir à l'envers pour le braquer sur la nuit, les étoiles, les plafonds et fenêtres, les arbres, la vie courante, et qu'alors on rêvait bien plus. Le tenir comme un sextant de navire, un monocle d'aristocrate, planté au milieu de sa chambre même. Et c'est bien là qu'était le mystère, dans ce qui tout près pouvait se démultiplier, sans rien expliquer. Et que l'instrument même importait peu. Je crois que plusieurs semaines je l'emportai partout avec moi, le lourd microscope tenu à l'envers, pour revoir autrement ce qui m'entourait – et n'en pas revenir.

flore portative Bonnier

J'avais été un peu éberlué de découvrir, dans *Combray*, ces deux côtés opposés que sont Méséglise et Guermantes. Comme une sorte d'éblouissement rétrospectif : mes deux côtés à moi sont Saint-Michel-en-l'Herm et Damvix, aux deux extrémités en diagonale du marais, et deux pôles d'ancrage de l'enfance à jamais symétriques.

Saint-Michel-en-l'Herm : la Dive et l'Aiguillon à vue dans le pays plat, en dessous du niveau de la mer, et la côte comme horizon. À Damvix, le marais dit *mouillé* parce qu'on y vit directement entre conches et rivières. Comme c'est tout notre territoire, quand on y va le dimanche, une fois par mois, ça nous semble une traversée du monde tout entier : il faut dire qu'il n'y a pas de route nationale, qu'on va de village en village, qu'on les traverse presque comme d'entrer dans les maisons. Lorsque j'ai fait récemment le chemin, en contournant par Fontenay-le-Comte, avec les ronds-points, j'étais tout surpris d'y être si vite. Mais la vue depuis le pont, en arrivant à Damvix, est la même.

À l'époque on traversait encore la rivière sur un pont de bois, de grosses planches serties dans des poutres métalliques, qui faisaient un bruit d'enfer.

Je n'ai pas connu mon grand-père, celui de Damvix (mais comment accoler l'adjectif *maternel* à ce grand homme sec et rugueux ?), pendant ses années d'instituteur, puis de formateur postscolaire agricole itinérant – à bicyclette, initiant de village à village à la culture des blés hybrides, aux techniques de greffe, puis aux engrais, invention neuve – il pratique aussi l'arpentage et le bornage, dispense des conseils en apiculture et est membre de la Société nationale de mycologie. Cette rigidité de silhouette va bien avec l'architecture de ces écoles laïques où il est aussi secrétaire de mairie et écrivain public – l'instituteur sert à tout faire –, Château-d'Olonne, Couex, avec une classe unique tous âges, préparation au certificat d'études pour les meilleurs, et que, comme pour nourrir ses cinq enfants la rémunération de l'État ne suffisait pas, l'entretien d'un jardin et ces prestations agricoles sont nécessaires.

Il est debout derrière l'établi de son garage avec une fenêtre sur la conche et le portail de tôle côté rivière, me frappe maintenant qu'il l'ait monté sur estrade comme une salle de classe, ses outils rangés derrière lui par ordre de taille décroissant, il n'aurait pas fallu que nous les gosses on touche sans permission. Avant l'incendie, on accédait aux pièces du dessus par une trappe avec échelle dépliable que lui seul manœuvrait. Deux pièces donc à l'accès rare et ritualisé, où on ne nous aurait pas laissés seuls. Tout un demi-siècle de manuels et livres de classe, avec le tampon « spécimen » (ma mère, à son tour institutrice, en aurait aussi le privilège). Cette pièce carrée, avec fenêtre qu'il n'ouvrait jamais, était comme un classement de sa vie même : des livres sur la pêche et les poissons, avec des brochets et des sandres en illustration couleur, parfois sur double page, leurs habitats et leurs mœurs. Des almanachs pour le jardinage, les semaisons en fonction des lunes, les tâches en fonction du gel ou du soleil.

La *Flore complète portative de la France, de la Suisse et de la Belgique* de Gaston Bonnier se vend toujours, et dans la pièce à accès par la trappe il en possédait la version en cinq tomes.

Je n'ai pas souvenir de cadeaux de sa part, sauf – justement – celui-ci, pour mon entrée en sixième : un petit livre gris broché, épais et austère, assez petit pour tenir dans la poche, la *Flore portative* Bonnier. Celui du grand-père était corné et jauni, lesté de bribes végétales collectées, d'annotations et de dates. Il avait bien sûr son propre herbier : et je revois sa boîte de collecte, un cylindre de fer-blanc avec petite porte à crochet et sangle de cuir pour le ramassage. Deuxième étape : séchage entre deux buvards (nous n'utilisons plus les buvards) sous un presse-papier de fonte posé sur deux tomes d'une vieille encyclopédie qui ne servait plus qu'à ça, enfin l'album à feuilles intercalées de Cellophane, et lignes dessinées sous la plante pour le lieu, la date, le nom savant, la description.

Livre qui autorise qu'on y rêve : moins aux illustrations qu'à ces termes latins abscons de botanique

– les mots qui disent ce qui existe peuvent se dispenser d'histoire, voire de lisibilité. Mais comment aurais-je pu m'intéresser à un herbier ? Peut-être aujourd'hui, quand je lis des articles sur ces plantes rares découvertes, à Nantes ou à La Rochelle, dans l'ancienne enclave des zones portuaires mortes, ou ce qui se réveille de végétation dans les ronds-points ou sur les toits mêmes parfois des zones urbaines denses, comme en Seine-Saint-Denis. Pour aimer les plantes, il faut les cultiver et personne ne m'a appris – on vivait dans un garage, on était plus forts pour remplacer un cardan de deux-chevaux.

Reste la *Flore* Bonnier, qui faisait autorité. Aujourd'hui, nous cliquons sur Internet pour des renseignements bien plus précis et spécialisés, là où le petit livre et sa synthèse nous étaient indispensables. Le modeste livre gris, seul cadeau que je puisse relier à cet homme austère, né en 1893 (avoir vingt ans en 1914, quelle intuition géniale pour la vie), qui aura passé toute son existence en Vendée – mais dans douze villages successifs, recensés dans la biographie que lui consacrera son fils aîné –, titulaire de l'école normale d'instituteurs de La Roche-sur-Yon en 1912, titulaire ensuite du brevet agricole, et plongé de 1913 à 1919 dans six ans qui incluent la traversée de l'enfer. Les instituteurs sachant lire, et ceux qui viennent de la campagne, suppose-t-on, sachant s'occuper d'un âne, on les affecte comme vaguemestres, pour circuler avec leur animal dans les boyaux et tranchées, et transmettre courrier, ordres, plis administratifs.

Quand, pour son départ à la retraite, en 1952, on attribue à l'ancien militant des Comités républicains de 1930 les Palmes académiques, il les renvoie à l'expéditeur, considérant que c'est pendant ses années d'activité qu'on aurait dû s'en préoccuper. Comme je suis fier de ce geste, un an avant ma naissance, et donc jamais évoqué ensemble, découvert bien trop tard.

Je n'ai plus avec moi cette *Flore* Bonnier. J'ai seulement (avec autorisation de la famille) ce carnet noir qu'il avait emporté à Verdun, et dans lequel il avait recopié des poèmes, dont certains érotiques de Verlaine. Une époque a passé, elle nous laisse l'ombre des guerres, tout auprès, quand on la croyait révolue, et il reste peu, probablement, de cet ancien lien de l'école primaire avec les vieux savoirs encyclopédiques, et ce sentiment d'en être dépositaire (Pierre Bergounioux serait, de mes proches, probablement le seul à l'illustrer encore). Toute sa vie il avait donc conservé ce carnet de ses vingt ans, et la poésie de Verlaine, Hugo et les autres assez forte pour repousser la totalité obscurcie du ciel et de la terre, tandis qu'on pousse son âne entre les morts, dans la boue, pour transmettre le courrier et les ordres.

Image de la silhouette droite et légèrement courbée du vieil homme, quand un court-circuit a détruit son garage, avec l'établi en bas et la pièce aux livres au-dessus de la trappe. Dans la cendre nous exhumons ces pages noircies et déformées. Certains des livres alors récupérés en portent encore l'odeur.

Image de ce mois d'avril 1974. Je suis aux Arts et Métiers de Bordeaux, je sèche un cours de forge ou fonderie, présentement occupé, dans la chambre d'un nommé Joël Harnais, à jouer du banjo cinq cordes, quand le surveillant me retrouve et me remet le rectangle bleu du télégramme : il est mort.

Et, de lui, il me restait tant à apprendre.

voitures à pédales

Se déplacer avec les seuls moyens de son corps, mais plus vite qu'on ne le saurait, juste avec son corps, fascine depuis toujours, et fascine toujours : on croise tant de ces adolescents prolongés naviguant dans la ville sur des planches à roulettes dont jamais ceux de ma génération n'auraient osé rêver.

Nous, on avait des trottinettes : et même ces modèles perfectionnés, où une pédale centrale avec chaîne et ressort prolongeait l'élan. On avait des tricycles tubulaires avec pédales sur la roue avant, ou carrément ces carrosseries de tôle mimant les voitures des grands et système élémentaire de vilebrequin pour que le mouvement horizontal des deux pieds devienne mouvement circulaire du moyeu arrière.

C'est probablement lié aussi à la nouveauté qu'était encore le ciment. Le béton armé est arrivé dans les villes dès les années trente, mais à Saint-Michel-en-l'Herm, dans les années cinquante, je connaissais encore des cuisines à sol de terre battue. Le futurisme du *linoléum*, avec ses motifs, sa sous-couche de feutre et sa souplesse lisse a résulté de l'arrivée des dalles de ciment dans toutes les maisons. Échapper à la terre : au seuil des cuisines on avait rituellement cette lame de fer scellée au-dehors pour décoller la terre des semelles.

Et maintenant qu'on savait couler le ciment, les cours et les jardins se dotaient d'allées bien lisses, parfaites pour que nous les enfants on aille y exercer nos roulettes.

À Damvix, un kart rouge, qui servirait à quinze ans de cousins successifs – il fallait seulement le ressouder de temps en temps –, avait pris le relais de ce cheval à roulettes qu'on appelait César : presque un vrai cheval de manège, étroit et instable, mais une fois lancé sur la petite pente c'était un vertige. À Saint-Michel un cheval à roulettes aussi, mais plus modestement fait de planches peintes, avec une selle vissée à la perpendiculaire : pourtant il y avait beau temps que la locomotion automobile avait remplacé l'usage du cheval. *Jambe deçà jambe delà, comme les petitz enfans sus les chevaulx de bois* : ils sont déjà attestés chez Rabelais en 1532, rien n'avait bougé.

Je ne sais pas d'où nous venait cette voiture à pédales : je sais que le grand-père l'avait récupérée en mauvais état (peut-être dans la famille Cousinet, ce proche de l'aviateur Mermoz, famille qui disposait d'autres moyens, et donc d'autres jouets que les nôtres). Le grand-père mécanicien l'avait rafistolée, ressoudée, repeinte, avait trouvé ou fabriqué des roues neuves. On l'a usée longtemps.

Dans l'expédition qu'était le dimanche mensuel à Damvix, parents et enfants engouffrés dans la deux-chevaux, ce qui marquait le changement de territoire c'était, un peu avant Vix (où vivait Chaissac, mes grands-parents étaient amis de madame, ils se rencontraient chaque année pour les corrections du certificat d'études, mais Chaissac à Damvix fréquentait le curé, et je crois que c'est un des seuls points de vrai reproche et incompréhension parfaite de ma grand-mère à mon endroit, quand elle apprit que je mettais très haut le peintre – elle qui plaignait tant madame Chaissac d'être mariée à pareil énergumène), un de ces carrefours de campagne à angle droit, avec une auberge qui devient le rendez-vous permanent pour toute transaction et marché, avec plat du jour et vin au tonneau. Le bistrotier s'appelait Fétiveau, et avait été, il y a longtemps et sans qu'on en ait jamais su les circonstances, un copain de mon père – l'immédiat après-guerre, échapper enfin aux menaces (le STO qui devait l'envoyer en Allemagne et lui avait fait prendre comme tant d'autres *le maquis*), les Simca Quatre ou les motos pétaradantes qui leur permettaient de casser les anciennes frontières communales, les bals et fêtes aussi probablement, on n'a qu'une connaissance en pointillés de ceux mêmes qui vous ont engendré. Alors, quand on tournait à gauche au carrefour, mon père levait la vitre rabattable de la deux-chevaux et criait très fort : « Fétiveau ! », pour la honte répétée de ma mère. Il est arrivé que Fétiveau sorte de son antre pour savoir qui l'interpellait ainsi, mais nous étions trop loin, c'était une bonne partie de rire alors (sauf ma mère). Pas souvenir d'ailleurs que nous nous y soyons jamais arrêtés.

De très loin, aujourd'hui, j'associe ces voyages en deux-chevaux et le nom *Fétiveau* à nos propres voitures à roulettes. On avait cimenté le département, on l'utilisait encore comme un jouet.

dioptries

Tout tient probablement à la myopie comme principe d'existence personnel. Depuis le temps des tout premiers souvenirs. Il semble qu'avant la correction de vue, il n'ait même pas été besoin de se souvenir du dehors, sinon de façon olfactive ou auditive. Le monde se renverse non pas avec la première paire de lunettes, mais lors de la brutale découverte que ce qu'on *voit* n'est pas le réel.

Le vent avait porté au fond de la cour une vieille page de journal roulée en boule. Et moi, j'avais dit à ma mère y voir une poule (rien d'extraordinaire, dans nos villages, même si nous n'avions pas de basse-cour. Panique soudaine : on avait pris rendez-vous le jour même chez un ophtalmologue aux Sables-d'Olonne. Événement considérable, dont la fissure en moi est définitive, et liée à la réalité même : où j'étais sûr qu'était une poule, était un journal. La réalité du myope n'est pas la réalité des autres, et il faut longtemps pour apprendre à la considérer comme chance.

L'objet ici serait donc, rendez-vous depuis lors prolongé, même s'ils ont modernisé leur technique, ce lourd appareil en métal, bois et cuir qu'on vous agrippait au visage, et sur lequel le praticien en blouse blanche, dans la semi-obscurité, son haleine tout contre votre figure (à l'époque, vague sentiment de tabac froid), enclenchait des lentilles convexes de puissance croissante pour définir avec précision votre correction, avant de retrancher un quart de dioptrie pour vous forcer à accommoder.

Les lettres ZU tout en bas définissent un dixième, MCF au-dessus deux dixièmes, à OHSUE les difficultés commençaient, en prenant du temps j'arrivais au bout de la ligne NLTAVR, je commettais mes premières erreurs sur OXPHBZD et quand on arrivait au YOELKSFDI je m'étais désintéressé de la question.

La joie cependant, avec cette masse d'un kilo pesant sur le nez de l'enfant, trois lentilles rajoutées de chaque côté, quand on arrive à lire même la ligne la plus fine, est strictement de même nature que celle éprouvée – bien plus tard – dans l'émerveillement d'un vers, Apollinaire tenez (*Et l'unique cordeau des trompettes marines*).

Longtemps j'ai pensé que nous nous étions rendus à La Rochelle pour l'achat des premières lunettes, mais non, c'était chez Van Eenoo-Clerjeau au tout début de la rue principale à Luçon. D'opticien, il n'y en avait qu'un. Venait le difficile choix de la monture, robustesse d'abord. Le souvenir de la sortie du magasin, enfin équipé d'une vue correcte, quand cette merveille du monde, la rue principale de Luçon, m'était apparue nette jusqu'à des dizaines de mètres, précise comme je n'aurais jamais imaginé que le monde soit précis, et les visages chacun un visage plus loin qu'à seule distance de vos deux bras réunis et non plus *la vie à peu près,* c'était une révélation.

Ensuite, c'est la vie des myopes. Retrouver ses lunettes quand on ne sait plus où on les a posées. Se diriger et se comporter dans ces lieux maudits – la plage, la piscine – où il n'est pas possible de les garder, et la haine prise de ces lieux. La hantise de voir ses lunettes tordues, lunettes cassées, lunettes perdues, et la longue histoire pourtant de vos lunettes tordues, lunettes cassées, lunettes perdues.

Puis les verres teintés : j'affecte plusieurs années d'en porter, ça donne un vague air de conspiration qui compense le handicap du myope. Perfectionnés ensuite, devenus ces *photo-grey* qui foncent au soleil et s'éclaircissent à l'ombre, j'en ai eu aussi. Puis – mais si tard –, les premiers verres dits *allégés*, et d'un coup on ne portait plus un sous-marin sur le nez, enfin les verres en plastique d'aujourd'hui. Entre-temps, la tentation des lentilles de contact, mais celles qu'on vendait à l'époque étaient raides et épaisses. Je me revois avec une paire d'essai, sur le boulevard à Paris, pleurant tout ce que je savais. Plus tard elles se sont perfectionnées mais je n'avais plus envie.

Ou bien ces gens qui croient vous faire plaisir en vous demandant pourquoi vous ne vous faites pas opérer, puisqu'il paraît que maintenant c'est possible ? C'est qu'entre-temps la myopie on l'a adoptée comme principe de réalité du monde. Le bonheur de lire les livres de plus près, le bonheur, en enlevant les verres, d'accommoder à quelques centimètres et d'entrevoir des mondes. Le bonheur, en les quittant (ô miracle du verbe *attendre* dans le prologue du *Quart Livre* : « *Attendez que je chausse mes lunettes...* », il était donc myope aussi, Rabelais !), de les repousser à des éternités, eux tous, dans le train, dans les couloirs, dans la foule des villes, dans la nuit générale.

monsieur canne

J'ai connu mon arrière-grand-mère. Elle était aveugle. Elle était assise dans cette cuisine en contrebas, avec la table ronde et le buffet, et cette porte jaune donnant directement sur le garage, le bruit des coups d'accélérateur à vide donnés pour vérifier l'allumage, le grognement sourd du compresseur au démarrage et son hoquet à l'arrêt. J'ai souvenir d'une pièce carrée, plutôt sombre et plutôt humide, où un poêle de fonte dans l'angle était en permanence allumé. Sa chaise était auprès du poêle, face à la fenêtre (la percevait-elle ?), son matériel à tricot à portée de main sur la toile cirée de la table.

Plusieurs fois par jour, elle quittait sa place, et avec sa canne longeait la petite allée de ciment avec les bordures faites par mon grand-père, son fils, pour rejoindre la pièce où elle dormait. Je revois un de ces anciens lits de campagne à gros édredon, une armoire, mais nous n'y aurions pas pénétré. Dans l'allée de ciment, il lui arrivait de faire de lents allers-retours, le bruit de la pointe ferrée de la canne sur le ciment se prolonge à distance. Il me semble que dans ces allers-retours elle parlait seule, mais nous ne venions pas déranger son soliloque, ni ne nous en moquions. Probablement d'ailleurs, l'usage du parler vendéen (ce n'est pas du *patois*, ces vieilles langues dérivées de la langue poitevine qui au XIVe siècle était largement aussi avancée, structurée et répandue que la langue dite aujourd'hui langue française) nous aurait interdit de comprendre ce qu'elle marmonnait. Il me semble que ceci, pour elle, quitter la chaise dans la pièce sombre près du poêle pour suivre l'allée de ciment avec sa canne était lié à ses soliloques : je ne la revois pas marmonner seule assise. C'est important.

Elle était vêtue de noir comme toutes les autres veuves, leurs hommes quittaient plus tôt qu'elles l'ennui de la vie rurale, et arborait la coiffe traditionnelle, tout ce que le vent des années soixante balaierait définitivement. Parfois, l'après-midi, une de ses amies venait s'asseoir de l'autre côté du poêle, elles avaient évidemment à se dire des continents de jugements, observations, savoirs et paroles qui ne nous concernaient pas. D'autres fois, le dimanche, on la montait dans une voiture pour aller la déposer chez telle ou telle autre de ce cercle de relations immobiles, les femmes en noir cloîtrées. Je me souviens de Joséphine, qui elle ne bougeait pas de sa petite maison dans l'angle d'une de ces ruelles de la rue dite rue Haute, je saurais la retrouver si ça n'a pas été démoli – nous venions la rechercher au soir, et comme il serait bien de disposer aujourd'hui de ce qui faisait leur conversation.

L'arbre généalogique la fait naître en 1873, Rimbaud n'avait même pas vingt ans. Elle s'appelle jusqu'à son mariage Eugénie Bodin, sa mère à elle s'appelle Rose-Marie Gasquet (née en 1842, date de décès je ne sais pas), et ses deux grands-mères Rose Bonnet et Victoire David, mais nous ne sommes pas d'un monde où le matriarcal domine – ce sont des anonymes. De l'autre côté, le côté des Bretons, des Lebail, Cornic, Perrot la généalogie s'arrête plus tôt, même si on peut subodorer qu'avant reviennent déjà les mêmes prénoms, Yves, François, Joseph, Marie-Jeanne, Ambroisine…

En cherchant une photo d'elle, je tombe sur une photographie de sa mère, elle pose avec fierté, en tenue traditionnelle sous la coiffe, et regarde très droit. De l'arrière-grand-mère, je trouve quelques photographies aussi, dont une où elle sourit, à côté d'une « tante Génie » que je ne sais pas bien situer, si ce n'est qu'elle vivait sur cette autre île en pleine terre, la Dive, mentionnée par Rabelais qui y probablement fait halte, remontant de Maillezais jusqu'à Olonne. Sur d'autres photographies, on la voit participer aux rituels familiaux, la coiffe noire sans doute plus austèrement tirée pour ces occasions. Elle a, dans les toutes dernières années, les yeux mi-ouverts, le bord rougi : aveugle aux yeux ouverts.

Elle n'était pas commode. Peut-être, dans ses vieux jours (et le visage arborant ce creux caractéristique : un âge vient où vous n'avez plus de dents) le souvenir du mari et du fils morts ont-ils une place plus grande que nous ne l'imaginons. Peut-être la cécité est-elle vécue comme une injustice, qui le saurait, si elle n'en parle pas ? On a l'obligation d'aller l'embrasser, on s'en acquitte sans s'attarder, elle a l'ouïe fine, elle se met facilement en colère contre nos débordements, et c'est facile aussi, en ce cas, de se glisser sans bruit dans la pièce au poêle et de pousser son tricot de l'autre côté de la toile cirée, par vengeance.

Elle a compris ce qu'est la radio. Quand arrivera la télévision, en 1962, il faudra le lui expliquer, mais « tot'chié bonshoumes que l'sont dans t'chelle boêtte », comme elle nommera l'appareil par périphrase unique, ne peut pas se constituer pour l'aveugle en représentation mentale, et ce sera pour moi une étonnante prise de conscience du rapport entre *les mots et les choses*.

Son activité, c'est le tricot. Une forme simple, en principe rectangulaire : une couverture. Elles sont de laine marron clair, éternellement la même laine, et nous en avons déjà sur tous les lits de la maisonnée, avec un galon marron sombre pour bordure. Maintenant, elle a du mal à tenir le compte des mailles : sans doute que lorsqu'au-dedans elle rêve ou s'encolère, les mains continuent le tricot tandis que le compte s'endort. Les couvertures ont d'étranges formes trapézoïdales. Alors, lorsqu'une couverture arrive à sa fin, on la détricote en secret, on reconstitue la laine en pelote, et – autre figure du mythe de Pénélope, mais hors de toute attente –, elle recommencera à l'infini, toutes ces années, la même couverture qui ne sera jamais en rectangle.

Je lui associe aussi un autre objet : son *rondin,* section de tronc d'arbre polie, lissée et brunie par l'âge, ovale, une trentaine de centimètres de grand diamètre, une quinzaine de centimètres de haut. Elle se met ça sous les pieds, assise sur sa chaise – les vieux rétrécissent, et c'est moins froid que le carrelage. Longtemps après son décès, le *rondin* est toujours dans le capharnaüm qu'accumule mon grand-père : ça ne se jette pas. L'autre, c'est cette canne, associée au fait de parler seule dans l'allée de ciment aménagée pour ses trajets.

J'ai moi aussi une canne. C'est un accessoire de théâtre, une petite canne minuscule et fine, qui provient d'une fête d'école – ces saynètes déguisées qu'on nous fait faire, et où j'ai dû paraître en haut-de-forme avec dialogue appris par cœur. Avoir à la main cette canne c'est – comme l'arrière-grand-mère aveugle – être autorisé à parler seul, et fabriquer des dialogues. Moi, je ne parle pas : ce sont deux personnages extérieurs à moi, et je sais encore aujourd'hui leurs noms de baptême.

C'est un de ces souvenirs d'enfance mineurs qui ont amusé ceux qui vous ont vu faire. Pour moi, ces discussions avec la canne et les personnages, bien avant l'âge de lire, je les regarde comme infiniment sérieuses. C'est seulement en écrivant, là, sur ce raclement contre le ciment, dans ces allers-retours où elle parle seule, de la canne de l'arrière-grand-mère aveugle, que je trouve dans ces dialogues à la canne le premier vague soubassement du chemin pris plus tard avec l'écriture.

règle à calcul

Quand j'ai accédé à mon école d'ingénieurs, le bagage obligatoire incluait un *pied à coulisse*. On s'en servirait d'ailleurs bien peu, puisque même dans les cours d'usinage et machines-outils on était déjà passé à la micrométrie, avec les *palmers* par exemple. D'abord le souvenir de son poids, de la densité du métal rectifié haute précision, avec sa réglette permettant de visualiser le dixième de millimètre et apprécier le centième. Souvenir aussi de son contact, puisqu'il supposait d'être très légèrement huilé ou graissé, entouré dans un tissu bleu comme on fait pour les violons, et déposé dans l'étui noir à doubles crochets de laiton pour la fermeture, et rembourrage intérieur. Le pied à coulisse n'aurait jamais d'autre utilité pour moi que celle des cours de forge et fonderie (que j'ai aimés) – et c'est à cette époque que mon grand-père m'a présenté le pied à coulisse, le sien, qui l'avait accompagné toute sa vie, ainsi que le pied à coulisse offert à mon père, et c'était juste pour ses seize ans l'année même de la guerre, au début de son apprentissage de mécanicien à La Roche-sur-Yon puis La Rochelle, et mon père avait lui aussi gardé ce pied à coulisse toute sa vie.

Et moi, là, aujourd'hui, dans le fatras de mon bureau (oui, là-haut sur l'étagère), j'ai gardé la boîte de bois noir avec dedans (mais en vrac) son pied à coulisse, ses deux pointes pour mesurer les intérieurs bien refermées dans le logement de feutrine, plus deux diamants à découper le verre, plus un jeu de limes de précision, un jeu de gabarits angulaires. Mais je ne sais plus le nom de ce jeu de lames FACOM, dix-huit lames dont l'épaisseur descend jusqu'au vingt centièmes de millimètre pour mesure des jeux glissants entre surfaces de métal – j'en possédais un pourtant moi aussi au temps de Sciaky. L'odeur d'huile mécanique utilisée pour leur entretien et lors de leur usage me colle désormais aux doigts après les avoir déballés puis à nouveau rangés. Il est d'ailleurs évident que cette boîte en désordre n'avait pas pour mon père le même statut que son propre pied à coulisse avait pour l'ajusteur qu'était mon grand-père.

C'est à l'entrée en terminale qu'on nous imposait la règle à calcul. Quelle fierté à la posséder : il n'appartenait pas à n'importe qui d'en maîtriser l'usage. Une réglette de plastique de section trapézoïdale coulissant en mortaise dans celle qui lui sert de support. Le décalage des deux graduations, linéaire en bas, logarithmique en haut, permet en décalant la réglette des calculs numériques décimaux de grande précision. C'est la première fois qu'on m'accorde (hors les cadeaux de Noël évoqués, comme le globe terrestre ou le microscope, qui sont des objets liés à l'univers privé et non l'univers social) la responsabilité d'un objet d'adulte, fragile et cher. La règle à calcul de mon père, qu'il a conservée comme son pied à coulisse, est dans un étui rigide cartonné, et même si les règles graduées ont jauni avec l'âge, j'ai conscience d'un privilège à ce lien direct. Cela n'empêche pas qu'à l'internat, en disposant la réglette par-dessus son logement, on puisse la faire vibrer en soufflant et improviser collectivement de beaux concerts de trombone à coulisse.

Lorsque je rentre à l'école d'ingénieurs, je dois passer au modèle supérieur, trente centimètres au lieu de vingt, et un curseur transparent plus complexe, pour calculer les logarithmes, et dont les fines lignes rouges incrustées restent à quarante ans exactement de distance un émerveillement majeur, alors qu'évidemment je ne saurais plus du tout m'en servir.

En fin de troisième année, dans le cours de béton armé, pour le calcul des poutres et des épaisseurs, de l'élasticité des dalles, et des spécifications du fer à béton, nous n'aurions toujours droit qu'à la règle à calcul : à supposer qu'on passe, pour nos résultats, à la calculette électronique, un bâtiment de béton pourrait s'effondrer comme un château de cartes. Ces problématiques de transition se rejouent sourdement dans les réticences à l'usage du livre numérique.

Pourtant, c'est dès la fin de la terminale, aussi, donc au printemps 1970, qu'on nous autorise ces premières petites calculettes à pile, passant enfin à l'usage populaire (une machine à calculer, Japy comme la machine à écrire, capable d'opérations complexes comme la division et le pourcentage, j'en ai toujours connu au garage, et beaucoup pratiqué, dans la solitude du bureau vide le dimanche matin, sauf en période de *caisse* ou d'*inventaire*, un usage très libre pour impression en rouleau de chiffres considérables et mystérieux). La calculette Hewlett Packard HP-21, puis HP-45 dispose d'un petit affichage lumineux et d'une fonction mémoire, mais elle n'est pas autorisée lors des examens. Aucun de nous pour s'imaginer tenir dans les mains un appareil révolutionnaire, ni que les fonctionnements rapides et silencieux, complexes, qui permettaient d'afficher le mot DEBILE en tapant les chiffres 371830 si on regardait à l'envers, puissent en quoi que ce soit rejoindre le haut univers des livres.

Je ne crois pas avoir jamais considéré avec émotion ou admiration une machine électronique, même mes ordinateurs bien plus tard, même ce tout petit ordinateur incroyable que j'utilise pour écrire ce texte aujourd'hui, autant que ce qu'a été la prise de possession de chacune de mes deux *règles à calcul* d'avant l'électronique.

baïonnette

On arpente les maisons qu'on n'habite plus, on retrouve les visages qu'on ne voit plus. Des objets sont là, dans la pénombre, qu'on ne se souvenait plus y être.

On ne se saisit pas de tous, sous le seul prétexte qu'ils sont là. C'est vers soi-même qu'on tisse les questions, et tous n'ont pas, de par la mémoire qu'ils portent, la même capacité à ouvrir cette trappe sombre qu'ils recouvrent.

Ainsi de la *baïonnette* (il n'y en avait qu'une seule). On se saisit du mot à deux mains comme on faisait de la pique d'acier bruni à section triangulée. Pas le droit de s'en servir comme jouet, pas le droit de l'attraper seul – mais on le fait quand même.

Mon étonnement, sachant l'usage, la dangerosité, c'est l'absence de tranchant. Quand on passe le doigt au long, elle est presque douce, et ne tranche pas. Ce qui est dangereux, c'est la pointe. Elle suppose d'attaquer *de front*. Alors cela se mêlait soudain aux images un peu floues reproduites dans le livre d'histoire, à l'école, les lourdes silhouettes de poilus dans la boue et comment ils s'embrochent, homme contre homme.

Objet qui fascine l'enfant parce que relié à son anxiété, à l'inquiétude native, et que certains jours cela remonte plus lourdement sous la peau : tout dépend du désordre et de l'incertitude du monde, et ces derniers temps il craque et se fissure. La baïonnette est l'anxiété secrète de mon enfance.

Pour rester hors de notre portée, elle était sur une armoire. Invisible, sauf si on vous la montre. Nous, on grimpe sur une chaise, on tend le bras : ça y est, on a l'âge de s'en saisir même si on ne vous l'accorde pas. On sent le métal froid, puis le poids lorsqu'on soulève. On redescend de la chaise avec cette flèche de métal qui fait plus que la longueur de votre bras. Il n'y a pas de poignée pour la tenir, juste la bague qui la fixe au fusil.

On sait que la possession privée des armes est illégale. Pourtant, des armes, il y en a dans toutes les maisons. La *grande guerre* (on l'appelait encore ainsi : qui aujourd'hui dirait qu'une guerre est *grande* ?), c'était le poilu sur la grand-place, et la minute de silence obligatoire au 11 Novembre, mais c'étaient ces traces de mort qu'on gardait tous, ceinturons, masques à gaz, douilles.

Pour l'autre guerre, celle que nous montraient *Le Jour le plus long* et *Le Pont de la rivière Kwaï*, on avait des témoignages encore plus massifs : vieux tanks allemands échoués, qu'on finirait, là où ils étaient, par découper au chalumeau et évacuer. À proximité de Saint-Michel-en-l'Herm, on irait visiter les deux bases sous-marines, celle de La Rochelle et celle de Saint-Nazaire (et dans celle-ci le vieil U-Boot qu'on y visite toujours probablement, même aujourd'hui que la base est devenue le décor très élaboré et scénographié d'événements culturels).

La guerre est constamment un récit familial, en englobe trois, *la grande*, puis *la dernière*, enfin, dit très vite et d'un seul mot, celle qui était en cours: *la-guerre-d'Algérie*. Et si les noms gravés sur les trois faces du monument aux morts laissaient vierge la plaque de marbre déjà scellée sur la quatrième face, elle était prête pour *la prochaine*.

Côté Saint-Michel-en-l'Herm, la maison avec la baïonnette, les récits de mon grand-père remontent à 1915. Il a seize ans, il est apprenti-menuisier, il est affecté à Paris dans les usines de guerre, où on fignole les moteurs d'avion, puis la fabrication en série du *canon de 75*, dans *la grande*. Côté Damvix, on a droit en fin de repas à l'inépuisable récit des farces faites aux Allemands logés d'office dans l'école de Couex, et auxquels l'instituteur et sa famille doivent faire place, lors de *la dernière*.

À Damvix, je revois un sabre – un vrai sabre de guerre, avec sa ceinture et ses galons tressés – qui témoignait directement des *Prussiens* de la guerre de 70: si peu avait changé en quatre-vingts ans. On nous le laissait soupeser, en présence des adultes.

Je revois aussi les masques à gaz, avec leurs gros yeux de mica et le caoutchouc qui commençait une décomposition progressive. Avec mon frère on s'en équipait, le petit tambour avec les filtres sous le menton tirait la tête en avant, on n'y voyait rien, c'était irrespirable, le monde tout entier (la buanderie où on les gardait, et devenait le terrain d'expérimentation) une sombre et glauque piscine – on les replaçait dans l'étui cylindrique de tôle ondulée, prêts pour *la troisième*.

La guerre encore dans ces tanks miniatures, reproduits avec un détail étonnant, qu'on nous offrait comme jouet.

À Saint-Michel-en-l'Herm, il y avait les ceinturons que mon père et mon grand-père conservaient, parce qu'inusables, même sans en avoir l'usage. Et il y avait (dans le tiroir de la salle de bain, peut-être par seule commodité, parce que le rasage plus précis et élaboré qu'au 11 Novembre et au 8 Mai, avant la minute de silence, fixait ici le lieu où on s'en équipait) une plaque militaire de zinc ajouré avec un matricule, une médaille attribuée (assez largement) par de Gaulle à l'armistice, et un macaron de tissu FFI parce que dans ces quelques mois de la transition on l'avait requis comme chauffeur, avantage des mécaniciens.

Est-ce que, sur une étagère quelque part chez un de mes deux frères, la baïonnette continue son indestructible existence ? La guerre continue, elle nous environne. Elle est devenue image : des avions bombardent, des soldats portant drapeau de notre propre pays s'aventurent dans des montagnes hostiles. Le monde n'est pas indemne. On a connu parfois des respirations : après l'effondrement du mur de Berlin, s'être dit pendant deux ou trois ans qu'un long obscurcissement levait – on avait aussi connu *la guerre froide*, et parce que le substantif était de notre mémoire de plus haute proximité, l'adjectif aussi passait pour naturel.

La baïonnette, je la retrouverais dans les récits de Jünger (*Orages d'acier*) ou de Cendrars (*L'Homme foudroyé*) par ceux mêmes qui s'en étaient servis. Y avait-il, dans les survivants du massacre de 14-18, maison où on ne l'aurait pas conservée ? Dans le flot violent des images qui assaille le monde comme un vent de chaos, je sens toujours leur présence lourde, implacable.

Nous avons débarrassé nos maisons des traces de la guerre. Comment en être sûrs, pour la totalité des mots, des récits et des images que nous laissons à nos propres enfants ?

la toise

C'était derrière la porte du placard de la cuisine. On procédait à la mesure deux fois par an, printemps et automne, et les marques étaient faites au crayon de charpentier.

Le crayon de charpentier était d'utilisation courante dans toutes les professions. Large et ovale, la mine elle-même était beaucoup plus solide que celle des crayons ordinaires. Deux mines, une à chaque extrémité, une bleue et l'autre rouge, le crayon peint à ces deux couleurs, et même quand, usé au bout, il était devenu minuscule, le point de partage restait au milieu. Une mine grasse et large, qui s'accrochait à toutes surfaces, bois, métal, carton, plâtre. On prenait les mesures pour une réparation, on dessinait l'accroche du trait de scie, on définissait le gabarit. Les artisans du bâtiment le portaient souvent sur l'oreille, le boucher aussi, pour écrire le prix de sa viande sur l'emballage de papier marron. Les pantalons de travail avaient sur le côté une poche en longueur pour le recevoir. On était loin des *marqueurs* et des *stylos-feutres* qui nous émerveilleraient, mais plus tard, loin des tickets de caisse autocollants, loin de tout peut-être.

Sur le sol des vieilles halles, à Civray, les charpentiers et menuisiers venaient dessiner au sol (on avait aussi, au garage, une craie grasse, de couleur jaune, avec même fonction) leurs plans à échelle un, avant découpe.

Tour à tour, donc, mon frère et moi, on nous plaçait sur le dessus du crâne un livre pour être sûr de la projection perpendiculaire, il fallait arrêter de bouger comme plus tard à la radiographie, *ne respirez plus*. Comme il s'agissait d'une tâche technique, c'était à mon père de tracer la marque, une couleur pour moi, une couleur pour mon frère, le nuage des marques définissant une progression linéaire lente, et nos deux ans d'écart la distance entre ces deux nuages, puis leur recoupement. Lorsqu'on allait dans le placard chercher une casserole (j'y revois aussi le compteur d'électricité, et ce qui n'était pas encore des fusibles mais *les plombs*), on contemplait soi-même sa hauteur.

Évidemment chaque petit trait horizontal s'accompagnait de la date, mois et année, et l'ensemble des dates constituait notre histoire : il pouvait se produire n'importe quoi dans le monde extérieur, cette histoire-là n'avait pas d'autre loi que sa progression organique, séparée ici de l'individu qui en était le porteur.

Les Mésopotamiens fixaient d'un clou symbolique les fondations de leur maison d'argile sur la terre argileuse de leurs villes : ces dates et ces marques, preuve que *les enfants grandissent*, avaient un peu de cette fonction. Après notre déménagement à Civray, on a repris les marques, je les revois dans l'entrebâillement de cette double porte entre salon et cuisine, dans la gâche intérieure. Pierre et moi avions passé nos dix ans, c'est plutôt Jacques dont on devait suivre l'irrésistible progression – mais qu'était-il advenu des marques laissées dans l'ancienne maison ? Qu'avions-nous laissé de nous-mêmes avec elles ?

Vient le jour qu'on pratique soi-même l'échelle des marques pour ses propres enfants. On n'a pas de crayon de charpentier, on fait avec ce qu'on a sous la main, on met l'initiale du prénom en avant de la date. Mais on change de maison trop souvent, alors les dates n'emportent pas avec elles ce miracle du temps.

On vous remet désormais à la naissance un « carnet de santé » (on y note plutôt les petites maladies, interventions chirurgicales, vaccins), il comporte dans les premières pages des encarts millimétrés où l'on est censé reporter et la taille et le poids, il y a des courbes moyennes pour évaluation. Une fois par an, avant la rentrée scolaire, on se rend au cabinet médical sans qu'aucun désordre provoque la demande, le médecin pèse et toise comme s'il fallait dix ans d'études pour ça. C'est une toise comme on en a connu nous, ensuite, dans les visites médicales au lycée, puis au service militaire ou à l'usine, une équerre sur un ruban, coulissant lentement jusqu'au-dessus du crâne, tandis qu'on a le dos bien tendu contre son support, une vague potence à pendu : *toise* est un vieux mot, attesté dès le XIVe siècle, d'abord une unité de longueur, du latin *tensus* – tendu, corde tendue. Et nous sommes cette corde.

Hier soir, quand le souvenir est revenu des marques bicolores, avec les dates en minuscule, dans le placard de la cuisine, et les onze ans dans cette première maison, c'est ce processus des signes et de l'enfance qui a émergé brutalement. Non pas l'enfance en elle-même, ni le crayon de charpentier qui y était obligatoirement associé, mais ce dont témoignait l'ensemble des marques, et leur progression vers le haut – il y a bien longtemps qu'on a cessé de *grandir*. Elles ont dû disparaître, les traces, et probablement le placard lui-même. Mon frère et moi en sommes les seuls porteurs : mais ce n'est pas simplement une image.

Et quelle étrange fonction que celle qu'on demandait alors au livre, devenu équerre : il fallait qu'il soit épais, et participe lui-même d'une durée – le *Petit Larousse,* dont la présence dans chaque maison était tout aussi obligatoire, trouvait là un usage imprévu. On n'aurait pas demandé ce service à un livre de passage, ou à un roman.

Joseph Kessel

Joseph Kessel n'est certes pas un objet.

C'est un auteur de livres, et de ses livres j'en avais lu plusieurs. Le premier que j'ai rencontré c'est *Le Lion.* Il y a l'Afrique, l'injustice, la tragédie. On referme le livre avec l'impression que toutes ces tensions qui vous ont traversé y sont encore actives, encloses mais vives, prêtes à se déployer dès qu'on rouvrira la page. J'avais aussi trouvé dans la bibliothèque familiale un roman lié à l'émigration russe blanche dans le Paris début de siècle : *Nuits de princes,* c'était la nuit, l'alcool, l'érotisme – lu en cachette, à moins de douze ans, et la lecture d'autant plus importante alors que clandestine. Ces livres allaient au-delà de ceux qui faisaient mon univers, les Jules Verne en masse, ou *Le Grand Meaulnes* comme un objet à part, étrange, infini, mais tellement lié à mon environnement immédiat, le village, l'école. Pour cette révérence à Joseph Kessel, mes parents accepteront que je me procure, en livre de poche, *Fortune carrée*, qui m'a laissé moins de souvenirs que les pirates d'Henry de Monfreid, et *Les Cavaliers*, mais plus tard, et qui incarneront définitivement pour moi le vieil Afghanistan sauvage.

Inaugurée en 1961, l'aérogare d'Orly-Sud est en 1963 le lieu le plus visité de France, devant la tour Eiffel et Versailles. Probablement à cause des boutiques à merveilles, dans ce concept totalement neuf de *galerie commerciale* (on connaissait les *grands magasins*, mais qu'à l'écart de la ville une rue commerçante devienne une rue intérieure, cela renouait et annulait les anciens *passages*). Et puis cette grande baie vitrée qui donnait directement sur les avions, qui décollaient sous votre nez comme s'il s'agissait juste d'un spectacle.

Mais d'abord, nous, ce qu'on voulait voir, c'était l'autoroute. On pouvait donc, sur quelques dizaines de kilomètres, rouler à sens unique sur deux fois deux voies de ciment rugueux, dont les joints de dilatation claquaient sous les roues. Et la galerie commerçante de l'aéroport la surplombait, par une passerelle à hublots qui a survécu. Probablement que Jules Verne (je ne connaissais pas d'autre *science-fiction*) m'avait mis en capacité d'imaginer de telles architectures futuristes, mais elles étaient simplement hors du domaine possible des représentations intérieures.

J'associe à ce voyage les épais et pourtant durs coussins ovales de la DS 19, l'odeur de la DS 19, probablement la première que nous possédons. Nous sommes probablement déjà installés à Civray, donc l'été 1964 – puisque j'ai déjà lu *Le Lion*. Mais pas possible non plus que ce soit après 1965, le monde était déjà passé en couleurs, tandis qu'en 1964, au temps des magazines en noir et blanc, l'équipée Orly c'était découvrir *la couleur*: je n'avais vu jusqu'ici des avions qu'en noir et blanc – l'étonnement m'en reste encore.

Nous sommes au premier étage, nous nous sommes repus du spectacle des décollages et du vrombissement des Breguet et Caravelle. On n'approchait pas des vitres, mais le cordon rouge tressé qui nous en éloignait était en lui-même un objet de luxe et d'admiration. Je n'avais jamais été dans pareil *intérieur*, même la cathédrale de Reims ou l'usine Citroën.

Est-ce que parce que nous, les enfants, on avait faim ? Non, je crois plutôt que ce voyage, les quatre cents kilomètres de route nationale 10 à deux voies pour venir voir l'autoroute et les avions, incluait qu'on participe nous-mêmes du spectacle – on s'est installés au restaurant de l'aéroport, ma mère a dû froncer les sourcils et prendre l'air intimidé à lire les prix du menu, et imposer qu'on s'en tienne au moins cher, comme dans toutes les familles.

Joseph Kessel mangeait à la table voisine, je l'avais de face à deux mètres, et son interlocuteur de dos. Les deux hommes parlaient bas, et lui, l'homme célèbre, n'avait pas à s'occuper d'un garagiste de province qui l'avait reconnu, ni d'un môme de dix ans qui devait ouvrir des yeux comme des soucoupes.

Je ne dis pas que Joseph Kessel était un objet. Je pourrais associer à l'aéroport d'Orly et cette découverte de l'autoroute (objet en tant que tel qui aurait, temps passé, symboliques associées, beaucoup plus d'importance pour moi que les avions, à part tel ou tel voyage : première fois à Bombay, première fois à Tokyo, première fois à Fort-de-France ou Philadelphie) des objets très concrets : une DS 19 au trentième, comme en offrait Citroën à ses concessionnaires de campagne aux grandes messes annuelles, dans un étui de plastique transparent comme on fait pour les poupées. Ou ma petite Caravelle Dinky Toys, si étrangement lourde par rapport à nos *petites voitures*, avec un vrai train d'atterrissage repliable et ses six roues minuscules mais qui tournaient.

Je savais que les livres pouvaient parler des noms qui m'entouraient. Je savais que les écrivains qui y apposaient leur propre nom avaient pu prendre de l'essence au garage, servis par ma grand-mère : en tout cas monsieur Simenon. Ce dimanche, je découvrais qu'un écrivain était un homme au visage buriné, qui fumait des cigarettes, affectant une lenteur et une indifférence généralisée au monde proche, au point de considérer cette prouesse du monde, l'aéroport d'Orly et ce qu'il représentait pour nous, au terme de notre voyage, comme un lieu ordinaire.

Est-ce que j'aurais plus tard pris ce chemin, sans le masque et l'indifférence de Kessel, quand je voyais pour la première fois, à deux mètres, quelqu'un dont j'avais lu un livre ?

dictionnaires

Au contraire du roman qui fabrique un monde et vous aspire à l'intérieur, d'autres livres accueillent le monde du dehors et l'honorent comme tel. Alors, à y marcher, on l'appréhende en douceur. On vient lire ces livres non romans comme on appréhende une ville ou le réel même. Mais est-ce que ce n'est pas en partie ce qu'on cherche ensuite, dans l'écriture même ?

Les livres d'enfance le savent bien, et s'appuient sur ce fonctionnement même – objets illustrés, définitions associées, planches, qui prouvent la réalité de ce qui ici s'invente.

Mes plus anciens livres d'enfant : les albums du Père Castor. Je revois aussi un album de plus grand format, à couverture bleue, qui se voulait encyclopédie illustrée. Non, je ne peux accéder plus près. Dans ce sentiment même – livres qui accueillent le monde pour nous familiariser avec lui – je retrouve l'intensité qu'il y avait à découvrir, chaque année, le calendrier des Postes, et chez les grands-parents de Damvix – non pas dans l'armoire aux vrais livres, plutôt côté placard du salon, avec nos jeux et les bocaux de fruits à l'eau-de-vie, l'almanach Bujeaud qui restait bien populaire encore.

Le calendrier des Postes en tant que dictionnaire ? Une fois payées les étrennes au facteur, les enfants convoqués pour savoir si on choisirait comme illustration la montagne ou les petits chats, il prenait la place de l'ancien. Enfin non, il passait sur le dessus de la pile des calendriers des Postes successifs. On y lisait des chiffres, et c'était beau de découvrir, sous la réalité ordinaire, les champs qui nous entouraient, tout ce sérieux qui les concernait et donc nous participions de ce sérieux aussi. On y lisait même, je crois me souvenir, les résultats du certificat d'études canton par canton, une réalité dont nous participions donc nous-mêmes, que nous contribuions à construire. Je me souviens très bien, dans la classe du père Galipeau, des quatre élèves, dont celui qu'on appelait *le grand Vallot*, pour lesquels le *certificat* serait le passage immédiat à la vie adulte : leur savoir et leur maturité nous étonnaient, nous les Richardeau Métais Bon qui irions au collège parce que nos familles nous en donnaient le droit. Et même, injustice suprême, l'entrée en sixième nous vaudrait le certificat par défaut, sans avoir passé par leurs épreuves.

Dans le calendrier des Postes, j'aimais d'abord les plans de villes. En découvrant ces plans pour nos propres villages, on découvrait Luçon ou L'Aiguillon-sur-Mer, on pouvait se promener par la carte dans le réel remémoré, et non inconnu.

Des dictionnaires, on en avait à la maison, au moins un, tout le monde. D'ordinaire le *Petit Larousse*, avec ses pages roses au milieu qui ne servaient à rien puisqu'on parlait vendéen et pas latin, mais si commode pour séparer les deux catégories évidentes de noms : ceux qui concernaient les choses, et ceux qui concernaient les gens. Et puis, en tant qu'agents Michelin, les grands-parents recevaient le Guide rouge de l'année, et nous passaient le précédent. J'aimais lire les noms propres : le nombre d'habitants par nom de lieu, de quel chef-lieu de canton et sous-préfecture il relevait, les spécialités et le nom de la rivière. On pouvait vivre à l'hôtel par procuration, choisir selon le confort, la table et la vue : toute notice a fonction alors de potentiel roman.

En 1964 viendrait l'annuaire du téléphone. Bien surprenant de découvrir tant de noms dans sa propre ville où on s'imagine tout vide et tout calme – le peu que vous en connaissiez. Et encore, dans ces débuts, à lire la page Civray j'en connais un bon quart ou presque un tiers. C'est surtout les pages jaunes, dans la deuxième partie, qui me fascinent : voici donc toutes les activités qu'on peut s'inventer chacun pour prendre sa place dans les affaires du monde. Et je n'ai jamais laissé arriver l'annuaire de l'année sans lire la longue introduction. La page qui m'émerveillait le plus étant celle où on vous apprend à téléphoner dans les pays étrangers, avec toute la suite des préfixes. Bien sûr, il aurait fallu pour cela que j'y connaisse quelqu'un – mais est-ce que ce n'est pas le rôle encore du roman, que remplacer les contraintes immédiates ?

J'ai disposé très tôt de mon propre dictionnaire. Je crois que c'était une version un peu améliorée et plus complète du *Larousse*, cadeau de Noël choisi chez Baylet, le libraire de la grand'place. Je m'émerveille de cette jaquette de papier glacé détachable, en couleur. Je m'émerveille du volume, et la tourne des pages sous le doigt. Il comporte des planches en couleurs sur les animaux, les papillons, l'anatomie du corps humain, et ces planches deviennent en elles-mêmes objets de lecture dense. Il comporte à la fin une section atlas : plus tard, j'aurai un vrai atlas, et encore un plus gros à l'âge adulte, et combien vous pouvez en suivre, de routes et de noms, là où vous n'irez jamais. Internet nous a débarrassés des deux, et liquidé le mouvement du doigt sur l'épaisseur des pages : voilà où nous marchons, les mains vides, mais avec la tâche d'y refaire le même vieux rêve.

Nous avons aussi une encyclopédie en trois tomes, Quillet je crois. Vieillie, dans son écrin noir durci, aux pages plus très blanches et craquantes. Elle est composée en bi-colonne, avec des caractères très petits et cela aussi fait partie du mystère : l'obligation de se ralentir, de se séparer de ce qui nous entoure, d'approcher l'ingrat pays des mots.

Je découvrirai seulement bien plus tard que la passion à lire un dictionnaire ne m'a pas été réservée – c'est juste que je n'en connaissais pas d'autres comme moi. Le Littré comme lecture d'enfance de Francis Ponge.

Plus tard, empochant les pourboires de la station-service à Ruffec, je m'offre moi-même, pour quelque 350 francs, un *Petit Robert*, qui prendra dédaigneusement la place du *Petit Larousse*. Je me revois aussi, dans le début des années quatre-vingt, l'éliminer très lâchement, sali, sans couverture, pour le remplacer par un identique. Il se trouve que je l'ai encore aperçu il y a quelques jours à la maison, dans le même état maintenant que celui qu'il avait remplacé : pourtant, ce n'est plus moi qui m'en sers. La découverte des surréalistes et des exercices d'écriture automatique, cette année 1969, avait déclenché cet achat – signature d'un autre pacte entre la vie et les mots : combien d'heures j'aurai lu ce *Petit Robert* ? L'heure venue d'entrer dans les mots, synonymes, étymologie, au lieu des pages roses, des introductions de l'annuaire, du calendrier des Postes et des planches sur le corps humain du *Petit Larousse*.

Au point que j'hésiterai énormément, lorsque plus tard, à même le sol, dans le sous-sol de la librairie Vrin occasions, je choisis entre deux Littré cette édition Pauvert en huit tomes toilés, étroits et longs, pour 800 francs je crois (je reviens le lendemain en prendre livraison avec un sac de sport), et qui vingt ans après sentira encore le tabac froid de son premier propriétaire.

Quand plus tard je voyagerai, les premiers livres rapportés ce sont les méthodes de langue : apprendre le russe, parler quelques mots de maharathi, même si ensuite il n'en reste rien (je n'ai pas la tête agile). L'année passée en Italie, le premier achat fait avant le départ, en 1984, c'est le dictionnaire.

Il y a une littérature de la « ressource », les dictionnaires n'en sont qu'un élément parmi d'autres, celui qui vient le plus près toucher à la littérature. Dans la masse du rapport aux mots qu'on entretient chacun, ces lectures qui renseignent sur le monde sont un rouage tout aussi essentiel de la relation des choses aux mots.

J'en dispose aujourd'hui dans mon ordinateur. Un Littré complet appelé par défaut sur le disque dur, un *Grand Robert* dûment payé, et je continue d'en faire usage intensif, même si cet usage est devenu autre : Internet offre sous chaque mot une porte qui devient elle-même encyclopédie, et pas possible de se fier, sur ce qui peut pour vous être si décisif, à un seul site – on corrobore, on associe, on voyage au dedans. On passe une matinée entière sur la limule.

Je ne crois pas que les dictionnaires me manquent : comme tant d'autres livres, le Littré est toujours dans son recoin par terre, les huit tomes (on s'en sert pour stocker ces sous qui restent parfois dans la poche au retour de Suisse ou des USA). Et j'aime l'idée de ces *bassins* de dictionnaire, le Furetière, le TLF, et que parfois il est vital d'aller s'y confronter, mais en ligne.

Mais qu'est-ce qui pourrait prétendre remplacer ces planches d'animaux merveilleux encastrées en couleurs, le nom des ports successifs de Sibérie, ou l'enquête approfondie, par le papier, des secrets du corps humain – ou bien cette première lecture de l'agenda des Postes juste neuf, avec ses petites blagues encadrées, son détail de chiffres, et le plan de votre propre rue ?

Qui pour avoir jamais été indemne des dictionnaires ? Qui d'entre nous pour ne savoir dresser, comme portrait de sa vie même, la liste de ses dictionnaires successifs ?

machines à laver

Mes trois maisons d'enfance, celle que nous avions en location avec mes parents à Saint-Michel-en-l'Herm de ma naissance à 1964, et celles de mes grands-parents paternels et maternels, disposaient chacune d'une buanderie.

Ce n'est pas une indication de luxe : à la campagne, on peut toujours s'étendre à l'horizontale, ajouter des cahutes. Si les toilettes étaient désormais avec faïence et chasse d'eau, le banc de bois sur trou avec sciure figurait encore dans le paysage et on ne se posait pas trop de questions sur tout ça.

Il n'y a d'ailleurs pas de vraie spécification commune à la pièce qu'on dit *buanderie*, sinon le sol en ciment (le village comptait encore de nombreux sols en terre battue, et aussi dans la pièce unique cette bicoque adossée à celle des grands-parents de Damvix, où vivait entre sa cheminée et le lit clos la *tante Hortense*, m'y impressionnait un sabre pendu au mur, souvenir d'un frère, père ou mari mort zouave dans les colonies – à chaque génération il en partait un comme ça, on pourrait faire une histoire parallèle de sa propre généalogie par ceux qui l'ont quittée sans jamais plus donner de nouvelles). De commun, je dirais aussi la lumière : une fenêtre ou un vasistas, mais qu'on ne se préoccupait pas de nettoyer – alors, toiles d'araignée ou parce que simplement pas d'autre source, une lumière plus grise et étale. Finalement, à mesure que j'écris, d'autres spécifications reviennent : on trouve toujours une armoire bancale, mise là au rebut, à double porte battante ouvrant sur pots vides et pots pleins des conserves de haricots verts ou mogettes faites à la saison, plus quelques confitures de fruits tombés. Je revois nettement aussi, dans chacune, la caisse à claire-voie, mais une vraie caisse de planches assemblées, pas un *cageot* qui servait à accueillir, entre l'achat et le sacrifice du dimanche (aux occasions, pas tous les dimanches bien sûr), la poule ou le poulet, voire le lapin que nous enfants viendrions examiner curieusement, avec un peu de peur aussi, par les interstices, yeux fixes et brillants dans l'obscur. La scène finale, on préférait s'en tenir à distance.

Ce qui permet d'assembler le souvenir c'est à nouveau l'odeur : l'odeur aigre et savonneuse de la lessive. Je revois sur une planche de bois brut, mais devenue comme polie, les parallélépipèdes bruts de savon de Marseille qui y fournissaient – on les achetait aussi en copeaux, dans un sac plastique, au contact doux et un peu gras quand on y plongeait la main. Et l'outil principal : ces lessiveuses en zinc riveté, dont une très grande pour les draps, une moyenne pour le courant, et une à part pour la stérilisation des conserves. Et puis la cheminée qui avait dû servir des décennies à produire l'eau chaude pour y fournir, même si maintenant elle arrivait directement au gros robinet de cuivre.

Puis ces femmes qui s'en faisaient une spécialité, tournant de maison à maison. Vie rude. Activité courbée. Reins solides. Marie Proult, Jeanne Hurtot. Le lundi, le père et le grand-père en bleu de travail propre et tout raide, ceux noirs de cambouis de la semaine d'avant qui trempent. Et tout cela qui ensuite flotte au vent des étendoirs, notre infatigable vent de mer.

Interrogée, ma mère dit que le réfrigérateur (un Frigidaire) avait précédé l'arrivée de la machine à laver – et c'est dans la buanderie aussi qu'on aurait relégué l'ancien garde-manger en grillage, avec au-dedans la cloche pour les fromages. La machine à laver implique aussi le père : électricité et mécanique, c'était son rôle. Machine avec éléments tournants, moteur et circuits. L'eau et l'électricité il fallait les amener, même si la buanderie permettait évidemment par avance l'évacuation de cette eau grasse des lessives d'alors, celles d'avant les publicités télévisées, les *barils* de Dash (même la mesurette en plastique de couleur rouge, qui proclamait, arrivant avec chaque baril, qu'elle ne se préoccupait pas d'être réutilisable, signait le changement d'époque). Ou la petite voiture brillante sous Cellophane tirée avec émerveillement de la poudre à gros grains des paquets jaunes de Bonux – la publicité est entrée dans les villages par la lessive et ce fut le début du changement d'ère. Donc elle était là, la machine à laver, une Vedette – on l'a eue quatorze ans, cela j'en suis sûr, on l'a assez répété ensuite, je revois faire les essais, le tambour inox tournant lentement derrière le gros hublot convexe. Me suis toujours imaginé d'ailleurs, puisque tout cela venu en même temps, les hublots du *Nautilus* de Nemo relevant de technologies aussi délibérément futuristes que notre première machine à laver. C'était avant la télévision bien sûr, et donc vers mes huit ans, en 1961, pour cela que j'ai souvenir de l'avant et de l'après. Dans la buanderie qui gardait l'ancienne odeur, l'armoire à conserves et la lumière étale de sa fenêtre qu'on n'ouvre jamais, la machine à laver neuve surélevée sur une palette en bois, pareil qu'on mettait l'instituteur sur une estrade. Trop tard pour le savoir, donc, mais on peut concevoir à distance comme un *graphe* (dirait-on aujourd'hui) de l'objet nouveau dans la cartographie du village, le pharmacien et le docteur, le directeur de la laiterie coopérative, l'électricien Ardouin lui-même avaient dû s'équiper les premiers. Deux ans plus tard, les grands-parents eux-mêmes auraient leur machine à laver personnelle, et cette révolution silencieuse, se propageant à l'échelle d'un pays, était l'armature sur laquelle la télévision (et la publicité donc) n'aurait plus qu'à glisser.

Nous y passions des heures, dans la buanderie. On pouvait s'accroupir dans les bassines de zinc et en faire des véhicules militaires. On extrayait du fond de l'armoire les feuilles de vieux journaux qui servaient à poser les conserves, et on lisait à distance variable de temps la curieuse image de la vie locale pour qu'elle mérite d'être reprise par *L'Ouest-Éclair*, qui n'était pas encore *Ouest-France*. Ce sont des souvenirs d'été, parce qu'en hiver ces pièces-là n'étaient pas chauffées, ce sont des souvenirs du dimanche, parce que les repas (la caisse à claire-voie de la volaille sacrifiée à nouveau rangée verticalement contre le mur, mais on n'y touchait pas) duraient une partie de l'après-midi mais que les enfants avaient le droit de s'en éclipser bien plus tôt. On y lit des choses interdites, ce qu'on peut en trouver dans les recoins à livres, et qu'on ne vous aurait pas laissé lire devant les grands – le souvenir en tout cas des lectures interdites s'associe toujours vaguement pour moi à cette odeur acide du savon de Marseille. On y rêve.

Les machines à laver, plus tard, ont migré dans les maisons elles-mêmes. On en a terminé aussi des caisses à claire-voie, des stérilisateurs à conserves. L'espace domestique était à la fois une conquête et une démonstration sociale : les buanderies ont trouvé autre usage – on dit *dressing*, dans certains appartements modernes. Ou bien, parce que les objets changeaient de statut, elles devenaient le lieu où on entreposait ce qui n'avait plus à servir : en tout cas, ce n'est plus un lieu fonctionnel, un lieu de travail, dans la rudesse domestique et probablement même pas reconnue comme telle, qu'elles représentent dans le souvenir.

On n'emploie même plus le mot *buanderie*. Il n'y a plus de buée – le mot même qui signifiait *lessive*, avant que nous en gardions juste la vapeur, notre haleine sur une vitre.

boîtes

À convoquer le visage de ma mère, et celui de chacune de mes deux grands-mères, le monde des objets se raréfie. Ou bien, simplement, on ne m'en donnait pas accès.

Revient alors, par exemple, le goût du melon d'eau, et cette tradition d'utiliser cette courge plutôt fade pour des confitures que l'orange et le citron (difficilement accessibles, donc chers) relèvent. La grand-mère faisait sa confiture de melons d'eau une fois par an, et en répartissait la consommation des pots sur l'année.

Revient la rareté qu'était une orange : et qu'aux arbres de Noël de l'école primaire, c'était rituellement ce qu'on nous offrait, et qu'on la trouvait belle, qu'on avait appris à en décoller la peau en spirale, l'assembler en rose odorante, qu'on gardait à sécher. Ma grand-mère collectait ces écorces, et les mettait à confire : macérées dans l'eau-de-vie que tel ou tel voisin savait produire et offrir, résultait cet apéritif douceâtre qui était une spécialité maison. On le garde dans une bouteille carrée gainée de cuir ouvragé, étui qui en lui-même établit une hiérarchie définitive, dans un placard sombre et frais, à cause de l'épaisseur du mur. Puisque c'est *naturel*, les enfants en ont droit à une larme.

Les objets liés à ma grand-mère sont ce qu'elle réalise pour la communauté familiale, et non pour elle-même.

Ainsi, associé au visage de ma mère, l'achat de chaussures pour les enfants. On a grandi, l'hiver approche, il faut aller à Luçon ou La Rochelle. Elles doivent d'abord être solides, ce sont des *brodequins*. On les essaye, ça fait un peu mal, le marchand tâte du doigt la place qui reste en avant du pied: il faut laisser une petite marge. On nous les remet emballées de papier léger, dans une boîte en carton qui semble une possession plus précieuse que les croquenots à bonne odeur de cuir (qui ne durera pas), et les lacets bicolores tressés dans leurs œillets qu'on n'en finit pas de boucler.

Elles n'auraient donc rien qui leur appartienne, que quelques modestes bijoux qu'on préfère cacher dans l'armoire aux draps, et son discret tiroir?

Alors je revois les boîtes. Celles qui leur appartiennent et dont je ne sais rien, et celles dont j'ai pu inventorier à l'occasion le contenu.

Ainsi la *boîte à ouvrage*. L'arrière-grand-mère aveugle a la sienne, chacune de mes deux grands-mères et ma mère aussi. C'est compliqué, léger, dans un cylindre d'osier doublé intérieurement de tissu (au moins pour l'une de ces quatre) – quand bien même la personnalité de la propriétaire ne se prête pas trop auxdits *ouvrages*, encore plus s'ils sont réputés de *femme*. C'est le cas de ma grand-mère, qui se lève à quatre heures du matin pour les *deux litres de mélange* à verser dans les Mobylette des journaliers agricoles par quoi commence sa journée. Dans chacune d'elles, plusieurs dés à coudre, qui doivent pour elles quatre correspondre à un récit précis, d'où venu, par qui donné, et pourquoi gardé, même terni ou cabossé, ou si humble. Il y a ces méchants ciseaux droits et trapus de couture, qui vous crèveraient des yeux comme rien. Et puis l'*œuf à repriser*. J'en connais donc plusieurs, un dans chacune des boîtes inventoriées en l'absence de leurs propriétaires : lourd et compact, précieux parce qu'en porcelaine (plus tard en plastique, aucun intérêt), forme ovoïde par définition, à l'usage mal défini pour qui ne s'en sert pas. Connaissez-vous un autre objet qui ne présenterait, comme l'*œuf à repriser*, aucune caractéristique extérieure sur toute sa surface ?

Moi aussi j'ai une boîte, ma *boîte*. Une boîte en métal carrée, genre boîte à biscuits – mais nous n'en manquions pas : les bougies pour les voitures étaient livrées dans des boîtes comme pour les boudoirs et biscuits. Il me semble pourtant qu'il s'agissait d'une boîte à biscuits. J'avais fait l'expérience de l'enterrer, au fond du jardin, avec un repère évidemment connu de moi seul. Et vérifier à un mois d'écart, ou tout un hiver, l'évolution de ce que j'y avais enfermé. C'était devenu une sorte de laboratoire, de vaisseau pour Mars, insecte ou oiseau mort, enveloppé dans un bout de tissu, choses automobiles, mais quoi d'autre. J'y vois aussi quelque chose de plus personnel, mais ne sais pas le retrouver. Je creusais, trouvais le couvercle fin, dégageais l'ensemble, ouvrais, puis manipulation inverse. J'associe cette boîte enterrée à la lecture récurrente de *L'Île au trésor*. Mais quel était mon trésor ?

Des bougies et des roulements à billes, c'est la sensation dans la main qui compte : on en disposait à volonté, puisque pièces d'usure. Mais, dans l'ensemble des perceptions, c'est le poids relatif de ces objets qui les distinguait de tous les autres. Lourds en main, très compacts. De la bougie, le petit cylindre de porcelaine et l'étonnante gravure des caractéristiques et du chat en noir et blanc du nom de la marque, *Marchal*. Les roulements à billes, soit minuscules et tournant longtemps, longtemps, soit – je préférais – quand on pouvait en négocier un, issu de la boîte de vitesses d'un camion en réparation, parfois gros comme une assiette. À preuve qu'aujourd'hui même il m'en reste deux, dans mon bureau, marque non pas des SKF mais des NKG, je les garde dans leur boîte d'origine, et le papier graissé qui les isole de la corrosion. Une des boîtes est ouverte, je déballe le roulement, puis le range.

Boîtes, mystères – me revient dans le même mouvement cette tête de chat en métal noir lesté de deux billes de verre transparentes, qu'on plaçait dans les cerisiers, et plus généralement là où il fallait effrayer les oiseaux – plus efficaces qu'un épouvantail traditionnel, avec manche à balai, paille et vieux chapeau. Métal, chat noir et billes de verre : des ouvertures en éventail découpées pour les moustaches et, serties à l'endroit des yeux, vides, transparentes et effrayantes, ces billes de verre légèrement jaune-vert.

Là où commence, avec leurs boîtes, le pays inconnu des minces possessions personnelles concédées à ma mère ou, avant elle, mes grands-mères, c'est cet objet de fascination et d'effroi qui surgit.

photos de classe

La photo de classe : chaque fois un rituel attendu. Un vrai tapis roulant pour la mémoire. De certaines années scolaires tout entières, je ne me souviens de rien. Des visages sur la photo de classe, à peine si je peux en nommer une poignée. Mais que je regarde les bancs, la cour, le prof qui nous accompagne, et presque tout revient.

Ce n'est jamais au hasard dans la cour qu'on se place sur les bancs par taille croissante, premier rang assis sur premier banc, deuxième rangée debout pieds au sol, troisième rang debout sur autre banc. Ou bien, s'il fait mauvais, dans la cantine, à moins d'une salle de classe où on aura repoussé les tables et chaises.

Rite de passage : la photographie faite, on peut passer au rendez-vous de l'année suivante. C'est presque déjà une évacuation – de ce qui nous rassemble, de ceux qui en eurent la charge, de l'âge qu'on a au moment du déclic.

En principe, c'est le prof principal qui accompagne la classe, ou bien, le prof qui a cours à cette heure-là, mais rejoint par le prof principal (et tant mieux, voilà déjà une moitié du cours qui saute). Ils se mettront discrètement sur le côté, ou s'assiéront au premier rang malgré la disproportion des tailles.

L'an passé, à Civray, je suis venu discrètement visiter l'expo pour les cent ans de mon lycée. Ils avaient couvert les murs du foyer des élèves, année par année, de toutes les classes présentes. Soit bien quarante ans d'une quinzaine de classes photographiées toutes au même âge, chaque visage présent trois ans de suite mais pas dans la même position sur le grand damier. Je n'étais pas le seul à retrouver, pour chaque année, quels étaient ceux d'avant et ceux d'après, et d'année en année tenter de suivre l'évolution de tel ou tel visage, ou le mien même. Belle leçon sur la sociologie de la coiffure, et ses archétypes. Ou l'irruption de la couleur après 1968, ou, pour les grandes classes, l'apparition progressive des lentilles de contact.

Sur chaque photo de classe, celui qui est de service pour faire l'andouille et placer deux doigts en corne sur la tête de celui qui est devant, et, rituellement aussi, celui qui chaque fois semble regarder l'objectif avec une détresse entière, un appel au secours qui nous parviendrait ainsi avec deux décennies de distance et n'aurait pu être entendu quand il le fallait. Et, des quelques noms que vous réussissez à identifier, bien sûr il y a déjà des morts.

Il y a quelques années, ma mère m'a remis (et à chacun de mes frères je suppose) une grosse enveloppe marron avec le contenu suivant : lettres reçues, du moins tant que le courrier postal était un outil social pertinent, les dernières remontant à ce moment où j'avais renoncé à mon travail industriel pour l'aventure plus hasardeuse d'écrire un livre (et qui sera la limite temporelle des fragments rassemblés ici). Je n'ai pas relu ni détruit ces lettres, pas encore – je ne me sens pas non plus de responsabilité particulière à leur sauvegarde. Ma mère aussi y a joint ce qu'elle avait conservé de nos prouesses scolaires, les bulletins de fin d'année et notes trimestrielles depuis l'école primaire, les colles et avertissements du lycée. Là j'ai regardé un peu, vérifié que mon obstination à obtenir la plus basse note possible en sport datait de mes douze ans. Et bien sûr, dans l'enveloppe, les photos de classe. L'image qu'on y prend de soi-même n'est pas flatteuse. On obéit aux codes qui sont ceux de l'époque, si brève époque. On ne peut pas plus s'aimer à distance qu'on ne s'aime au présent. Je ne les ai pas numérisées, sauf deux, pas plus que je n'ai cédé aux pressions amicales de *copains d'avant* ou autres retrouvailles web. Les routes de la vie sont déjà divergentes à l'intérieur de soi-même, que reconstruire de ce qui nous rejoignait il y a trente ans ?

Sur quelques-unes de ces photos, ma mère ou moi-même avions alors recopié les noms, rang par rang. J'avais agrémenté certaines d'une grosse croix rouge juste sous mon menton comme si je risquais plus tard de me perdre. Les noms m'évoquent plus de portraits et d'histoires que les visages, lesquels ne sont qu'un stéréotype muet, chevelure, nez, blouse. Notre image est ce que de soi on se débarrasse, en permanence.

Ce qui effraie, en comparaison des photographies familiales, guère plus flatteuses, c'est comment le recul du temps a été accéléré, figé par le collectif. On ne voudrait pas aller remarcher dans ce temps, descendre du banc et partager la vie de ceux qu'on y voit, alors qu'à reprendre les rêveries intérieures de la même année on peut les trouver plus denses même que celles d'aujourd'hui. C'est différent, bien sûr, pour les quelques visages dont on garde la proximité vivante : celui-ci, celle-ci, on sait ce qu'il est ou sont devenus, et c'est cela qu'on lit (faussement, très certainement) dans cette lumière au coin des yeux, l'affirmation des épaules.

Les autres noms ont disparu dans le gris, et allez distinguer un Macaud d'un Bordin, à tant d'années de distance.

À Civray officie le photographe du bourg, le père Charpentier, qui arbore dans sa vitrine tous les mariages de l'année. D'année en année nous resservant les mêmes plaisanteries, pour que tout le monde s'installe, se calme, s'immobilise et sourie. Quitte à une soudaine colère à grosse voix quand, à cause de deux andouilles qui s'amusent, il doit refairc sa prise. Et bientôt la feuille circulera pour enregistrer nos commandes.

Pour l'école primaire et maternelle, on fait aussi des photos individuelles. Elles sont aussi dans l'enveloppe marron. La première de celles que je me connais, c'est dès la maternelle. En blouse à carreaux, on m'a placé à une petite table avec un jouet (un train de bois). Celle-ci, je l'ai particulièrement en mémoire, puisque c'est l'année où j'avais ma mère comme institutrice, et qu'une des rares photos d'elle à cette époque, hors conventions familiales, en tout cas probablement la seule dans l'exercice de son métier, c'est elle-même assise à la même chaise, derrière les mêmes jouets.

Je suppose que ce n'est pas plus simple pour les autres, la relation aux photos de classe. Pourquoi sinon les garderait-on ?

éther

Ce ne sont pas que les souvenirs matériels qu'on ait à pourchasser. Implacables mais fragiles figures qui surgissent de l'obscurité intérieure, se tiennent à une vague distance. Qu'on tente de s'en saisir, déjà elles s'éloignent.

À regarder ces anciennes photos de classe, avant que la mixité arrive, en classe de quatrième, en octobre 1965 (l'arrivée du *Satisfaction* des Rolling Stones) – les genoux à nu des garçons, la fragilité des corps. Le corps n'existe que sous la blouse, l'uniforme. L'élan de Mai 68, puis des années soixante-dix, autoriserait le mouvement et la couleur, on n'y a pas droit encore.

Alors, en filigrane sous la photo de classe, reviennent aussi les journées sans école, ces maladies d'enfance – rougeoles, oreillons comme un parcours vaguement initiatique aussi, une croix cochée parmi les cases d'un formulaire pour tous identique, et dont nous débarrasseraient plus tard les vaccins. Le droit de rester au lit avec un *plateau* (le lit devenu pour quelques jours tout un monde). Et presque aussitôt l'odeur de tabac froid et le contact glacé du stéthoscope du médecin de famille, pressé, peu causeur. De la maison du docteur Ferchaud, dont le rez-de-chaussée lui sert de cabinet, souvenir de la porte capitonnée – comme chez le notaire ou, plus tard, le proviseur du lycée : cette couche de crin rembourrée clouée sur les portes était protégée d'un cuir dont la fonction était tout autant religieuse qu'acoustique. Donc il est là, devant le gosse assis sur le rebord du lit, et qui ne voit que les boutons de sa veste – *tousse*, *respire*, dos et côtes, puis sa main gauche sur les omoplates, et de l'autre tapant des coups secs, avant la rédaction illisible de l'ordonnance (c'est madame qui est la pharmacienne, elle saura déchiffrer), sirops et préparations. Et pas sûr que les amis toubibs, Paul Van Vliet, Marc Zaffran dit Winckler, aient pris tant de distance avec cet art du diagnostic au plus près des signes du corps. De ces jours reviennent aussi avec une étonnante précision ce nombre très limité de cauchemars géométriques liés à la fièvre, qui servent ensuite de matrice aux rêves récurrents.

L'ablation des amygdales est si systématique qu'on peut la considérer elle aussi comme une de ces étapes initiatrices, un peu plus compliquée que la varicelle, mais si peu. En tout cas, une réponse qu'on considérait comme automatique contre les foyers à microbes, dès lors qu'on s'enrhumait trop souvent. On ne m'a jamais parlé, me concernant, d'apnées ou autres dysfonctionnements. Il se trouve simplement qu'aujourd'hui on ne pratique plus cette ablation de façon aussi systématique.

Le docteur Delorme était le chirurgien de l'hôpital de Luçon : avec quelle famille du canton n'avait-il pas eu à traiter ? Une réputation donc aussi massive que s'apercevait de loin le clocher effilé du vieil évêché au-dessus des marais. Le bon docteur Delorme se faisait vieillissant, j'en garde, pour une autre opération, une cicatrice assez étrange.

Mais, pour l'enfant de six ans, marque d'abord sa majesté, celle des héros de ces vieux films noir et blanc, très lents, et muets. C'est un ventre dans une blouse blanche, surplombé d'un visage que la barbe gris-blanc taillée rend carré, surmonté d'une toque blanche façon cuisinier. On est allongé, on est à peine plus grand que sa main qui déjà vous palpe. Puis on vous applique l'éther.

On a rarement l'occasion aujourd'hui de tenir entre les mains du caoutchouc pur. Les usages qui en demeurent sont encore principalement médicaux. Je ne peux toucher du caoutchouc (du vrai, du pur caoutchouc) sans le souvenir précis du ballon d'éther. Dans nos ballons de football il y avait cette vessie un peu transparente, pour le gonflage, qu'on extrayait parfois pour réparation, c'était ça. Pas beaucoup plus gros qu'un pamplemousse, et une ouverture qu'on vous appliquait sur le nez et la bouche.

L'odeur de l'éther était ce qui qualifiait n'importe quel lieu voué aux soins. On en avait aussi à la maison pour nettoyer les plaies, de même qu'on gardait à la cuisine, contre les taches, du trichloréthylène : j'en retrouve intérieurement les deux odeurs, complémentaires, jouissives.

Après, évidemment, on ne se souvient plus de rien. Je crois les anesthésies d'aujourd'hui, avec des produits plus complexes et parfaitement dosés, bien incapables de produire cette sensation si vertigineuse au réveil, conscience extrêmement aiguë de tout ce qui concerne le mental, tandis que le corps n'a pas encore existence. Je retrouverai ces descriptions dans *Les Paradis artificiels* de Baudelaire, mais tellement plus tard.

J'en porte vaguement la nostalgie. Après, probablement, on s'occupe plutôt de la douleur à la gorge, pendant trois jours on vous nourrira froid, avec, ô prodige, de la crème glacée, bien avant que la consommation de surgelés n'en banalise les arômes chimiques.

Je porte en moi, par le contact encore vif d'un ballon de caoutchouc pur empli d'éther, une séparation de l'âme et du corps, qu'incarne à jamais la figure jupitérienne d'un chirurgien de canton, préparant sa retraite.

navigateurs solitaires

Le livre s'appelait *Navigateurs solitaires*. À la limite, le titre aurait suffi au rêve.

On n'avait pas encore la télévision, mais on avait l'horizon de mer. On savait aussi par l'école que les aventuriers portaient des noms étranges, comme Savorgnan de Brazza.

Mais nos aventures à nous finissaient où commençait cet horizon : de l'autre côté de la digue de l'Aiguillon, qu'on apercevait du jardin, ligne noire entre le gris-vert de la terre et, de l'autre côté, la réverbération de la mer. L'aventure commençait à ces grosses barques ventrues échouées sur la vase dans le port de l'Aiguillon à marée basse, et qui redressaient fièrement le museau au jusant ? Ce sentiment précis de l'enfance à vue de mer, je l'ai retrouvé récemment, avec la même netteté immédiate et fascinante à Baie-Saint-Paul, en aval de Québec, là où avait abordé Jacques Cartier – les rivages là-bas n'ont pas été sabordés par les marchands de béton au rabais.

Navigateurs solitaires, sans article, c'était donc le titre de ce petit livre, à couverture grise entoilée. Il me paraissait si épais, lors de ma première découverte, rassemblant Le Toumelin, Gerbault et les autres (Bombard, ou l'équipée du *Kon-Tiki*), et me paraît si humble aujourd'hui, sous les Conrad et autres Melville. À Paris il y a (il y avait ?) une librairie marine où je ne résistais pas à entrer, des années plus tard, pour découvrir qui étaient les nouveaux *navigateurs solitaires*, avant le temps de leurs courses imbéciles et sponsorisées. Et si je suis de passage à Brest, c'est de suite dans le rayon navigateurs de la librairie Dialogues que je vais d'abord, le rêve est toujours aussi fort, mes chances de l'accomplir évidemment toujours plus restreintes. Pareil près de Québec, dans cette bouquinerie à Saint-François, tout au bout de l'île d'Orléans, et le silence calme de ces pièces qui si longtemps avaient été pour moi une extrémité inatteignable du monde, et m'en disaient seulement l'histoire plus complexe. À Ullapool, ville de mer aussi, j'ai éprouvé cette rare fierté des livres quand ils concernent la mer et ne subissent pas le voisinage des nôtres, quand bien même dans l'autre langue.

Mais rien n'équivaut bien sûr à celui qui en est comme la porte d'entrée. Il est en mauvais état, lu trop de fois, ayant survécu à trop de déménagements – je ne pensais même pas qu'il puisse ainsi me parvenir, lorsque je l'ai déposé dans le carton de ce dont j'ai voulu m'assurer possession parmi ce qui encombrait ma mère abandonnant la maison de Civray qu'on vidait.

Et même pas besoin de relire : la présence d'un livre suffit à rappeler cette part immatérielle qu'il nous a intérieurement ouverte. De même que, sans l'ouvrir, il est le rappel du lieu où on le lisait, le livre.

Le premier de ces *navigateurs solitaires*, l'aventure du *Kurun* d'Yves Le Toumelin. Cet été, j'ai voulu voir si *Kurun* était toujours là, et fait le crochet du Croisic. Évidemment la magie est partie : ces côtes de Loire-Atlantique sont parfois belles en hiver, mais pas dans l'embouteillage généralisé de l'été, avec les marchands de frites et les manèges. La magie reste en face, âpre et transparente, comme accrochée aux épaules diaphanes des petits morts de l'hôpital de La Turballe, Pen Bron, dont on trouvera description précise dans *Le Livre de la pitié et de la mort* de Loti. La pêche est morte, la plaisance a tout mangé, mais *Kurun*, cinquante ans après (1961 le premier voyage avec les parents, facile à dater puisque c'était avant le lancement du *France*, et 2011 le suivant), était bien là, reconnaissable avant même confirmation officielle par le panneau sur le quai. Clos sur lui-même, minuscule et terne – une association de sauvegarde veillait à son entretien – petit musée maritime dont le nom comme la prouesse, un des premiers voyages en solitaire tout autour du monde, sur un bateau d'à peine six mètres, sont ignorés bien sûr de tous ceux qui passent devant lui, au milieu des coûteux joujoux en plastique pour marins du mois d'août.

Comme pour Kessel, il me semble que lorsque nous étions venus au Croisic, ce printemps 1960, pour voir *Kurun*, Le Toumelin était présent, bricolant sur le pont ou la coque de son bateau – mais peut-être j'invente, mêle à des photographies.

Kurun est un objet simple : un *petit navire*. Je passais un temps infini à en dessiner, aménagements intérieurs compris. Plus tard, un drôle de bateau rustique mais taillé pour le large (venu de nos ciels d'Ouest aussi), le *Muscadet,* me ferait reparaître ce rêve.

Difficile de retrouver le rêve né du petit livre toilé gris, avec Gerbault et Bombard, ou plus tard les livres de Moitessier dans ce jeu géant pour enseignes de grandes marques que sont les courses comme le Vendée Globe, coques en fibre de carbone avec bruit ambiant de 90 décibels, mais l'expression *navigateurs solitaires, oui, toujours active.*

sandales indiennes

J'essaye de revoir ce que pouvaient être les objets miens lors de ce voyage de trois jours, parti de Bombay en autobus, pour visiter Ajanta et Ellora, puis la ville d'Aurangabad. Dans le livre sur l'Inde de Loti, je retrouve des descriptions d'Ajanta et d'Ellora qui, à trente ans de distance, font resurgir des images forcément lacunaires. Mais je préfère passer par le livre : parce que Loti les raconte dans le mouvement, les odeurs, la chaleur et les singes, et que rien des images qu'on peut exhumer, anciennes ou présentes, ne m'aide – elles font plutôt obstacle.

C'est comme si, montant dans le bus de nuit à la poursuite de moi-même, j'assistais au déroulé d'un diaporama dont je serais très partiellement et fugacement l'acteur. Je revois les images de l'autobus : j'étais assis à côté d'un Anglais à la peau très blanche (ou seulement par contraste, puisque cela faisait deux mois que je travaillais au Bhabha Atomic Research Center), un type de mon âge mais lui scientifique, envoyé par je ne sais quel labo. Suffisamment discret, et familier de l'Inde, pour qu'on parle avec aisance. Cela me protégea de deux Françaises qui auraient pu être envahissantes, baragouinaient un anglais sommaire mais n'ont jamais eu l'idée que je parlais leur langue. Après Bombay le bus grimpe une pente escarpée en lacets, le même plateau au bord abrupt qui donne le vertige un instant quand l'avion échappe à l'Inde continentale pour amorcer la descente sur la presqu'île. Des contrebas à pic, pas de garde-fou, et à chaque virage ce qu'on apercevait en bas c'étaient les ruines d'autobus exactement comme le nôtre. On apprend un peu de cette fatalité pour laquelle les Indiens sont si forts. Je ne crois pas qu'avec l'Anglais on ait échangé sur ces carcasses aperçues dans le fond des ravins : statistiquement, nous avions la meilleure chance de passer, la preuve. Souvenir aussi de l'aube : sur une route de campagne, alors qu'on se faisait servir un *tchai*, un feu au milieu de rien, et toutes ces silhouettes émergeant comme du sol même à mesure que le soleil paraissait, trouait cette brume épaisse et collante qui est la présence du jour.

Des grottes d'Ajanta et d'Ellora, quelques gros plans défileraient, avec les sculptures géantes dans la pierre, ces escaliers et couloirs taillés dans la roche. Des gamins qui vendaient des cailloux et améthystes, et pourquoi pas, les pierres achetées je les ai – puis à quoi bon négocier, dans la disproportion de mes revenus de technicien occidental en déplacement pour assister au soudage du cœur de ce réacteur nucléaire, cent soixante-six tubes cylindriques dans une double gamelle de douze mètres de diamètre, et eux qui vivaient pieds nus, dans le mépris des touristes. Je n'avais pas d'appareil photo. Je portais ces sandales qu'on se fait faire sur le trottoir à Bombay : le type vous applique le pied sur l'intérieur d'un pneu de camion et dessine le contour. On revient deux heures plus tard, et vous avez vos chaussures : le pneu de camion est inusable, je les ai portées pendant des années.

Les objets donc – l'améthyste, les sandales – émergent lentement de la nuit dont le bus, maintenant dans ces zones désertiques, avait échappé. Je me revois habillé de blanc, mais c'étaient ces tuniques larges qu'on se procurait dans le premier bazar et qui sont ce qu'il y a de plus confortable dans la chaleur indienne. J'ai un sac : je le revois aussi, parce que je m'en suis longtemps servi en France, même sous les quolibets, les premiers jours, de mes collègues de l'usine retrouvée. Il est fait de carrés de tissus à rayures cousus ensemble, avec une bandoulière des mêmes tissus tressés, et des grelots. C'est à Bombay aussi que je l'avais acheté, mais si banal là-bas.

On dort à Aurangabad, je partage une chambre avec l'Anglais puisqu'on se supporte réciproquement. De la déambulation dans Aurangabad écrasée de chaleur, je me revois entrer dans une école musulmane. Sur la galerie, à l'ombre, un imam enseigne le Coran à des enfants assis par terre, il tient une badine et frappe. Pour cela que j'en ai souvenir aussi précis, et quasi rien d'autre de la ville même. L'après-midi, au retour d'Ajanta, j'ai très soif : même à Bombay, on n'est pas habitué à cette soif. Malgré les précautions qu'on enseignait aux touristes, et comme pas droit à l'eau qui ne soit pas en bouteille, j'achète à un marchand de rue des parts de concombre. À Ellora j'ai longtemps regardé ces singes qui vivent en liberté dans les temples.

Probablement qu'on s'imagine, dans l'instant même d'une telle excursion, qu'on en sera définitivement le porteur. Je rêve toujours de Bombay. Il se confirme que j'aurai à y retourner (mais ce ne sera pas la même ville, d'ailleurs elle s'appelle Mumbai). Mais de ces deux jours à Ajanta, Ellora, Aurangabad, voilà la totalité de ce que j'arrive à convoquer. Le livre de Loti m'en apprend bien plus : mais justement, parce qu'il l'a écrit.

Je voudrais ouvrir ce sac de tissu coloré avec ses grelots, et y entrer. J'ai un gros cahier Clairefontaine vert épais, à reliure ressort. Je le rapporterai quasi rempli – mais le détruirai, quatre ans plus tard, à Marseille. Pour le cahier Clairefontaine, j'ai probablement mon stylo-plume : je n'ai jamais toléré l'écriture manuscrite autrement qu'avec un stylo-plume. J'utilisais un stylo de marque Sheaffer, et j'ai toujours dans un tiroir leurs corps de métal noir, dont celui qui m'a accompagné toutes ces années, la couche métallique superficielle dissoute par les acides de la transpiration et le contact de la peau (souvenir de ce cal sur le côté gauche de la dernière phalange du majeur droit, il est resté visible longtemps, a fini par disparaître). Je ne me revois pas acheter de stylo-plume en Inde (j'en ai acheté en Italie, en Allemagne, et encore l'an dernier au Québec), mais je revois maintenant une boîte de carton mince, marron, avec dedans une bouteille de l'encre achetée sur place – les stylos Sheaffer incluaient un dispositif de pompe.

Dans le cahier vert, j'écrivais tous les jours, et obligatoirement une partie des paysages observés ou traversés, les noms des villes, les rêves et des dialogues imaginaires. Il me semble qu'une bonne partie de ce qui s'était écrit lors de ces quatre mois revenait régulièrement se nouer sur des dialogues sans énonciateurs.

Dans le sac, je ne revois pas de livre. Au second voyage, en février 1980, les cinq semaines seront ma découverte de Proust, il ne m'en restait que la toute fin à traverser au retour. Je prenais des cours de musique (un sitar acheté et rapporté, qu'il me faudra aller détaxer à Orly).

Au fond du sac j'ai quand même ce gros guide de voyage en anglais, qui date mais donne une autre couleur à ce qu'on découvre, acheté d'occasion dans une bouquinerie de Bombay. À retrouver le souvenir de ce gros livre jauni, du coup je revois, sombre et labyrinthique, le magasin lui-même, ses ventilateurs et l'odeur de poussière. J'y avais acheté aussi, mais neuf et récent, petit livre aux pages fines, une méthode de maharathi (mais il me reste à peine quelques mots de mon début d'apprentissage).

Le sac à grelots, les deux livres, l'améthyste et les sandales, disparaîtront chacun à leur tour, sans qu'il me soit possible de déterminer à quel moment précis se font la séparation, le don ou l'abandon, et puis c'est le cahier vert aussi qui disparaîtra. On emmène quoi, alors, sinon ce qu'on a fait de soi-même – une réduction, un allègement ?

la guitare à Dadi

Pour la date, c'est facile : le général Pinochet venait d'écraser à la mitraillette le Chili d'Allende, s'ensuivrait – pour nous qui avions grandi après Khrouchtchev, le premier regard en direct sur ces dictatures de mort (elles perdurent), les doigts écrasés de Victor Jara, l'exil massif d'artistes qui croiseraient nos routes (les disques de Quilapayun, ou pour moi le luthier Ricardo Perlwitz), les îles camp de concentration quand nous croyions que les camps de concentration étaient un cauchemar enfoui. Le Chili c'est notre histoire, et ce matin-là j'avais acheté *L'Humanité*, et scotché le titre de Une sur la vitre arrière de ma deux-chevaux, acheté aussi *Ouest-France* qui titrait : « Le général Pinochet : un Breton à la tête du Chili ? » Donc l'été 1973, un juillet beau, clair et chaud, et j'avais trouvé une embauche à l'usine SKF de Fontenay-le-Comte.

Simplement, je crois, en envoyant un CV depuis les Arts et Métiers de Bordeaux où je terminais ma première année : on nous recommandait vivement les *stages ouvriers* et c'était un bon passeport pour s'y présenter – c'était bien avant l'invention de la *crise* et du *chômage* (les « 500 000 chômeurs » ce serait l'année suivante, avec Giscard d'Estaing). De toute façon, pas un gros risque pour SKF, je crois que le salaire mensuel pour ces stages étudiants c'était 650 francs. Donc j'étais entré dans cette usine moderne, j'entends encore ces chuintements caractéristiques des tours automatiques avec ce lait versé sur les outils de coupe. Je revois la forge (arrivée de la tige de dix-huit millimètres, double écrasement, séparation des deux rondelles qui feraient les parois intérieures et extérieures du roulement à billes, avant usinage), et le long bâtiment avec les bains de traitement thermique.

Les premiers jours, je suis à un poste dit *OS* (ouvrier spécialisé, pour ceux qui n'ont pas de spécialisation), je suis assis avec d'autres, des femmes uniquement, à une grande table, des rails devant nous laissent passer les billes de métal qui me faisaient tant rêver enfant, et un dispositif de trous calibrés au micron permet d'affiner leur appariement selon le diamètre au plus précis. Le soir du deuxième jour, je dis au contremaître que je ne passerai pas une journée de plus à ce jeu-là, et il m'envoie à la micrométrie. Dans ce local à température constante, nous vérifions au palmer et autres calibres les outils de forge et tournage qui sont à renouveler en permanence sur les machines, et une fois vérifiés on les convoie à leur destinataire. C'est un passeport pour toutes les zones de l'usine, et, si le travail n'est pas compliqué, il exige de la rigueur et de la précision, tout le monde est content.

J'ai loué une chambre. Je revois parfaitement où, centre-ville, elle se situait. Je crois que ça devait être beaucoup plus facile qu'aujourd'hui, parce que c'était réglé en un après-midi, j'en visite une qui ne me convient pas, pas très propre, et dépendante de l'appartement des vieilles personnes qui la louent, puis cette mansarde, au-dessus d'un magasin que je n'identifie plus, mais le propriétaire les loue à la semaine. Pas de fenêtre, juste un Velux, le lit qui occupe toute la place, et un réchaud à plaque métallique. C'est exactement ce qu'il me faut, et mes souvenirs d'enfance font de Fontenay-le-Comte une grande ville – pourtant, aucun souvenir supplémentaire qui la concerne. On travaille tôt le matin, mais on finit tôt l'après-midi.

Ce mois de juillet sera à la fois la découverte de mes grands-parents maternels, puisque je viens seul et en voiture. Et l'adieu au grand-père, qui décédera l'année suivante – le vieil homme se courbe, s'isole, et pourtant, pour la première fois, nous parlerons.

Dans la chambre louée, j'ai ma guitare : la première vraie guitare que j'aie possédée, une Yamaha achetée en deuxième main à un copain d'école, Mamadou Dia. D'avoir refusé les tristes bizutages et l'uniforme des Arts et Métiers nous a rapprochés. On a encore contact épisodique, via Facebook : il a fait carrière dans la compagnie d'électricité du Sénégal. Les Sénégalais sont les meilleurs musiciens du campus de Bordeaux, et l'un d'eux en particulier, extraordinaire guitariste. Mamadou est de son entourage, et nous transmet de sérieuses connaissances de blues : je découvre par lui aussi bien Lightnin' Hopkins que Big Bill Broonzy, et nous faisons collection systématique des disques *Chant du monde*. Je rachète sa guitare aussi parce qu'il m'autorise à l'accompagner, je me contente de l'appui rythmique, mais me mets sérieusement à l'harmonica, au bottleneck, on écoute Sonny Terry et Brownie McGhee, du coup je passe à côté de toute l'évolution de Led Zeppelin (l'année de *Physical Graffiti*), ça aurait fait vraiment bouseux d'afficher son rock'n roll.

Mais à Fontenay-le-Comte, cet été-là, j'ai *La Guitare à Dadi*. Le disque, et, surtout, le livret de tablature inclus dans le disque.

Marcel Dadi, je le verrai plusieurs fois en concert : un régal de petit bonhomme barbu, riant lui-même de ses prouesses de potache quand il joue de sa guitare à l'envers, ou d'une seule main. Il popularise la marque

Ovation, à la coque en fibre de carbone, un son très égal et facile – mais, pour enregistrer son disque, il a préféré la vieille D-18 qu'utilise son ami Steve Waring. Quand on s'envole de New York, chaque fois, j'ai un petit pincement au souvenir de ce Boeing mystérieusement explosé en vol, Dadi et sa guitare volatilisés avec lui – il ne méritait pas ça.

À l'école, et pour les années à suivre, j'en verrai tellement d'autres qui jouent beaucoup mieux que moi, avec toutes les notes et toutes les inflexions, l'ensemble des morceaux de *La Guitare à Dadi*. Des années plus tard, quand les droits d'auteur sur *Rolling Stones, une biographie* me permettront l'achat d'une Gibson acoustique, je retrouverai dans mes doigts les accords tout prêts. Je comprendrai, par Marcel Dadi, que la virtuosité n'est pas d'une utilité considérable, quand on la recueille d'un autre.

Je traînerai longtemps ce premier disque de Dadi, qui aura toujours ma préférence. Il sonne anachronique, on entend les raclements, et la Martin a un son un peu aigre, qui accroche, ça sent le bois et les doigts.

Quand j'en repasse les morceaux, c'est cette mansarde de Fontenay-le-Comte qui revient, la solitude parfaite où j'étais pour les apprendre, mais comme un étrange film muet : c'est ce bruit de l'usine qui revient, ce liquide de coupe à la consistance et la couleur du lait, la précision des roulements à billes et outils de forge qu'on mesurait au service de micrométrie, et la lenteur de quelques soirs d'été, apprenant à maîtriser les accords de Marcel Dadi, moi qui ne serais jamais guitariste.

deux chevaux fois qu'une

Est-ce que nous avons été la première génération pour laquelle l'accès à la voiture n'était plus un seuil ? Les Américains, qui roulent à l'âge de seize ans dès les années cinquante, en riraient bien. Dans les années cinquante, chez nous, la quatre-chevaux Renault puis la Dauphine, la deux-chevaux chez Citroën sont des marqueurs sociaux d'évidence : nous-mêmes roulons deux-chevaux pour la traditionnelle expédition en France pendant la semaine de Pâques, nous visiterons Vichy et La Bourboule, le Tourmalet et même la frontière espagnole à la Bidassoa, une autre fois le Jura ou les Vosges et Douaumont.

Je ne crois pas que ce soit lié à Mai 68 : la route est encore une convivialité étalée, avec ses restaurants routiers, la traversée pleine longueur de chaque village, l'arrêt boulangerie charcuterie ou terrasse sous les platanes. L'auto-stop est une pratique si commune et familière : on a tous un mauvais souvenir en lot de partage, ou bien une nuit d'échouage imprévu, mais quitter Civray pour Poitiers, voir les magasins de disques et revenir (ou ce premier magasin de blue-jeans, malheureusement au-delà de nos moyens), ce n'est pas une équipée impossible.

Nous sommes la première génération probablement à pouvoir rouler carrosse pour une dépense de moins de mille francs. Beaucoup de copains ont des Renault 4 : elles ont tendance à verser sur le toit (on n'a pas de ceinture de sécurité, mais la R 4 ne plie pas, on a des bosses mais on en ressort), on peut aussi s'offrir une 203 ou une 403 Peugeot déclassée (la 404 les a balayées de très haut, surgit aussi la populaire 204 – on s'habitue à ces terminaisons –, mais attention le plein d'essence). Simca entre dans la danse des grands avec sa Simca 1000. Ceux qui veulent frimer et en ont les moyens passent à la R 8 repeinte avec des bandes de course, même sans le moteur Gordini (et rêvent probablement Floride). La Renault 16 fait un malheur dans les familles, là où Citroën attendra sa GS pour ce créneau tout neuf de la voiture *moyenne* : c'est bien ce qui est en train de s'inventer, en rupture avec cette France simple dont nous provenons, le concept de *classe moyenne*.

Cela pour expliquer que dès mes dix-huit ans j'aie pu disposer d'une voiture personnelle, et que je sois encore aujourd'hui partiellement incapable de séparer mon propre rapport à l'espace ou à l'identité hors de la voiture qui me prolonge (à l'exception de l'année québécoise, mais si souvent en avoir loué, et, à conduire dix heures de Montréal à Toronto, ou de Québec à Boston et retour, les vieilles sensations retrouvées d'une France qui, ces années soixante-dix, nous semblait encore si grande).

Quatre roues sous un parapluie, c'était le projet de base de la deux-chevaux. Dans les années soixante elle s'en éloigne, plus pimpante. Les odeurs à l'intérieur sont toujours aussi réjouissantes, mêlant plastique, métal et tissu. Tout est léger. Le moteur deux cylindres à refroidissement par air est d'une évidence miraculeuse : il faut trois heures pour changer un cardan qui claque. Il n'y a pas de Delco, et le carburateur n'est pas bien plus compliqué que celui de nos Solex : on n'a qu'à souffler dedans pour que ça redémarre. Les portes à peine une feuille de tôle souple, et ainsi de suite – et comme aux heures creuses ou aux vacances je donne un coup de main au magasin de pièces détachées, chacun de ces éléments est associé pour moi à son nom de code, à commencer par la petite gâche de caoutchouc qui sert à fixer la vitre avant quand on l'ouvre en la repliant au-dehors vers le haut.

La deux-chevaux est presque une matière première : au garage, on a découpé une vieille AZU (la deux-chevaux camionnette, qui deviendra ensuite AK), transformée en pick-up et repeinte de jaune vif, avec le double-chevron Citroën en bleu. On s'en sert pour les petites courses, les transports à la décharge, les petits dépannages. J'ai à peine dix-sept ans, et donc loin encore de l'âge de l'auto-école, quand mon père me surprend à conduire en pleine ville. Je m'attends à une terrible danse, et probablement des claques. Il n'a jamais été prévu que je conduise sans permis de conduire ni autorisation d'emprunt. Mais mon père nous a tellement bassinés de ses propres équipées sur des voitures ou motos bien avant d'avoir l'âge. Et moi, depuis combien d'années je manœuvre des voitures dans la cour du garage ? Il me demandera d'où je viens et s'en tiendra là – pas de réglementation civile pour nous qui étions du *métier*. Manière aussi de reconnaître, ce jour-là (et ça n'empêcherait pas les violentes oppositions ultérieures), que la relation avait changé.

Et ça ne m'empêchera pas de rater deux fois mon permis de conduire. Je suis à Angers, au lycée Chevrollier d'Angers, interne en classe prépa technique, je n'ai jamais vu de ville avec rocades et ZUP, c'est la disposition urbaine qui me trouble plus que la pédale d'embrayage, le créneau ou le démarrage en côte. Quand je m'inscris chez le père Rigault, auto-école à Civray, ça ira tout seul : un ancien militaire vous posait les questions de code, ne pas doubler en haut de côte, garder la priorité à droite. On conduit vingt minutes, on met beaucoup de temps à trouver deux voitures suffisamment proches pour faire un créneau.

Ma première deux-chevaux est bleue avec des sièges jaunes, toute fraîche repeinte je m'en servirai des années, et si mon père avait prévu le nombre de collages d'affiches et de distributions de tracts à quoi elle serait employée dans mes années étudiantes, peu probable qu'elle m'eût été accordée.

Elle ne nous avait rien coûté : une carte grise d'après une plaque châssis récupérée sur une voiture à bout de course, démolie sur place. Un monsieur un peu âgé, un de nos clients, s'était endormi au volant et avait pris un arbre. On a redressé la coque, mais sur le montant du pare-brise il y a encore l'enfoncement du choc qui l'a tué : je roulerai toujours avec ce signe perceptible de la mort sur un visage. Les assurances ont classé le véhicule comme épave, dans ce cas on rend la carte grise et la plaque châssis, mais on garde les pièces. On posait la plaque châssis du vieux véhicule sur celui qui était censé avoir été détruit, et voilà.

D'où ce souvenir du *gymkhana* : on est dix ans auparavant. Je ne sais pas quand a cessé cette mode populaire des *gymkhanas*. On disposait dans un champ un circuit avec des bottes de paille, tout un *Vingt-Quatre Heures du Mans* miniature. Chacun s'inscrivait avec sa voiture, et chacun avait sa chance : des manœuvres, une longue marche arrière, un parcours en slalom, et l'épreuve imposée d'un changement de roue. Réservé aux messieurs, mais dames bien sûr admises au moins comme copilotes. Haut-parleurs et brochettes, vin rouge dans verres Duralex.

Au *gymkhana* de l'Aiguillon, mon père a fait l'an dernier une démonstration impeccable des nouvelles DS 19 : même pas besoin de cric pour le changement de roue, il s'est mis de lui-même hors concours, c'est une sorte de publicité gratuite pour nos clients rassemblés. Cette année, catastrophe : le voilà en haut-de-forme de clown pacotille ou de monsieur Loyal ridicule, avec pour équipier le fils Martin. À peine ils sont partis que le moteur fume, mais fume... Pas moyen d'ouvrir le capot, ils l'arrachent et le jettent. Puis le coffre, les ailes. Ils se rejettent la maladresse l'un sur l'autre, se poursuivent autour de la pauvre voiture : ce sont les portes qu'ils arrachent. La voiture roule quand même et repart, mais ils ont l'air d'avoir perdu quelque chose : ils enlèvent la coque tout entière et les sièges, lancent le volant, finiront sous les applaudissements en marins du radeau de la Méduse sur leur châssis nu, avec juste les deux phares ronds et le ventilateur en avant, les suspensions à vif, et ce volant ressoudé sur tige raccourcie. C'était un jeu, tout était préparé, une fausse deux-chevaux toute prête au démontage, nous avons finalement gagné quand même.

C'est l'image définitive que je garde de la deux-chevaux, même quand enfin je quitte Civray seul au volant de la mienne. J'ai retrouvé, dans les diapositives de mon père, que nous avons numérisées, une photo de ce *gymkhana* : c'est le lendemain – le jour même, il n'aurait pas été possible à mon père de photographier, et il n'aurait pas prêté son appareil. Le châssis nu, le volant raccourci, et moi qui suis au volant. Mais mon père, photographiait-il l'enfant, ou sa propre prouesse ?

cartes postales

Reçu une carte postale, cette semaine – ça devient tellement rare.

Elles étaient autrefois des prouesses techniques, reçues comme des merveilles : ces chats aux yeux d'or, et quand on appuyait sur le renflement de la carte au milieu il couinait. Ou ces cartes postales à la surface striée, et selon l'angle on avait une image ou l'autre d'une même ville et on regardait longtemps, essayant de trouver le point où on pouvait deviner les deux images en même temps.

Elles étaient bien trop précieuses pour se contenter de les accrocher à un mur, de chambre, de placard dans la cuisine ou comme on fait désormais avec les petits aimants sur le réfrigérateur. Les bistrots s'en glorifient, leurs clients en vacances restent leurs clients, ils ont toujours le coin au-dessus de la caisse avec les cartes postales envoyées par leurs fidèles. Idem à l'usine ou au bureau – mais pas chez soi. On les stockait dans des cartons à chaussures : les chaussures ne sont pas une dépense mineure, le carton et le papier soie à l'intérieur font partie de la transaction – marchandise précieuse, autrefois, les cartons à chaussures. C'est dans le carton à chaussures que les lettres sont triées par années avec un élastique, les timbres précautionneusement décollés pour qui les collectionne. Si le texte prime, la carte postale est parmi les lettres, mais à côté, calées verticalement dans le carton à chaussures, il y a les autres : je peux affirmer, quitte à certaine naïveté, qu'on les regardait pour apprendre. Ce qu'elles nous montraient, nous ne l'avions pas vu. La carte de géographie devenait – lacunairement – un gigantesque puzzle à recouvrir. Nous connaissions Nice et les montagnes, l'Italie et la tour Eiffel.

Cela aussi semblait une donnée à jamais pérenne. Lorsque vint l'âge d'aller seuls dans les villes, qui de nous pour ne pas prendre deux heures, le dernier jour du voyage, et s'astreindre à la rédaction des cartes postales. Combien d'ailleurs de cartes postées directement au retour mais l'honneur est sauf. Il y a le texte archétype – comme Perec l'a si bien détourné, et les images archétypes : mais ces images nous ne les connaissions pas d'avance et puis, surtout, elles attestaient pour le destinataire que l'envoyeur était à jamais dépositaire de l'expérience même. Celui qui vous avait envoyé la carte connaissait Venise par ses souliers.

Est-ce que l'ère de la carte postale est définitivement close ? On achetait comme cartes postales neuves des reproductions de vue anciennes, et dans les musées on passait chercher (on le fait encore) de minces reproductions d'œuvres (on ne trouve jamais celle qu'on cherche, même au MOMA) qui nous semblent témoigner de l'originalité de notre propre regard. Celles-ci, on ne les achète pas pour les expédier, mais pour soi. On a aussi plaisir comme malgré soi, dans les brocantes, à effeuiller ces cartes vendues d'occasion, classées selon le département et le canton, et chercher à quoi ressemblaient, avant, les lieux qui fondent votre présent. Qu'on lève les yeux de sa table de travail, on en retrouve auprès : celle-ci, où Kafka est accompagné d'Ottla, depuis combien d'années surplombe-t-elle le bureau ? Les images qu'on stocke dans le disque dur n'ont pas la validation symbolique du geste marchand, de la transaction effectuée sur le lieu même d'où l'image est prise. Quelques amis s'obstinent à son usage : comment leur en vouloir, même si on ne répond pas ?

Et si, de la ville traversée, du musée où nous sommes en arrêt, nous risquons un bref message téléphonique incluant une image, qu'est-ce qui survit là de la carte postale ? Ceux qui ont grandi dans l'âge de la carte postale sont eux-mêmes, dans leur géographie intérieure, comme une sorte d'album (on vendait des albums de cartes postales comme on vendait des albums de timbres, mais la différence de taille – et donc de l'échantillonnage inclus – n'a jamais confié aux premiers le prestige, voire la magie des seconds). Dans ce que je porte de villes, de noms, de temps, combien de cartes postales associées, jamais dépunaisées, quand bien même je ne me sers plus, depuis longtemps, du courrier postal ?

la vie en verre

Ces maisons dont intérieurement je pousse les portes comportent toutes des objets en verre. Sur les commodes, les étagères, accrochés aux murs. Transparence d'oiseaux, vases sans autre usage que des clés. Personnages colorés.

Le verre est un matériau : il fait partie de comment on se bâtit au monde. Le verre est une histoire récente, qui commence industriellement chez nous au XVIIe siècle (comme le mot *écrivain*, tiens). C'est sa fragilité et son inutilité qui comptent : lorsqu'il est utile, lentille, on le sertit dans une monture de fer, on lui donne un étui. Le verre témoigne d'abord qu'on échappe au régime de la nécessité.

Le verre alors n'est pas *recyclable*, comme on dit aujourd'hui : on l'accumule pour réemploi. Dans une bassine de zinc (les maisons les plus étroites avaient ces lessiveuses de zinc), on lave les bouteilles vides pour les remplir du vin acheté. Si elles ont une étoile en relief sur le fond, elles sont *consignées*, on les rapporte. Les fioles de médicament ou de parfum aussi, on les garde. Dans le coffre à jouets, il y a plusieurs de ces flacons, parfois taillés à facettes qui en multiplient les éclats. On se servira des autres comme d'épouvantails dans le jardin, suspendus aux branches, ou bien, dans la treille, avec du vinaigre au fond, comme piège à guêpes : élaborant en fin de saison un étrange sirop. À l'école ou à la mairie (oui, le souvenir me revient), tout comme plus tard je le découvrirai à bien autre échelle au musée d'histoire naturelle, on garde dans du formol les curiosités, le serpent attrapé, une bestiole curieuse. Le verre est une durée, et le formol l'outil de cette durée.

Il y a presque autant de superstitions liées au verre que de superstitions liées au pain. Dans des cartons, à la cave ou au grenier, on gardera le verre inutile : souvenir ainsi d'une double épaisseur de *ventouses* bien rangées – c'était de l'époque où encore on soigne par application de sangsues (nous, dans les mares, nous les capturions vivantes, avec leur étrange bouche ronde, et les courageux se les appliquaient sur le bout du doigt, rien que pour voir). Imaginer un corps dont le dos, recouvert de ventouses, deviendrait personnage de verre, comme ceux qu'on apercevait, dans les pièces sombres réservées aux dimanches, sur les commodes.

Ou comme à Damvix je jouais avec ce miroir à trois faces, quand on me le décrochait du mur.

Et cette commode d'apparat, chez les grands-parents toujours, avec trois étagères de verre épais, et sur les cinq parois un miroir, une double vitre coulissante pour fermer devant : dans ce palais de verre, c'étaient les minuscules souvenirs de verre qu'on proposait à l'admiration familiale – comme on expose à Londres ou Moscou les joyaux de la Couronne.

Le verre utile c'est les vitres : les fenêtres sont des objets technologiques rudimentaires. Encore la semaine dernière, dans la chambre de Balzac à Saché, je pose ma main sur la poignée de fenêtre parce que je sais que ça, au moins, n'a pas changé et qu'il y a posé lui aussi la main. On a du mastic et des clous de vitrier, un diamant, on achète la vitre aux tailles standard, on la redécoupe selon besoin, elle casse d'un claquement net – on le fait soi-même pareil qu'on change les fils de plomb des fusibles sous le compteur électrique. Une plaque de verre polie aux angles aussi déposée sur le bois ciré de la table du salon la rend inusable : c'est ce qu'on cherche, avec le verre, un défi à l'éphémère.

De quel objet en verre je disposerais aujourd'hui, dans mon environnement immédiat ? Longtemps que les lunettes n'en sont plus. Il n'y en a plus dans nos écrans. Une photographie noir et blanc originale de Saint-John Perse en Chine, je l'ai mise dans un *sous-verre*. Mais c'était bien avant les ordinateurs qu'on me l'avait offerte. On a accumulé ici quelques minéraux, gemmes, fossiles, un corail – mais plus de verre.

Cette sphère de verre d'un vert profond presque opaque, grosse comme un petit ballon, très lourde et dans laquelle on distinguait quelques microscopiques bulles, quelle fonction avait-elle et laquelle des maisons elle ornait ? Je la revois comme flottante, dans la nuit infinie et nocturne de ces pièces où on ne rentrait que peu – objet provisoire d'émerveillement ou d'énigme, mais sans rien pouvoir situer.

Ma grand-mère avait installé sur un mur un nid d'hirondelle en plâtre peint, surmonté de nos photographies, et à chaque naissance successive avait ajouté une hirondelle de verre. C'est dans cette maison, un jour qu'on se coursait avec mon frère, que je vois la porte de la cuisine renvoyée violemment vers moi, que je tends la main en avant et la passe à travers le verre. Je revois mon poignet en sang, et les bords ouverts de la plaie. Plus tard, dans l'anesthésie locale qui en boursoufle les bords, je revois l'aiguille et le fil du médecin qui recoud. Quant à la cicatrice, un demi-siècle qu'elle doit se résigner à aller où je vais, et rester là posée sur le coin gauche de l'ordinateur tandis que je boucle ce texte.

Quelque chose avait commencé dans l'*Essay des merveilles*… d'Étienne Binet (« … avec du sable de la Plage, et en faisant feu sous la Marmite, virent couler à gros brandon une noble liqueur comme Cristal glissant, ou pierreries fonduës, ou argent liquefié, d'où ils apprindrent à faire le Verre… »). Curieux que, dès 1622, Binet parle de la « parade des buffets », et du verre comme décoration symbolique : « on fait de la vaisselle pour orner les buffets, et couvrir les tables, mille sortes de vases », et cite aussi ce que moi j'ai oublié, ces faux verres à double épaisseur qu'on s'imagine pleins alors que c'est évidemment trompe-l'œil : « pour les niais cela leur vient bien qu'on face des verres doubles pleins de vin, d'eau, et d'air, et qui ne sçait le secret, on fait boire au niais l'air, à l'yvrongne l'eau toute nette ». Le monde a plus changé de 1960 à aujourd'hui qu'il ne l'avait alors fait depuis trois siècles.

Sans que nous nous en apercevions, c'est passé – à cette cicatrice près. Nous n'ouvrons plus, pour les sentir même depuis longtemps vides, les minuscules flacons d'échantillons de parfum offerts à l'enfant pour sa caisse à trésor.

« Noblesse de cette glace faite et engendrée dans le feu », dit Binet.

vitrine du coiffeur Barré

La plus belle vitrine était sur la place, celle du marchand d'électroménager : machines à laver le linge qui une par une rejoindraient les fermes, télévision jusque dans les villages, et il leur fallait les antennes, la mire, les réparations.

Elle n'avait pas grande allure, dans la rue adjacente, la rue qui allait vers la rivière et l'enjambait par deux ponts successifs, la terne vitrine du coiffeur Barré. Mais elle ouvrait à la musique, et la musique était notre rêve.

Minuscule boutique, en longueur (et probablement il habitait la pièce du dessus, avec une vieille mère je crois, il n'y avait qu'une seule fenêtre donnant sur la rue). Trois fauteuils en simili rouge, même s'il était seul à l'œuvre, une suite de miroirs pas très bien éclairés. Une banquette de moleskine vert sombre pour attendre sous les publicités pour les shampooings Forvil, et l'éventail de ses grands rasoirs plus l'aiguisoir de cuir puisque ici on venait encore (pas nous, trop jeunes) se faire la barbe au blaireau. Comment aurait-on supposé qu'un homme normalement conditionné puisse ne pas passer chaque trois semaines chez le coiffeur Barré ? (S'il avait un prénom, probablement, mais je ne le sais plus.)

La musique nous venait par l'harmonie municipale, au défilé du 14 Juillet et pour son gala annuel (présence obligatoire à la salle des fêtes), et par les tournées Barret (le même nom, mais autre orthographe), dont j'ai souvenir assez vague, sauf que bien sûr le spectacle était à l'intention des scolaires, et qu'on nous y menait en troupe. Le seul qui reste clair, c'est l'année où on avait eu démonstration de l'orgue Martenot. L'appareil au milieu de la scène, les étranges sons glissants qui en résultaient. On avait eu droit aussi à un concert de jazz, avec clarinettes, et un type à chapeau qui se trémoussait : il peut suffire de cela pour passer longtemps à côté de tout un univers.

À la maison, on avait trois disques, qu'on repassait mon frère et moi pour le plaisir de se servir tout seuls du gros poste, et du couvercle de bois verni sur le dessus, avec le bras léger et ciselé en plastique portant l'aiguille au bout : avant la télévision, on ne m'aurait pas laissé faire. Un comique (Fernand Raynaud ?), une opérette, *L'Auberge du Cheval blanc* et la *Symphonie héroïque* de Berlioz, jamais compris comment arrivée ici, et l'intérêt était surtout de relever l'aiguille, la déposer plus loin, recommencer.

Dans la vitrine du coiffeur Barré, son propre instrument : l'accordéon. Il donnait aussi des cours, et participait à un orchestre de bal, deux vies qui nous étaient inconnues, hors de portée des clients du coiffeur aux gestes lents, aux favoris précis, à la calvitie lissée. Un accordéon christique, écarté en éventail, sur fond des silhouettes de quelques grands de l'instrument, au sourire définitivement éclatant. Des boutons de nacre pour la main droite, et la grille inox magnifique, brillante. Plus tard, j'aurai des accordéons diatoniques d'une austérité toute contraire.

Sur le rebord gauche de la vitrine, une cithare : quels sont ses propres souvenirs, dont personne ne s'enquiert, pour toute sa vie tenir à exposer, dans sa vitrine de coiffeur, une cithare ? Un corps de bois en trapèze décoré de fleurs, et les cordes arrangées par deux, une clé de laiton pour tourner les chevilles de métal noir dans le sommier du haut. Je rêvais d'un instrument de musique : la guitare (espagnole) sur le rebord droit, avec dessous les petits livrets d'apprentissage pour les accords, aurait été pour l'instant une transgression familiale trop forte. Mais peut-être avais-je déjà dû voir des images de Joan Baez et Bob Dylan avec *autoharp* : il n'y avait pas une telle différence avec la cithare, elle n'était pas chère, surtout pas marquée *rock'n roll*, et je l'ai obtenue (pour le passage en cinquième, peut-être ? – c'était avant 1965 et l'arrivée des quarante-cinq tours…).

Chaque note était dédoublée sur deux cordes, tirées sur des chevilles de métal dures. Je n'ai jamais su ni l'accorder ni en jouer. Elle est vite devenue un substitut de Fender Stratocaster, juste des effets sonores, en tripotant les cordes en cluster au médiator. Et surtout pas le répertoire de l'*autoharp* (je m'en procurerai une, vers 1974, j'aimerais bien l'avoir conservée).

Je revois très précisément, sur le bois verni, les petites fleurs en décalcomanie. Le mot même de *décalcomanie* est tout un symbole de ce temps. Et aucun moyen de retrouver comment elle a disparu, oubliée d'oubli dans le grenier ou mise à la benne lors d'un déménagement ?

Deux ans plus tard, pour la fin de ma troisième, chez Barré aussi, j'obtiendrai ma première guitare. Je ne travaillais pas encore à la station-service, mais nous avions été embauchés, avec Étienne Arlot, pour monter des cornières dans le nouveau magasin de pièces détachées.

Pour l'acheter j'y étais allé avec ma mère, et ç'avait dû être comme une expédition diplomatique – pour aller chez le coiffeur, on nous remettait l'argent, on ne nous accompagnait pas. Aussi bien, je crois me souvenir qu'il avait acheté une voiture neuve, une Ami 6, et que la réciprocité commerciale était une sorte de loi tacite dans l'organisation communautaire. Je me souviens du prix, 130 francs, et qu'on l'avait rapportée dans un carton à sa forme, trapézoïdal, et qui m'avait longtemps servi d'étui. Elle avait des cordes métalliques, j'avais une sorte de flûte de pan à six tubes de plastique pour l'accorder, et nous avions aussi acheté un de ces petits livres avec dessin des accords : des ronds bleus, verts et jaunes indiquaient la position des doigts, et je m'exerçais. Plus tard j'avais complété par une méthode de guitare blues : où poser les doigts pour obtenir les glissades à la Clapton, et ces descentes chromatiques qui éblouissent – je l'avais apprise par cœur, vraiment par cœur, et je crois bien qu'aujourd'hui encore elle est mon seul bagage vrai.

À cette époque-là, une guitare électrique rouge (il y eut sans doute plusieurs guitares électriques, mais je les revois toujours rouges) avait rejoint l'accordéon dans le fond de la vitrine, devant le rideau vert sur tringle inox au-delà duquel, sous les publicités brillantine Forvil, le coiffeur Barré (qui était un brave homme, et portait, lui, les cheveux arrondis en légère boucle sur la nuque, sa façon artiste) continuait d'aiguiser ses rasoirs. La guitare non électrique avait donc cessé d'être si dangereuse.

L'autre coiffeur, chez Boucher (le bistrot derrière les vieilles halles), que nous surnommions Biquette, ne vous demandait pas si vous préfériez la nuque dégradée et les oreilles dégagées : la boutique délaissée du père Barré s'enfonçait dans l'obscur. Et pour nos guitares, nous préférions Thévenet à Poitiers – les mutations sont cruelles. Et l'accordéon restait seul, avec le sourire retouché en quadrichromie d'un des as du bouton (Aimable, Gus Viseur ou Georgette Plana), dans la vitrine du coiffeur Barré, où nous n'entrions plus.

Étrangement, dans la petite rue qui donne sur la rivière, le magasin est resté un salon de coiffure, maintenant pour dames, avec un agressif décor simili métal. La fenêtre du dessus, où le coiffeur Barré vivait avec sa mère, ça doit être l'ordinateur pour faire les factures, et les cartons avec les stocks de shampooings.

Il n'y a plus d'instrument de musique.

Le Haut-Parleur

Du mal à situer quand j'ai commencé à lire régulièrement la revue *Le Haut-Parleur* et quand j'ai cessé.

Bien sûr, les magazines avaient une fonction précise : la télévision ne créait ses communautés qu'à l'échelle nationale – les grands deuils avec Zitrone, la série *Intervilles* et le boucher du coin au tir à la corde,

Thierry la Fronde comme Robin des Bois mais à la française, etc. Les radios nous venaient la nuit, lointaines, avec leurs musiques secrètes. Quand *Rock & Folk* puis *Best* sont arrivés, l'achat représentait exactement la part symbolique de notre accès à la communauté qu'ils désignaient, qu'on marquait ensuite par le poster détaché et punaisé dans la chambre.

Dépiauter ces appareils avec électronique a commencé sitôt leur apparition. Ces merveilles avaient la mort légère. Alors nous, qui n'avions pas droit à l'appropriation, laisserions passer une chance de les ranimer : qu'est-ce qui faisait que cette vieille radio était muette ? (*Les Secrets de la radio et de la télévision expliqués aux débutants*, c'était un des numéros spéciaux phares qui ont fait la fortune du *Haut-Parleur*, que je découvre avoir été créé dès 1941…).

Alors on a appris ce vocabulaire. *Le Haut-Parleur* offrait chaque mois des schémas pour tout faire soi-même. Fabriquer un circuit imprimé n'était pas à ma portée, mais un des copains en avait fait sa spécialité. On achetait en vrac la planche recouverte d'une fine couche de cuivre et d'une couche isolante, on la coupait aux bonnes dimensions, on collait au-dessus le dessin du circuit et on versait de l'acide. Le cuivre que protégeait le dessin présentait dès lors les routes et les contacts prévus. Il fallait enficher dans les trous préparés à intervalles réguliers les résistances, selon leur code manifesté en traits de couleur larges ou serrés, les condensateurs et les diodes, éventuellement, plus tard, un de ces petits transistors sur trois hautes pattes, comme un hybride entre château d'eau miniature et bizarre insecte métallisé à grosse tête.

On avait toujours quelques alimentations de récupération en stock (j'en ai toujours : jamais jeté un appareil électrique sans récupérer l'alim, ou le ventilo, ou ce qui pouvait être démonté). On pouvait construire avec *Le Haut-Parleur* des alarmes à distance, des talkies-walkies, stroboscopes, amplificateurs… Pendant ce temps, au programme officiel de la classe de seconde au lycée (qui finirait par Mai 68), on avait droit à l'interrupteur va-et-vient et au schéma de la sonnette électrique.

J'accéderai bien plus tard, cela faisait partie de mes attributs professionnels, à la possession d'un oscilloscope – la machine à voir l'électricité. Mais au garage on avait un ohmmètre, cela suffisait pour vérifier si le courant passait et si les résistances étaient au bon emplacement.

J'ai toujours, dans la pièce où je travaille, un fer à souder, des pinces et un tournevis. Le fer à souder me vient de ma brève période d'usine, donc trente ans que je le traîne. Quand j'ai l'opportunité de m'en servir, j'entends toujours la voix de Roland Barbier me dire : « Mouille ton fer » (frotter la panne sur une planche de bois pour qu'elle soit nette, puis y faire fondre une goutte d'étain – alors, ce n'est plus le fer qu'on applique sur le circuit à réparer, mais une fusion d'étain à étain qui permet de poser rapidement le brin du composant et éloigner le fer de quelques millimètres, et suffira à ce que la soudure prenne).

Il y a encore peu d'années, je me vois intervenir encore dans un de mes ordinateurs (j'ai les tournevis adaptés à leur démontage), avec le réflexe de débrancher le fer avant de l'appliquer sur les circuits, pour leur éviter les 50 hertz de la résistance chauffante. Mais allez démonter un ordinateur récent, ou recâbler une *alim* secteur esquintée. On rachète et c'est tout.

Le fer à souder continue d'avoir usage pour l'ampli de guitare électrique, ou régulièrement dans les guitares elles-mêmes, mais il faut bien reconnaître que je pourrais m'en passer.

Quand on se lançait dans la fabrication d'un des rêves proposés par *Le Haut-Parleur*, il fallait commander les composants. La revue comportait des pages entières de listes avec spécifications et prix, publiées par les quatre ou cinq fournisseurs en concurrence, et on se lisait ça intégralement, comme si – le temps de la lecture – la merveille électronique nous appartenait en propre. Ensuite on passait à l'acte, avec mandat postal inclus dans la commande, c'étaient finalement de toutes petites sommes. On déballait quelques jours plus tard de tout petits sachets transparents où brillaient les composants neufs choisis pour vous, et comme entre-temps l'idée avait été remplacée par une autre, ou bien que finalement ça se révélait trop compliqué, au lieu des devoirs d'école je passais des heures à mon petit bureau recouvert d'une plaque de verre légèrement teintée, à classer, ranger, admirer ces composants comme autant d'entités énigmatiques et vivantes.

En terminale, au lycée de Poitiers, ce serait la grande bascule : ceux qui lisaient *Le Haut-Parleur* avaient leur salle et leur club, construisaient des choses compliquées, et je n'y avais pas ma place. Ceux qui jouaient de la guitare se rassemblaient le midi dans une autre salle dédiée, et je n'avais pas le niveau. Il faut s'inventer une formule intermédiaire, faire le deuil des renonciations superposées, et se faire à l'idée qu'on ne suivra pas les pistes extrêmes – que peut-être, sur les voies moyennes, on ira loin quand même. Il me faudra longtemps encore pour sentir un sol enfin plus solide sous les pieds, mais les ricanements de cette année-là je les entends toujours aussi grinçants.

Un jour je me déciderai à ne plus avoir d'outils à bricoler l'électronique sur ma table de travail. Mais dans l'année à Québec, parti sans eux, je n'ai pas manqué de prétextes pour m'en fournir progressivement – c'est tellement mieux en Amérique que chez nous, tous ces trucs-là, et chez Hart vraiment pas chers. Dans les rues des villes, parfois, quelque poussiéreuse boutique proposant des composants électroniques ou circuits imprimés le ventre ouvert. Je m'arrête, je regarde, comme je me suis toujours arrêté pour regarder les vitrines d'instruments de musique, quand bien même elles ne proposeraient que ces succédanés industriels fabriqués et non pas ces Rickenbacker ou Telecaster éraillées qu'on honore chez Manny's à New York.

Dans la relation que j'ai avec l'ordinateur sur lequel je frappe ce texte, que je prendrai probablement la précaution de revendre avant son obsolescence pour m'en procurer un nouveau, mais avec lequel j'entretiens probablement une relation équivalente que ce que j'aime à constater, quant à son propre instrument, chez Pifarély l'ami violoniste (toutes proportions gardées, puisque lui-même possède pour composer un ordinateur pareil au mien), l'idée subsiste de ces composants élémentaires qu'il renferme. Sur les étagères de mon bureau, je conserve ainsi depuis des années mon premier disque dur cramé – incluant le mystère inaccessible à jamais de ce que contenait ce disque dur au moment de la panne, et qui n'avait pas été sauvegardé.

Si je n'arrive pas à me débarrasser de mon fer à souder, de mes pinces et tournevis, ce n'est pas en vue de leur éventuel usage, mais simplement parce que dépositaires de ces listes avec spécifications et prix, et des schémas abstraits que proposait la revue mensuelle *Le Haut-Parleur* dans nos âges lycéens.

un Popeye en bouchon

J'imagine que ça existe encore. C'est pour en avoir découvert une hier, reléguée dans ce gîte de vacances (mais infirme : juste le dessus encastrable) : dans son plastique transparent souple, un Bambi en dessin et la marque Chicco.

On avait pour les enfants en bas âge une assiette déjà en plastique mais rigide et décorée de couleur vive (c'était cela sans doute la différence première), qu'on pouvait remplir d'eau chaude pour que les aliments restent chauds longtemps. Le bouchon de l'opercule était lui-même une figurine, un marin ou une paysanne, ou plus tard (l'âge de la télévision, la fin des rêves à se fabriquer soi-même) une figurine issue des dessins animés. L'assiette incluait dans le pourtour où s'accumulait l'eau chaude une concavité ovale qui pouvait accueillir un œuf à la coque.

Quand on s'arrête dans les mange-vite des bords d'autoroute, ou qu'on est contraint de fréquenter pour ravitaillement la cafétéria d'un hypermarché, je suis toujours surpris de découvrir ces chaises hautes pour bébés encastrées par séries de six, avec leurs pattes d'insectes à roulettes et leur tablette rabattable à l'identique, comme si autant de nourrissons, ou une famille de sextuplés pouvaient s'arrêter à l'improviste. Souvenir d'un Simenon (*L'Homme du banc*) qui inclut une très brève incursion dans une boutique étroite, avec dans l'arrière-cuisine près du poêle la mère impotente, où une vieille fille à la vie ingrate propose aux jeunes mères la layette de leur nourrisson : le même commerce, à cinquante ans en amont.

Dans les souvenirs que j'associe à ces objets, il y a l'émerveillement où nous avions été en 1988, très concernés par la question, de découvrir à Berlin l'avance qu'avaient prise les Européens du Nord sur la relecture du design et des fonctionnalités de cet ensemble précis des choses, évidemment associé à un statut social différent de l'enfance, le vieillissement des couples et l'air horrifié qu'ils prenaient quand on leur disait combien on avait d'enfants. Dans cette période-là, j'avais profité d'une invitation en Allemagne pour en rapporter un sac à dos avec armature et siège pour nourrisson : on n'en trouvait pas en France, du moins pas des si bien. J'avais ça à mes pieds sur le chemin de l'aéroport, au retour, et je revois Michel Tournier, qui ne m'avait pas adressé la parole de trois jours, venir s'enquérir d'à quoi servait cet instrument bizarre : pour un peu de compassion proportionnelle à nos statuts respectifs d'écrivain, s'il s'était agi de la découverte d'une infirmité supposant orthopédie ? Je lui en expliquai d'un mot l'usage : je n'ai jamais pu avoir de considération ou d'estime pour ce type après la moue dédaigneuse qu'il fit.

C'est à cette époque que, dans le développement des zones commerciales de périphérie, des enseignes (*Materna* ?) y ont installé biberons, parcs, tapis de jeux, lits à barreaux, sièges auto, plus le fonds inépuisable du non-renouvelable – qui a fait la puissance du groupe Pampers –, et que ce qui tenait d'une attention ou d'une imagerie bien spécifique est passé aussi sous la coupe de la consommation de masse. Ça tombait bien, nous n'étions plus trop concernés par la question.

La chaise haute, par exemple : on la conservait, elle passait d'une génération à la suivante. On y installait devant l'enfant un boulier. Billes de bois sur une tringle de fer, et la translation possible d'un côté à l'autre : mais c'était aussi le plus vieil instrument de mathématique, et l'art du compte transféré dès la première enfance, pareil que pour le potage on utilisait des *alphabets* (ça, c'est resté, les pâtes à potage en lettres). Parmi tous les jouets de plastique à pile et écran, se vend-il encore des bouliers ailleurs que dans ces luxueuses boutiques de jouets en bois, qui tablent plutôt sur la nostalgie de ceux qui payent à la caisse plutôt que sur l'émerveillement des destinataires supposés ? Nostalgie pourtant qui passe d'un âge à l'autre, indépendamment de la couleur du plastique : lors des visites de mes (grands) enfants à Québec, ils ont bien entendu visité chacun leur tour le Benjo de la rue Saint-Joseph, avec son petit train intérieur pour circuler dans les rayons, et voir les différences d'un côté de la civilisation à l'autre – peu, finalement.

Je revois ces assiettes qu'on utilisait pour les bébés, je ne sais plus moi-même si j'ai manipulé, chez mes grands-parents, ces assiettes à double épaisseur et compartiment d'eau chaude en porcelaine qu'on avait ainsi gardées, inusables et inutiles, avec la petite figurine du marin pour les garçons, de la paysanne pour les filles, Popeye et Bécassine en couple éternel, sur leur petit cône de liège, avant l'âge du plastique et des dessins animés. On a croisé ces objets, ils ont pris place dans un compartiment précis de la tête, lestés de vagues souvenirs personnels, puis du geste qu'on a soi-même reconduit. Il y avait aussi la timbale et le rond de serviette en laiton plaqué d'argent, avec les initiales. Il y avait les serviettes-bavoirs qu'on accroche au cou, dont le double lacet a été remplacé par un bouton pression, du Velcro ou désormais un simple encliquement du plastique.

On aime déambuler dans les brocantes ou les vide-greniers parce que ce sont de telles réminiscences qui reviennent aux choses d'hier, mais si usées par d'autres qu'elles vous sont indifférentes, on ne dépenserait pas un centime pour se les approprier.

Objets qui n'ont pas d'importance. Et les enfants font seuls leur route, à présent.

étincelles dans la nuit

Quel autre jouet pour susciter autant le sentiment de merveille, et même d'un *hors du monde* – le nôtre, tout du moins. D'ailleurs, à mesure que se recompose très lentement un peu du flou autour, je l'associe à ce voyage à Paris, en 1961, la ville noire (les rues étaient réellement noires à l'époque, beaucoup plus que maintenant, et grondant aigre des moteurs à essence, tandis que la trépidation des métros agitait les trottoirs – un Paris que je n'en finis jamais de rechercher et ne retrouve jamais). Probablement parce qu'on avait visité un *grand magasin* comme on avait visité les autres monuments, et qu'on nous avait laissés, mon frère et moi, choisir un *souvenir*. J'en étais donc propriétaire, mais on l'utilisait à condition d'être seul.

Une roue métallique à double face, large comme la paume de la main et peinte en rouge sombre. La première face fixe et doublée d'une toile émeri fine, la seconde mobile équipée de deux picots minces. Rivetée à roue fixe, une crémaillère à ressort provoquait, entre le pouce et les deux doigts, une rotation de la roue. Le frottement de picots sur l'émeri, dans un crépitement de Mobylette, en arrachait des étincelles qui, l'appareil regardé par la tranche, étaient blanches et claires comme toutes les étincelles. Mais sur la face mobile de la roue on avait découpé des petites fenêtres obturées de feuilles de plastique rouges, bleues ou vertes. Et lorsqu'on courait dans la nuit en levant haut la petite roue et poussant la crémaillère en continu, jaillissait pour les spectateurs éventuels un arc de couleurs vives à proportion du crépitement induit. Et on pouvait tout aussi bien s'en servir pour soi seul, la nuit, dissimulé sous les draps.

Nous n'avions même pas de nom pour nos roues à lumière. Rares pourtant sont les objets sans nom. Peut-être en retrouverait-on sur le catalogue d'un grossiste en jouets. Cela se fabrique encore : je crois même en avoir acheté une, une fois, pour un de mes propres enfants. Mais c'était de la petite tôle fine et pliable, les étincelles pas grand-chose, ça venait de Chine.

Le même genre d'émerveillement à ces kaléidoscopes dont fatalement chaque Noël on héritait. Mais dans la commode vitrée fermée à clé chez mes grands-parents il y en avait un bien plus ancien, cylindrique, de carton dur aussi, mais aux opercules de bakélite pour en scruter dedans les merveilles. Pour les nôtres, trois faces de carton étaient doublées à l'intérieur d'aluminium réfléchissant, et tout au bout, entre deux fines lamelles de verre circulaires enfermaient les pépites colorées de mica dans un liquide. On secouait, les grains de mica formaient de lents arrangements multicolores, que le triple miroir, à condition d'être favorablement orienté face à la lumière, démultipliait en figures géométriques. C'est de cette multiplication purement géométrique que naissait la fascination. Je me souviens d'en avoir décortiqué au moins un pour en disposer des éléments premiers, mais – comme pour un de ces vieux réveille-matin qu'on démontait aussi sans jamais pouvoir les reconstituer, les éléments premiers mis tous ensemble ne disposent pas de la magie attachée à l'appareil lui-même.

De chaque jouet on peut extraire une part magique et transitionnelle, puisque c'est celle que lui confère notre imaginaire, et que c'est cela, l'imaginaire, qu'on tente de décrypter en le décrivant. Mais de la petite roue à lumière et du kaléidoscope en carton, se décelait un signe secret de la mutation qui lentement s'amorçait : avant Mai 68, le monde était monochrome, autant que silencieux, il fallait de tels objets pour prendre l'idée de quelque chose de différent. L'autoradio, l'électrification des trains, les spoutniks et Gagarine, voire même la bombe atomique fièrement lancée dans les nuages d'Algérie puis des atolls du Pacifique en notre nom à tous, amorçaient la bascule.

panonceau Citroën

Rien qu'une enseigne, suspendue au-dessus des garages successifs. Pas possible de le contourner : objet aussi (suite définie d'objets), pas simplement signe – et suite d'objets établissant précisément la complexité du signe. Suspendue aussi dans la tête, alors ?

Ainsi la mention sur la carte de visite, sous le sigle de la marque : « depuis 1925 ». L'ouvrier aux ateliers Championnet de la Régie des transports parisiens (TCRP, plus tard RATP), mobilisé à Paris en tant qu'apprenti-menuisier dans sa Vendée, et affecté aux usines d'aviation où il devient tourneur-outilleur, s'est marié en 1923. Mon père naît en 1924, le couple et l'enfant quittent la capitale en side-car, et à vingt-cinq ans l'ouvrier outilleur demande à son propre père un coin de sa grange de tailleur de pierre pour devenir le motoriste de ce bout de Vendée, face à la mer. Il vendra le premier tracteur à cracher lourde fumée noire pour actionner la machine de battage, installera des motopompes dans le marais, sera en charge vers 1935 de l'entretien de la motrice monocylindre diesel qui fournit l'électricité au village, aura une licence d'auto-école et une autre de croque-mort, etc. Le vétérinaire sera le premier à acheter une automobile, c'est une Citroën Trèfle dont on le fournit, puis bientôt c'est l'âge des C4 – le motoriste deviendra progressivement garagiste, et Citroën lui accorde le panneau de sa représentation officielle. Époque de pionniers, il croisera les plus hautes autorités de la marque. Non pas André Citroën lui-même, longtemps qu'il est inaccessible, mais celui de ses bras droits en charge du commerce, et dont le nom restera longtemps, dans la famille, une sorte de foudre au-dessus de toute loi. Au point que lorsque je publierai mon premier livre, qui pour mon père ne devait pas ressembler à grand-chose, le seul point rassurant quant à mon avenir était la parenté directe de Jérôme Lindon avec André Citroën.

Ce premier panonceau, rectangulaire émaillé bleu avec le double chevron blanc, restera au-dessus de l'établi de mon grand-père jusqu'en 1964, et probablement déménagera-t-il avec eux, ça ne se jette pas. Et combien de fois ne nous en répéterait-on pas l'histoire : l'invention technique pour les transmissions d'un engrenage à double rangée de crans en chevron, avant même l'autre révolution, celle de la transmission avant.

Le signe iconique qui figure encore à l'avant du capot de chaque véhicule de la marque Citroën, quand bien même la fusion avec Peugeot est effective depuis longtemps, que beaucoup de ces véhicules sont assemblés en Espagne ou au Mexique, et que 70 % des composants automobiles sont communs à l'ensemble des marques, dérive directement de ce double chevron original, même s'il ne figure plus d'engrenage depuis longtemps.

Le destin de l'épicerie normalisée qu'est le commerce des voitures désormais nous indiffère. Sauf que toute votre enfance vous aurez vous-même vécu avec ce panonceau accroché en dedans de votre tête. Il modèle, chaque jeudi, la visite du représentant (il s'appelait Achille quelque chose…, à moins qu'Achille n'ait été son patronyme ?) qui mangeait ce jour-là à la maison, dans la cuisine mais avec une nappe posée sur la toile cirée.

La Traction avant, modèle 11 puis 15 familiale avec strapontins, est l'apanage du grand-père tandis que nous avons toujours le dernier modèle de deux-chevaux, c'est obligatoire pour la clientèle, et on la revend régulièrement avec tarif privilégié de « véhicule démonstration ». Quand le garage est d'abord un terrain de jeu, pas facile pour l'enfant de construire une relation forcément complexe avec les ouvriers du garage, et leurs propres hiérarchies. Ce sera encore plus compliqué avec le garage de Civray, tant que nous habiterons au-dessus, où un *chef d'atelier* partage l'autre logement inclus dans les lieux, et où je n'ai plus beaucoup de différence d'âge avec certains des nouveaux embauchés.

C'est aussi une relation territoriale : territoire affecté au garage, incluant par chance L'Aiguillon-sur-Mer et La Tranche-sur-Mer, mais pas Luçon. Lorsqu'aux vacances on voyage, on visitera toujours avant tout les autres agents Citroën, où qu'ils soient – et ce qu'ils ont d'outillage, et comment ils rangent leur cour.

Les travaux plus complexes, au magasin de pièces détachées, à la pompe à essence, ne commenceront qu'avec l'adolescence, mais le paysage de l'enfance est fait des dépannages et accidents (remonter du marais, le dimanche matin, la quatre-chevaux Renault qui a loupé le virage en sortie de bal et a plongé dans l'eau verte, l'énorme bulle que ça fait quand on l'extirpe), les retours à l'aube de la DS 19 qu'on a été chercher pour un client directement à Paris en bout du quai de l'usine, la bétaillère ou le plateau à ridelles qu'on s'en va chercher à Laval ou l'ambulance chez Heuliez.

Cendrars conduisait une Alfa Roméo, et parle de façon récurrente de ses trajets – Paris-Biarritz, ou Paris-Marseille, ou ce texte incroyable sur ce voyage à toute allure pour arriver à l'heure au Bourget –, racontant comment sa voiture est une sorte de maison transportable, arrachant de ses livres, au préalable, les chapitres qu'il souhaite relire pour les stocker dans sa boîte à gants mais sans jamais nous informer, à ma connaissance, de l'équipement spécial qui lui permettait de passer les vitesses sans lâcher le volant, lui à qui il manquait le bras droit : combien en ai-je vu passer dans l'enfance, pourtant, de ces équipements qui permettaient la conduite assistée : on comptait dans la société bien plus d'amputés qu'aujourd'hui.

La magie automobile des années cinquante, ce qu'elle représentait en termes d'autonomie géographique (les guides Michelin vert et rouge), fonctionnait donc pour certains audacieux ou privilégiés comme « Blaise » dès les années trente, mais c'est bien dans ces années cinquante et soixante qu'elle rejoint l'ensemble du territoire. Le rituel principal était celui que consacrait le mot *livraison* : chaque client commandait sa voiture selon des critères précis de couleurs et d'options, c'est seulement à partir de 1965, dans le grand développement du break Ami 6, que le garage se permettrait d'acheter d'avance plusieurs véhicules aux options standard, pour en avoir en stock avec livraison immédiate.

Une fois le véhicule reçu au garage, commençait cette étape de préparation adaptée au client, installation des accessoires (l'autoradio chromé). En Vendée, à cause de l'air marin, l'application sous le châssis du Blackson bitumeux. Et la vraie naissance du véhicule nous était confiée à nous, les enfants : chaque élément des pare-choc inox, des baguettes de carrosserie, des rétroviseurs et joints de porte nous arrivait recouvert d'un plastique collant jaune épais qu'il s'agissait de dépiauter et d'enlever. Agenouillés sur le sol noir du garage, nous retirions lambeau après lambeau cette doublure de plastique de la *voiture neuve*, et j'en ai encore l'odeur.

Début des années soixante, le panonceau évolue : désormais un ovale horizontal blanc, avec le double chevron doré au milieu. L'image persiste du jour où, grandes échelles de bois déployées sur la façade, on avait procédé au changement. Je revois la caisse de bois dans laquelle il avait été livré au garage, dans une bourre de paille.

Puis, en 1964, alors que nous accédons au panonceau de concessionnaire, ces deux grands panneaux émaillés fluorescents, avec évidemment le double chevron, et dessous l'indication toute neuve: « Vienne Sud Automobiles ». La nouveauté, c'est que les deux panneaux seraient installés aux deux entrées de la petite ville, côté Ruffec et côté Niort. Lorsque nous revenons de Vendée, par la nationale 148, mon père passe plein phares pour le voir briller, et ça veut dire que nous sommes arrivés. C'est la ville qui reconnaît notre fonction, et par cela d'ailleurs se constitue elle-même comme ville.

J'ai ressorti la photo: Saint-Michel-en-l'Herm, début des années cinquante. Ma grand-mère Hélène sert l'essence (Castrol, bientôt Caltex) en pompant bien sûr à la main, la voiture est celle de cette dame qui servait de secrétaire et dactylographe à Simenon pendant la guerre. Au-dessus d'elle, le panneau Citroën.

salle des fêtes

Objets qu'on n'aurait pas touchés, à peine approchés, et liés à une lumière jaune imprécise, leur contexte même resté très vague.

La salle des fêtes tenait un rôle important dans la vie locale, maintenant on appelle ça de trente autres noms, on a droit à *espace culturel* au lieu de *salle polyvalente*. Je suppose qu'avant l'âge des salles des fêtes on se contentait des granges, d'une salle fournie par la mairie, du préau de l'école ou de sa version école catholique, le *patronage*.

J'ai toujours un peu d'émotion quand il m'arrive de traverser une de ces salles des fêtes ancienne manière. Les fauteuils rouges en contreplaqué repliable (avec ressort) ont fait place à des fauteuils rouges toujours mais rembourrés. L'estrade est toujours trop haute, sans que j'aie jamais compris la raison de hisser les saltimbanques plus haut que les épaules de ceux qui les écoutent. À Saint-Michel-en-l'Herm, le décorateur avait peint le mot *comédie* sur le panneau à cour et *tragédie* sur le panneau à jardin. Fonction d'abord, donc, d'accueillir du théâtre – mais je n'y ai pas souvenir de théâtre.

On y avait la remise des prix à la fin de l'année scolaire, une fois votre nom appelé vous marchiez intimidé jusqu'à la scène, les instituteurs Boisseau et Galipeau officiaient sans micro (ce n'était pas encore l'époque de ces amplifications usantes), et des notables ou des parents d'élèves qu'on reconnaissait évidemment vous remettaient la récompense, je redescendais avec une pile de livres reliés de rouge comme les fauteuils.

On nous y montrait le cinéma. Un camion passait chaque hiver. On le savait dès le matin – à cause de sa remorque plantée devant l'entrée. On nous y emmenait avec l'école dans l'après-midi, et les familles s'y rendaient le soir. Je revois aussi, l'été, une installation similaire à La Grière, près de La Tranche-sur-Mer, où on s'asseyait sur des bancs en plein air. Peut-être que le côté euphorisant – pour ceux de ma génération – de la musique du *Pont de la rivière Kwaï* est lié à cette découverte de la magie des écrans, mais que nous en ayons reçu si peu à voir ? Peut-être, dès Saint-Michel-en-l'Herm, avions-nous droit à *Connaissance du monde* et leurs documentaires promenés dans les campagnes. En tout cas, décidai-je dès lors intérieurement, si le cinéma c'est pour ceux des villes et pas pour nous, nous nous en moquerons hautement – je m'en suis tenu à ce principe.

La salle des fêtes servait aussi au spectacle de fin d'année de l'école. Des trente de la classe à plusieurs niveaux, nous ne devions être qu'un petit nombre dont les parents n'étaient pas agriculteurs. Cette année-là, l'histoire voulait qu'on entende, pour signaler l'arrivée d'un personnage et le renversement de la situation, un hennissement de cheval. Lequel d'entre nous serait capable d'imiter le cheval de façon suffisamment véridique ? Toute la classe s'était mise à hennir. Dans le chœur ou le vacarme, un hennissement presque parfait survint, mais Guy Boisseau n'en avait pas identifié la source. On s'y remit : c'était le mien. C'est un autre souvenir d'enfance : je rentrais seul de chez les Richardeau, rue Basse, quand j'avais été effrayé par le hennissement d'un cheval au galop dans cette rue, et je m'étais perdu – réfugié dans une maison du bout du bourg, les gens avaient dû me ramener à la maison. Je tenais donc le rôle de celui qui, en coulisse, émettait les didascalies nécessaires à la pièce : « Le palais du roi » (ça je m'en souviens). Et puis, au moment voulu, je devais refaire ce hennissement parfait. Hélas, celui que je produisis ce dimanche-là pour le public n'avait strictement rien à voir avec celui qui m'était venu la première fois à l'école. Moqueries, fin définitive de mon histoire avec le théâtre – et quand j'aurai, bien plus tard, l'opportunité d'y travailler, je ne pourrai jamais me débarrasser de ce sentiment d'une histoire ratée pour toute la vie.

Autre rendez-vous rituel, le spectacle de Noël. Un grand sapin décoré, et, quand on se mettait en rang, la tradition encore de recevoir une orange. Fruit évidemment rare, mais quand même devenu accessible. Je suis quasiment sûr qu'à notre départ en 1964 la tradition de l'orange de Noël perdurait. Ensuite, il y avait un prestidigitateur.

C'est le jeudi que nous n'avions pas école (d'où l'idée populaire de *semaine des quatre jeudis*, héritière de la *sepmaine des troys Jeudys* évoquée par Rabelais dès 1532), et le matin on se rendait à la salle des fêtes pour le cours de solfège dispensé par Louis Ardouin, le quincaillier et chef de musique, dont le magasin, aujourd'hui muré, faisait face au garage. Quand je bats intérieurement la mesure pour me garder en rythme dans mes lectures, c'est de la *battue* apprise du père Ardouin que je me sers encore. Je revois une salle vitrée donnant sur la cour, avec des dépôts d'objets encombrants et inutiles.

On entrait donc par la cour, sans traverser la salle des fêtes elle-même, une porte vitrée donnait sur un petit couloir carrelé, la salle de solfège était à gauche, et une vitre donnait sur cette autre salle en général sans lumière à droite. Le long de la vitre, des éprouvettes et des cornues. Est-ce que nous y avons vu une fois quelqu'un ? De toute façon, on ne nous aurait pas laissés entrer. Dans les marais qui nous reliaient à la mer, les dégâts des mulots et autres nuisibles justifiaient ces expériences : appâts empoisonnés. C'est là qu'on les testait. Des cages grillagées, dans un autre réduit, conservaient quelques animaux vivants, soumis à ce triste destin. Dans les fioles qu'on apercevait sur les étagères hautes, à l'arrière, on imaginait le danger des produits conservés. Il me semble aussi me souvenir d'une couleuvre dans un bocal de formol brouillé. Les images sont floues, parce que plus tard viendraient les cours de chimie basique au lycée et que l'appareillage d'éprouvettes, de formol et de cornues serait peu différent. Aussi parce que régulièrement, lors de stages d'écriture dans les anciens IUFM ou écoles normales (mais les stages d'écriture ont aussi été supprimés depuis lors), ou bien à la *station biologique* de Normale Sup à Foljuif, j'ai souvent retrouvé de telles accumulations, incluant les animaux empaillés ou en bocal. Plus tard, on trouverait une solution plus naturelle à la prolifération des rongeurs : l'installation régulière, sur les digues, d'abris à rapaces. Le vieux conte allemand du joueur de flûte d'Hamelin emmenant derrière lui une armée de rats me semblera toujours, à mesure des lectures, surgir de la salle des fêtes de Saint-Michel-en-l'Herm, où la salle de musique voisinait la salle sombre et fermée à clé vouée à l'élimination des rongeurs.

C'est tout. Voilà le souvenir : contre une vitre sale, dans une pièce obscure, une rangée d'éprouvettes avec des résidus liquides jaunâtres.

Lorsque avec Dominique Pifarély nous proposons des lectures violon et voix, quel que soit le lieu, la même structure générique est impliquée : la scène, un couloir, les loges – et souvent des pièces vides, à proximité, qui accueillent cours de danse ou réunions. Les objets, la décoration, la lumière même y sont autres. Dominique joue du Bach ou toute autre sorte de musique (il les connaît toutes, mais c'est toujours dans ce moment solitaire qu'il s'y glisse), et moi je fais des photos de ce qui qualifie ces lieux inqualifiables. J'en ai pris à force des dizaines, des centaines. Je crois bien que c'est toujours la salle des fêtes de Saint-Michel-en-l'Herm, celle des oranges, du hennissement raté, du cinéma une fois par an, et de la mystérieuse salle aux cornues, que je cherche infiniment.

escaliers

En passant de Saint-Michel-en-l'Herm à Civray, une première révolution : passer d'une structure de village à une *ville complète*. Et deuxième révolution : le passage à une verticalité – modeste certes, mais à étages quand même.

Celle de la ville même : Civray est un double-pont sur la Charente, entouré de collines, les zones périphériques et industrielles s'installant sur les trois « hauts » de la ville, les routes qui menaient (mènent toujours, mais qui les prend ?) à Poitiers, Niort et Ruffec, tandis que Saint-Michel était (est toujours, mais qui le voit ?) une ancienne île émergeant depuis quelques siècles de l'horizontalité des marais menant à la mer.

La Vendée est un pays de vent : les maisons y étaient basses (Rabelais disait que les hommes aussi, pour mieux tenir au sol), et sans étage. Dans la rue principale, qui menait à l'église, les maisons ont un étage seulement. Dans cette fin des années cinquante, le garage du grand-père est fait de trois maisons étroites rachetées puis rassemblées. Du bureau donnant avec son bec-de-cane sur le poste à essence, derrière lequel est la chambre de l'arrière-grand-mère aveugle, un premier escalier mène à l'unique étage, il y a la chambre de mes grands-parents et un couloir avec deux autres chambres. De la deuxième maison sur rue, on a gardé le couloir donnant désormais sur une salle à manger qui ne sert qu'aux « occasions », et dans le couloir un escalier mène à ces deux autres chambres, dites bleue et jaune, dont celle que nous partageons avec mon frère quand on reste ici quelques jours (naissance du second frère par exemple). De la troisième maison, tout a été démoli pour que l'ancien garage au fond du passage communique sur la rue par ce que nous disons le « porche », dont le portail métallique bleu survit encore, on l'a surmonté d'un « magasin », deux pièces rectangulaires dont l'une est équipée de casiers, et qui servent d'entrepôt pour les pièces détachées courantes – le troisième escalier, construit en bois à l'économie, descend directement dans le garage, mais on a percé une porte de communication avec le couloir entre chambre bleue et chambre jaune. Enfin, la cuisine se prolonge par une buanderie elle-même surplombée d'un grenier encombré d'affaires inutiles, mais donnant aussi sur une porte condamnée (la clé reste cependant sur la serrure) au fond de la chambre jaune. Donc quatre escaliers, sans compter celui qui donne, près du pont élévateur, sur un fragment d'ancien souterrain du château voisin, où on stocke les pneus au frais et sans lumière.

La maison qu'occuperont mes grands-parents à Luçon après leur retraite (et comme tout déboussolés de devoir, en vendant leur garage, quitter ces murs recomposés et agrandis en quarante ans de vie, six jours sur sept de cinq heures du matin à sept heures le soir – mais c'est la règle commune alors) disposera aussi de deux escaliers, et, comme la ville est plus grande, deux étages plus cave. Une continuité. Une grande partie de ma vie, tous les rêves avec escaliers ont fondu ces deux maisons aux couloirs, portes fermées à clé ou percées dans les murs, et passage possible d'un escalier à l'autre.

À Civray nous vivons au-dessus du garage, donc au-dessus de ce que nous nommons aussi le « porche » (mais portail en bois qui doit dater de l'ancienne poste pour diligences qu'était cette maison, avec encore des anneaux à chevaux oubliés), il y a aussi deux escaliers (mais le second est pour cet obscur appartement occupé par le chef d'atelier et sa famille). Pour nous, l'accès à l'appartement et au grenier qui le surplombe se fait par une tour du XIIIe siècle aux marches en spirale usées. Rien de rare ni de prestigieux : tous ces minuscules centres-villes qui meurent sur place désormais, dans cette région comme dans les autres, gardent de tels vestiges – c'est leur absence qui pour nous crée un changement si radical lorsqu'on vit pendant un an au Québec. La tour existe toujours, mais je n'y ai plus accès. Tout en bas, une porte arrondie de bois clouté et gros verrou cylindrique, qui doit donc avoir l'âge de la tour et ne nous sert jamais, donne directement sur la place. Un couloir voûté s'enfonce de là vers le garage, et, comme à Saint-Michel, sert à l'entreposage des pneus et des cartons de bidons d'huile. À chaque demi-étage une fenêtre étroite creusée dans l'intérieur du mur, avec un rebord pour s'y asseoir. Puis, après l'accès au grenier du deuxième étage, fin des marches de pierre, un escalier raide à peine large comme nous les gosses débouche sur l'étroite étendue circulaire sous le toit conique d'ardoise, avec fenêtre donnant sur la place et l'église. Je n'ai pas souvenir que mon père ni ma mère soient jamais montés dans ce recoin sous la charpente. Dans les rêves ultérieurs, et même dans la complexité des rêves où on retrouve le mort, il y a toujours ce fait que l'escalier est trop étroit pour que mon père l'emprunte. Peu souvenir des jeux que nous y avions avec mon frère, d'ailleurs probablement utilisions-nous la pièce chacun de notre façon. Je l'associe à des heures de lecture, mais aussi aux premiers souvenirs d'écriture, sur des registres toilés noirs présents par dizaines dans le grenier, des années de la comptabilité du précédent propriétaire du garage, qu'il avait eu la flemme de déménager (comme son hélice d'avion, une réserve de pièces détachées Panhard, du matériel de développement photographique d'avant-guerre inutilisable et autres curiosités) – au bout des registres, il y a toujours quelques dizaines de pages lignées vierges, j'arrache les pages de chiffres et me sers du reste.

Le mardi, c'est marché sur la place, on vit dans une société encore essentiellement rurale, c'est le rendez-vous obligé des affaires et des nouvelles. Du premier étage, les casquettes tournent lentement et à des vitesses différentes, selon les arrêts conversation, tandis que les femmes de ces messieurs s'approvisionnent dans les étals qui, eux, sont sur la place, tout autour du monument aux morts. Ils tournent tous dans le sens contraire des aiguilles d'une montre, mais à ce rythme extrêmement lent d'une rencontre à l'autre. Je ne parle pas mais je comprends le patois vendéen, je suis brutalement confronté à une langue étrangère, le patois des Charentes, les deux dérivant d'une langue véritable, le poitevin, de formation plus ancienne que le français. Quand je lirai Rabelais, quelques années plus tard, ce sera pour moi une langue contemporaine et courante.

De la fenêtre de pierre au troisième étage avec vue verticale, du demi-étage presque juste au-dessus des casquettes, ou directement derrière la porte de bois, invisible, j'écoute ces conversations codées des marchés de campagne et deviens trilingue.

Nostalgie évidemment, peut-être la seule, de cette pièce circulaire où on ne saurait s'allonger dans le plus grand diamètre, ni un adulte se tenir debout sans se cogner, et qui est réservée à l'enfant, de 1964 à 1969, quand nous quittons les lieux pour une maison sur les hauts, que je ne considérerai jamais comme mienne : le temps est venu de vivre plus loin.

Visitant récemment au tribunal d'instance de Melle une exposition d'art contemporain, je découvre une tour, un escalier, des marches, des fenêtres étroites avec le même poli et la même margelle pour s'asseoir qu'à Civray, si brutalement identiques qu'il est bien probable que les mêmes artisans, dans ces deux villes alors prospères, à trente-quatre kilomètres de distance, les aient réalisées successivement. L'odeur, la lumière aussi sont les mêmes. On découvre combien le corps est apte à se souvenir mieux que nous – c'est très « pavés de Guermantes », mais on n'a pas trop le choix.

Restent les rêves, là-haut dans la tour. Quatre ans d'affilée un haut de tour inaccessible aux adultes offert pour vos jeux de gosse : quelle influence sur le chemin ?

prises électriques

Continuons les maisons. Entrons dans celle de Damvix. C'est ce que j'ai fait pour ce livre, timidement, puisque celle-ci au moins l'accès en était possible – la seule.

La reconnaissance d'un lieu n'est pas seulement affaire spatiale. On peut le reconnaître en entier à la façon dont ses propres pas automatiquement s'y orientent, savent le mince seuil de ciment avant la porte, ou comment s'amorce la légère pente avant le portail. Peut vous frapper bien sûr l'odeur, quand bien même on serait incapable de la définir.

Et vous pouvez bien ne pas avoir mis les pieds ici depuis quinze ans. Je venais chercher l'armoire aux livres, dont je sais depuis longtemps qu'elle sera l'aboutissement de ce texte. Dans la pièce où je connaissais l'armoire aux livres, la cloison a sauté, on m'a dit que les livres étaient partis au grenier. On se promettait d'y aller un peu plus tard, il m'aurait suffi de demander, ou de monter l'escalier. La main connaît parfaitement et l'emplacement de l'interrupteur électrique, et le mouvement même de l'interrupteur. Les marches de l'escalier, je les aurais eues aussi dans cette mémoire corporelle immédiate.

Je venais pour l'armoire aux livres, je n'ai pas emprunté l'escalier qui montait là où on l'a reléguée. Sans doute que je savais que ce n'était pas la peine. Je me suis attardé dans le garage, dessous, là où sont les prises électriques. Je retrouvais la lumière, les toiles d'araignée sur la fenêtre qui font organiquement partie du lieu aussi, le vieil établi de bois et son étau. Au mur, la planche vissée à distance du mur pour y suspendre gouges et outils, le clou pour suspendre les scies, la lampe baladeuse et ainsi de suite.

Je n'aurais jamais retrouvé mentalement l'existence de ce petit vide-poche en bois ajouré, comme si couramment on les employait autrefois, avec toujours la même brosse à chiendent et le fragment desséché de savon de Marseille, près de l'évier. Quand je le vois, je sais pourtant que j'en avais parfaite et évidente mémoire. Et même de la clé qu'il accueille, pour la porte que de toute façon on ne ferme pas, sauf si on part pour plusieurs jours, la même clé qu'on rapporte alors à la cuisine avant de la fermer elle aussi de l'intérieur.

Comptait ce sentiment qui n'a rien d'étrange : laissez une pièce dans l'état où vous la trouvez, et si vous ne touchez à rien, tout restera dans ce même état. C'est un peu idiot, dit comme ça. Les lieux ici sont occupés, on y dépose d'autres objets, on renouvelle ou répare ce qui doit l'être, et pourtant – mais parce que dépositaire lui tout aussi bien que moi de cette odeur, du sens et de la place de ces objets ? –, on laisse le reste à l'identique. Et moi je ne voyais que le reste, les prises électriques et les outils derrière l'établi, et non pas leur façon d'occuper la maison, les travaux qu'ils y font nécessairement (incroyable que tout cela, si fragile, ne soit pas encore plus ruine).

D'ailleurs, un moment, dans la petite allée de ciment dont un angle s'est défait cet hiver (ou un autre), j'ai trébuché alors que j'avais bien vu le trou, et lui aussi : preuve qu'on marchait ensemble non pas dans la réalité présente, mais dans l'état antérieur de cette réalité – et de nous-mêmes par conséquent.

C'est cela, de toute façon, que je voulais photographier. Non pas les livres, mais un peu de cette lumière. Il suffit alors d'une nasse, de la vieille ruche qu'on n'a jamais connue en usage, d'une gerbe de cordes de lieuse sur le vieux trémail emmêlé.

Pourquoi avoir photographié ces prises de courant, telles qu'on les installait il y a quarante ans, avec le petit bouton de fusible au milieu, et qui ne seraient plus acceptées par les normes d'aujourd'hui ? Pas d'explication rationnelle au geste, et j'ai vérifié dans la pièce sans cloison que le tremblement de la route surélevée au-dehors était identique à ce qu'il était, cela me rapprochait davantage du souvenir des livres, vers quoi je voulais aller, que d'examiner ce qui restait après leur dispersion. Et si même je leur demandais l'armoire, probablement qu'ils me la donneraient, mais ce n'est pas de possession matérielle dont j'ai besoin – le chemin est intérieur, il est dans l'effort d'aller retrouver l'objet dans son propre emplacement du temps, et la soudaine proximité spatiale n'y aide pas forcément.

Plus tard, dans cette pièce mal éclairée, mais où la cheminée éteinte apportait son aigre odeur d'enfance, on en était venus à parler, lui et moi, des images intérieures. Lui, qui ne voit pas, est bien plus avancé que moi dans cette ancienne *connaissance*. Dans cet échange, les clés incomplètes qu'il me livrait, de par sa cécité même – lui qui dans cette maison *voit* autant et plus que moi – se révélaient tellement plus décisives que la vieille clé du garage, dans le petit réceptacle de bois ajouré, près du savon de Marseille et de la brosse à chiendent.

On est tous susceptibles, au moment où elle peut se révéler décisive, de bâtir en soi-même une image essentielle, liée à un lieu effectif, qui à la fois nous convoque et nous rassemble. Il me semblait que, pour moi, l'armoire aux livres, disparue de son vieil emplacement, en tenait lieu. Il m'a dit, lui qui ne voyait pas, ce qu'était pour lui cette image – et même comment il pouvait y fonder sa capacité de soin. Comme tout ce qui tient à l'ancienne *connaissance*, c'est peut-être le chemin qui y mène, l'essentiel, plus que l'image elle-même. Est-ce que je ne me trompais pas, à voir ici la mienne ? Je ne suis pas *rassemblé*, pour prendre un autre de ses mots : peut-être que le travail ici entrepris, et qui mène à cette armoire aux livres, serait ce mouvement même de se rassembler. Pour lui, qui ne voit pas, comme pour moi, qui cherche à voir dans l'autrefois, une image du temps où nous ne savions pas comment se bâtissait l'inquiétude.

la France en plastique

On apprenait les affluents, dans l'ordre et par cœur. Cela m'était indifférent. Ce n'était même pas beau comme du La Fontaine et les autres. Plus tard, les trois mille et quelques noms de cours d'eau qui closent *La Chair de l'homme* de Valère Novarina, je trouverais magnifique. Mais pas cette petite suite rabougrie de choses invisibles, qui ressemblaient à des vers de terre. Plus tard, on les surplomberait depuis les ponts des autoroutes, on ferait vaguement le lien. Je n'ai jamais aimé les fleuves de France à cause, justement, de ces listes abstraites et invisibles.

J'ai compris l'idée du fleuve ailleurs, plus loin, à Baie-Saint-Paul par exemple. Est-ce qu'on n'aurait pas mieux fait de nous apprendre les noms précis et successifs de ce qu'on savait du rivage de mer, de la pointe d'Arçay aux Conches de Longeville en passant par le Paradis aux Ânes de la Terrière ? Les fleuves sont une idée de terrien, et leurs affluents sur la carte une affaire purement agricole : le Maine, qui recueille la Sarthe, le Loir et encore un autre pour les dépoter à prix de gros dans la Loire, j'ai bien vérifié cet hiver, depuis les vitres de la bibliothèque universitaire d'Angers, qu'il ne méritait en rien que j'aie pris autrefois cette peine de l'apprendre (même si j'aime quand le train surplombe très vite Bouchemaine, au confluent) – et sans compter que des tas d'affluents tout aussi réels de la Loire, comme la Cisse (où habite Mick Jagger) ou la Choisille (où j'habite), nous restaient ignorés.

On apprenait aussi les préfectures et sous-préfectures. Au certificat d'études, c'était obligatoire. L'examen lui-même, non, pour nous qui continuions *l'école* en partant au collège, mais on le passait quand même. Au moins c'était utile : le nom des préfectures répondait aux plaques d'immatriculation sur les voitures, les reliant à un point d'origine. Les sous-préfectures de notre propre département étaient des villes qu'on connaissait et arpentait, pour le dentiste ou les lunettes, il était donc légitime d'apprendre aussi celles des autres.

Il n'est pas déplaisant d'apprendre une liste, il y a un mécanisme à deviner, si on attrape la loi de l'incrément on est capable d'ingérer facilement toute la liste, avec ses assonances, ses redoublements et ses pièges. Toute ma vie, il m'a toujours fallu un minuscule instant pour retrouver quel était le département immatriculé 62 (le Pas-de-Calais), où je ne suis jamais allé. Et pour chaque département on greffe quelques appuis pour la mnémotechnique *19 Corrèze Bergou* avant *21 Dijon la moutarde* et *22 qui ne s'appelle plus les Côtes-du-Nord* pour encadrer le réticent 20 qu'on ne reconnaît qu'au A et au B qui le divisent en sud et nord, de toute façon ce n'est pas chez nous.

Tout cela s'est évanoui. Plus tard on connaîtrait aussi le tableau des éléments premiers avec leur nombre d'électrons, mais c'était une conception naïve et déjà de longtemps périmée cette idée des électrons tournant sagement en rond autour de leur atome.

Il en reste probablement une sorte de réflexe mental : je n'ai pas de peine à retrouver telle occurrence ou tel détail dans Proust ou dans Balzac. Je retrouverais ce prédicat de la liste quand je lirai plus tard Georges Perec.

Mais non, la géographie vaut mieux que cela. Elle doit concerner aussi bien le tout petit que le magnifiquement grand, et la communauté des hommes qu'elle modèle. Il y a toujours ce moment fascinant, dans les avions, quand on amorce la descente sur une ville qu'on va découvrir. On ne nous enseignait que la petite moyenne, avec nos livres de classe illustrés.

Donc, chaque rentrée de septembre, on en rachetait une toute neuve (l'ancienne était fissurée à la Gironde, mangée au bout de la Bretagne, opaque là où on la faisait tourner sur le compas vers cette zone du Cher où chaque patelin se prétend l'unique *centre de la France*). La petite carte de France en plastique pouvait être transparente ou aussi colorée qu'un berlingot, les fleuves y étaient tracés (mais sans les noms, ce qui aurait été tricher lors des devoirs), et les grandes villes des ronds de plus ou moins grand diamètre, autant dire que nos villes à nous ne figuraient pas. On savait vaguement se situer, l'estuaire de la Charente, même minuscule entre celui de la Loire et celui de la Garonne (nom qui me restera toujours hostile), le petit coin où nous-mêmes aurions pu figurer sur la carte de plastique, en train de contempler notre carte en plastique.

Dans les leçons de géographie, l'instituteur accrochait au tableau, à deux tiges de fer prévues pour cet usage, grandes cartes officielles. J'avais neuf ans en 1962, j'ai dû contempler bien des heures les cartes de « nos colonies ». Savorgnan de Brazza illustrait avec la même légitimité que Jeanne d'Arc entendant ses voix notre manuel de l'année (celui qui portait le cachet *spécimen* qu'en tant que fils d'institutrice j'avais le privilège de détenir gratuitement). Les noms de cette Afrique-là n'émerveillaient pas comme le *Cinq Semaines en ballon* de Jules Verne. On devait se douter de l'écroulement souterrain : rien n'a été pareil après Diên Biên Phu, la perte de ce qu'on nommait l'*Indochine*.

On a remballé progressivement les *colonies* (le mot écrit pourtant fièrement en haut des cartes d'Afrique), au moins gardait-on l'Outre-mer. Des îles au loin, et le paradis des lagons du Pacifique, qui nous appartenaient paraît-il un peu comme on adopte un parent pauvre. Souvenir de ces deux stages si riches à l'IUFM de Fort-de-France, et découvrir là-bas aussi les empilements de ces cartes et manuels. On a inventé le néologisme baveux de *francophonie* pour ravaler tout ça sans rien remettre en cause, et le mot *Outre-mer* reste encore une liste à apprendre par cœur, incluant Saint-Pierre-et-Miquelon comme l'île Maurice sa proche voisine.

Elle était comme ça, la petite carte de France en plastique, qui s'arrêtait tout net à chaque frontière, juste une île, après tout, une misérable petite île tronquée de tous les hommes. Il s'en vend encore, dans les supermarchés, avec le dessin en peigne édenté des affluents sans nom : finalement, un très sain rappel à notre réalité historique.

bateaux à voile

Les mytiliculteurs et ostréiculteurs chez qui j'accompagnais mon père et mon grand-père, comme les Perrault à l'Aiguillon, pour les interventions sur le gros monocylindre graisseux du bateau à fond plat, ou sur le changement des treuils après réparation chez Fumoleau à La Rochelle, n'étaient pas des hommes à considérer l'eau autrement que comme un élément de travail. Henri, le père d'Alain Perrault (générations qui se succédaient comme nous dans le même métier), avait plusieurs sauvetages à son actif, y compris pendant la guerre, sans avoir jamais su nager.

Côté maternel, souvent dans l'album des photos de plage, au Veillon le plus souvent, la nappe tirée sur le sable pour le pique-nique puis le pantalon ou la jupe remontés à mi-mollets pour tâter la mer.

Nous étions une côte sans ports : et les deux ports, Les Sables au nord et La Rochelle au sud, étaient des lieux comme tous les autres, voués d'abord à leur utilité. Je ne sais pas comment est venu le rêve du bateau à voile. Probablement par ce livre sur les navigateurs solitaires, Gerbault, Le Toumelin, *Kon-Tiki* et les autres, relayés dans cette première bascule des années soixante par l'apparition du bateau de plaisance.

Le Corsaire ne s'éloignait pas des côtes, c'était pour les Bretons du Morbihan et des Glénan. Puis arrive le Muscadet, retour aux Charentes : taillé en contreplaqué à coups de serpe, il ne coûtait presque rien. Mais d'une solidité vérifiable. Je rêvais dans les pages de magazines, à suivre ceux qui en aménageaient les réserves de nourriture et d'eau douce, lestaient la quille (ne pas oublier, si tu veux traverser l'océan, de préalablement lester ta quille), renforçaient les bordures, les winches et les drisses. Et le Muscadet roulait autour du monde, quand bien même il faisait à peine cinq mètres de proue à poupe. Au-dessus vinrent l'Arpège et les autres modèles de plastique qui peu à peu encombrèrent jusqu'à saturation les ports délaissés par la pêche.

Moi qui n'ai jamais su dessiner, je dessinais toutes sortes de coques et gréements, mais en revenant toujours à l'idéal du Muscadet. Il y avait la même chose en dériveur : le Moth Europe, une voile sans foc, qu'on barrait seul et qui d'occasion se négociait pour le prix d'un été de station-service. Un peu plus tard arrivèrent les planches à voile : trop tard pour moi.

Entre-temps, j'aurai été un qui regarde la mer, sans y étarquer de voile claquante. À La Tranche-sur-Mer, deux étés, je fais un stage dériveur : Caravelle puis 420. On ajoute le goût du sel sur les lèvres, l'épuisement physique à maintenir le bateau au près, corps sorti de coque, fesses au rappel qui trempent sur la vague qui file.

On déménage, la mer est plus loin, et de vacances il n'en est plus question. La mer se replie où elle était, dans la tête.

C'est dans le grenier de Civray que je construis ce bateau de bois. De la nature des bois, je ne me préoccupe pas : celui que j'ai en quantité, c'est du sapin d'emballage, qui rigidifie les caisses de carton dans lesquelles on reçoit les pare-brises de rechange. Ce que j'ai en quantité aussi, c'est les restes de pots de peinture – avant l'ère des mélangeurs – qui servent à repeindre les éléments de carrosserie reçus noirs.

Je construis un trimaran : pas loin de soixante-dix centimètres de long. J'ai perceuse et vis, le poids ne compte pas. J'affine au couteau, puis peins couleur voiture de course. Un mât proportionné, et pour les voiles et focs du tissu que je coudrai moi-même.

Il est prêt, je l'emporte à la rivière, heureusement seul et en secret, je le pose sur l'eau : il coule. Je comprends immédiatement et définitivement le principe d'Archimède. Dans les semaines suivantes, j'ai scié la coque (et les flotteurs) en deux parties symétriques évidées puis recollées : faire que le poids soit moindre que le volume d'eau déplacé. J'arrive à un nouvel équilibre. Je retente la rivière, ça flotte juste, mais ça flotte. Seulement, à la première eau qui touche les voiles en vieux tissu, elles se mouillent – deuxième naufrage. Je n'avais pas pensé à les imperméabiliser, ou utiliser plutôt des chutes de nylon.

De ce naufrage, probablement en classe de cinquième, date ma séparation définitive d'avec le monde des choses, pour longtemps préférer celui des livres, puis celui des écrans. J'en garderai une culpabilité, un sentiment d'impuissance quant à toute réalisation concrète. L'usine m'en guérira plus ou moins, mais comme de cacher un défaut rédhibitoire.

À nouveau, cet idéal – partir de l'autre côté des mers, la même que nous voyions des arbres du jardin – se lovait dans la tête et l'imaginaire.

Bien plus tard, à Bordeaux, il y eut Ravitsky, qui partait du même prédicat intérieur, mais s'était tenu à le réaliser. Deux ou trois fois par an, je continue d'avoir de ses nouvelles, et où est son bateau d'aujourd'hui. Je l'ai vu jeté violemment sur un quai d'Halifax par une tempête, je l'ai suivi en Guyane ou à Cuba.

Michel Ravitsky avait décidé de construire son premier bateau en tôle soudée. Retour au rêve du Muscadet, avec les réserves de nourriture pour l'autre bout du monde et la quille soigneusement lestée. Il y avait dans la périphérie de Bordeaux un marchand de métal au poids. La nuit précédente on visitait un chantier, on lestait la deux-chevaux de parpaings et tout ce qu'on trouvait. La voiture était pesée à l'entrée et à la sortie, les parpaings qu'on éjectait dans le désordre de la casse représentaient quelques kilos de tôle en plus.

Vers Pessac, dans une sorte de terrain vague, Ravitsky s'était joint à d'autres constructeurs solitaires. Les autres utilisaient le béton. Je me souviens d'un grand huit-mètres ou douze-mètres, tout sculpté de double grillage, et que tout un week-end, parce qu'il fallait aller vite, on s'était rassemblés à une grosse dizaine pour couler la coque. On en était revenus les mains rongées à vif. Ce bateau-là aussi, avec sa coque de ciment, a dû rejoindre ensuite les tempêtes et les soleils.

Les ports, les rivages gardent pour moi la même force d'évocation et de requête intérieure. Je ne regarde plus que rarement les bateaux dans les ports de plaisance, mais les vieilles coques à l'abandon je m'y arrête. Le rêve du Muscadet n'a pas terni.

Il y a toujours en moi le double naufrage du trimaran : je sais définitivement que les mots et les rêves sont supérieurs aux gestes et aux actes.

pattes d'eph

J'ai toujours dû me forcer pour ne pas m'en tenir à une indifférence complète quant aux vêtements, mais bien sûr avec des exceptions, dont celle du pantalon à pattes d'éléphant, *pattes d'eph*.

Dans le village, nous fréquentions comme tout le monde la couturière. Une pièce sur carrelage (celle où vivaient ses deux belles-sœurs, dans la même maison, était sur terre battue), avec ce haut mannequin noir, d'une silhouette pas vraiment adaptée à la clientèle, où elle plantait ses aiguilles pour retenir les filées de tissu brut. Sur son poignet cette demi-sphère de mousse où brillait le buisson d'épingles en réserve. Vêtements qu'on adaptait, transformait, comme, lorsqu'on grandissait, de passer chez elle pour « lâcher l'ourlet » au pantalon acheté à Luçon ou La Rochelle, une fois l'an, lors des expéditions ville dans nos manteaux de sortie, à boutons ovoïdes, les *duffle-coats*.

À Civray, promotion : nous faisons nous-mêmes partie de la ville. Sur la place carrée, où le garage fait face à l'église, les tissus Gardès. Des tables au centre avec les *coupons* de tissu pour prouver que le métier de couturière n'a pas disparu : on achète son tissu au mètre, puis le vêtement on le fait faire. Et tout autour, dans des alvéoles sombres, les étagères et penderies avec la *confection*. Les pantalons, plus besoin d'aller loin pour se les procurer, et c'est dans le magasin lui-même qu'on vous place trois épingles pour la hauteur de l'ourlet, on reviendra l'après-midi chercher le pantalon raccourci.

Les couleurs sont venues après 1968, c'est le souvenir le plus brutal que j'ai de ces années-là : les corps qui soudain se mettent à afficher des couleurs. On commence au lycée à voir quelques privilégiés aux pantalons moirés, aux chemises mauves. On apprend à faire des nœuds à de vieux tee-shirts pour les passer ainsi à l'eau de Javel et obtenir d'étranges décorations psychédéliques – mais nous achetons toujours les pantalons chez Gardès.

Gardès s'était mis aussi au blue-jean, mais une version trop province du pantalon cow-boy pour lui conférer sa valeur symbolique ajoutée – il manque l'adoubement de la *marque* (Levis). Tandis qu'à Poitiers, une pleine boutique, que je revois étroite et haute, avec des décorations et de la musique. L'argent de poche venait des pourboires de la station-service, ou des heures à monter des cornières dans le magasin de pièces détachées, en tout cas l'argent était à moi.

J'avais acheté à Poitiers mon premier pantalon à *pattes d'eph*. Tous les copains avaient déjà le même. Je ne crois pas que le scandale, vis-à-vis de ma mère, ait concerné les *pattes d'eph* elles-mêmes : plutôt l'intuition qu'en trahissant la couturière de village, puis le magasin qui avait dans la ville l'exclusivité du tissu en commerce, une rupture bien plus violente et essentielle du monde s'amorçait, qui tuerait la petite ville, ferait des centres-villes (les plus grosses) une infinie boutique à fringues jetables, et des périphéries un entassement de sous-langues (Kiabi et les autres).

Mais, sur la pochette d'*Abbey Road* où traversaient les quatre Beatles, nous savions – et je sais toujours – derrière Lennon tout de blanc mais portant cheveux jusque sur les épaules lequel (Harrison) était chaussé de « clarks », lequel (Ringo) de boots, lequel pieds nus

(McCartney) et donc, marchant le dernier, Harrison avec ce blue-jean à *pattes d'eph* par lequel nous nous égalions à eux tous d'un seul coup de ceinture bouclée.

L'étiquette faux cuir à l'arrière du Levis devenait notre identité propre. Puis tout cela, pour moi, est retombé dans une relative indifférence. L'exception : ces bourgerons noirs que dans les années soixante-dix on ne trouvait que dans les magasins spécialisés vêtements de travail. Une veste lisse et raide (sergé, velours, moleskine ?) qui valait tous les A d'anarchie quand on l'enfilait, pour aller coller les affiches et distribuer les tracts. Et la même version en côtelé pour l'hiver, paraît-il la veste des charpentiers. L'idée qu'une place devait être réservée aux vêtements dits de travail a progressivement reculé : je crois que début des années quatre-vingt on les trouvait encore à la Samaritaine – le Web m'informe que la marque Adolphe-Lafont existe encore, mais le vieux bourgeron anar a disparu de son catalogue, voué aux vêtements de sécurité.

Reste, dans la tête, la fierté vaguement coupable, compte tenu du prix, de sortir de la première boutique consacrée par Poitiers aux blue-jeans, son *pattes d'eph* dans un sac aux armes de l'Amérique, payé de son propre argent.

du temps dans les voitures

Qu'est-ce qui a été notre premier voyage en voiture ?

De l'expédition en Auvergne, à cinq dans la deux-chevaux (nous emmenions ma tante), je n'ai que des images disjointes, souvenir indistinct de Vichy et de ses kiosques à eau minérale, et qu'on apercevait les montagnes, donc le puy de Dôme évidemment, dont le profil se surimposait si bien au mot volcan. Les hôtels qui nous accueillaient étaient une expérience plus dérangeante, les cours, les jeux d'enfants laissent des images plus rémanentes, qui surgissent parfois violemment à croiser un de ces établissements, parfois, en fond de province, comme si tout y était pareil.

Difficile de savoir ce qui tient au souvenir, et ce qu'on en reconstitue d'après les photographies familiales, le cirque de Gavarnie et les virages du Tourmalet, l'âpreté des couleurs de l'observatoire du pic du Midi, ce sont autant de cartes postales. Les Vosges et leurs jonquilles à cause d'un petit accident de la route qui nous est arrivé, le Pays basque comme un exotisme considérable. La Méditerranée aurait été trop loin, un autre univers. La sœur de mon père nous accompagnant, avec mon frère nous alternions celui qui était près de la vitre et celui qui s'asseyait au milieu, « sur la barre ». Nos voitures miniatures, mimant la voiture familiale, suffisaient à compenser.

Il reste donc, hors les photos, quelques images comme flottantes, et séparées – mais susceptibles d'éveiller des bouffées très fortes de temps délivré lorsque, au détour de telle route ou la traversée de telle ville un paysage naturel, une terrasse de vieil hôtel, la rue droite d'un village, s'y emboîtent comme dans un puzzle. Les guides Michelin vert et rouge y tenaient évidemment une grande part, et dans les heures de voiture, où les livres emportés ont été vite terminés, eux au moins on peut les lire extensivement et sans limites – j'en garde comme une affection, ou l'impossibilité de s'en débarrasser quand bien même ils sont devenus inutiles.

Au retour de notre expédition annuelle la plus lointaine, celle des Vosges, nous nous arrêtons à Reims, chez l'oncle qui travaille à la RTF (ce n'était pas encore l'ORTF, ce sont des équipes à taille familiale). J'ai huit minutes, avec ma voix de huit ans, pour planter devant un gros magnétophone le compte rendu du voyage à la montagne. Quelques semaines plus tard, nous recevrons un disque soixante-dix-huit tours avec les huit minutes gravées, mais je n'aime pas trop l'écouter – personne ne supporte volontiers sa voix. À savoir ce qu'il est devenu.

Ce sont les deux premières années qui suivent le déménagement à Civray qui ancrent ce temps voiture. Un dimanche sur deux, nous revenons voir les grands-parents en Vendée. De façon sous-jacente, l'idée que notre départ à cent quarante kilomètres de l'enracinement familial était une sorte de trahison, qu'il y avait à payer. Voire même : non pas tant l'éloignement géographique, en ces temps de départements et cantons sans autoroute, l'idée que mon père aurait dû continuer le garage du grand-père plutôt que tenter l'aventure d'un plus grand. Ce n'est plus en deux-chevaux : le nouveau statut impose d'avoir une ID 19 de « démonstration », véhicule qu'on garde six mois et qu'on revend à l'un de nos clients moins cher qu'une voiture neuve. Ma mère se place à l'arrière droit : « la place de De Gaulle », dit-elle, surtout parce qu'elle y a plus de place pour y déployer son tricot, et ruminer peut-être le changement violent de condition, de l'institutrice qu'elle fut si longtemps, s'occupant maintenant de l'administration du garage, des cartes grises et plannings de livraisons – mais surtout de la présence du plus jeune frère sur son siège bébé en position centrale. Avec mon frère nous alternons le privilège de la place avant droite et ce qui reste de place à l'arrière gauche. En général, je lui laisse l'avant à l'aller, et j'emporte quelques livres scolaires pour l'arrière, tandis qu'au retour, le dimanche soir à la nuit tombée, c'est moi qui suis devant.

Le temps voiture pour moi c'est ce temps du corps immobile et désoccupé, lire on ne le pourrait pas. C'est les phares, les maisons blanches qui surgissent comme des fantômes, l'absence de toute silhouette dans les villes traversées, parfois des vitres jaunes où derrière de mauvais rideaux on s'efforce de deviner la vie. Parfois il pleut : le battement régulier de l'essuie-glace vient recomposer un paysage fragmenté et brouillé qui recompose le rêve comme s'il était la vérité du monde.

Je ne connais pas en voiture l'épaisseur du temps. Cela s'est vérifié plus tard, du temps où ce serait désormais à moi-même de conduire. Périodes où la voiture est nécessairement chargée d'un duvet, pour dormir là où on s'arrête. Les nuits sur les parkings ont des réveils blêmes. Sensations retrouvées les deux années où, machine à écrire et cartons de livres sur le siège arrière, on s'en est allés vivre à Berlin, puis Stuttgart. Prolongées encore dans l'année américaine, avec ces voitures de location à boîte automatique, quand se déroulent les épinettes serrées d'Ottawa à Toronto, ou de Sherbrooke à Boston, dans ce curieux ressaut des Appalaches aux roches aussi rouges qu'un film d'invention.

C'était plus facile autrefois : la tête avait ses dérives. Le contexte est plus lourd, ou alors c'est qu'on a moins à penser ? En tout cas les murs ne s'écartent plus si facilement, dans les heures de volant. Alors on s'encroûte, on compte les camions, comme autrefois on jouait des plaques d'immatriculation, anticipant les départements (les plaques d'immatriculation n'indiquent plus les départements qu'en tout petit sur le côté, et les marques des voitures nous sont désormais indifférentes).

J'étais capable de nuits entières sans dormir, nous préférions même, les étés, nous embarquer de nuit pour les longs voyages : je n'en prendrais plus aujourd'hui le risque, malgré ces boissons à la caféine faites pour vous y aider – et dont l'effet se fait plutôt sentir après la fin du voyage, quand on pourrait rattraper le sommeil et qu'on continue à croiser des phares et des phares. J'avais un exercice imparable pour les longues conduites : fixer un point au loin sur le bas-côté droit, le plus loin possible, et puis y ancrer le regard. L'attention demeure fixée sur ce point mobile au loin, légèrement hors de la route, et tout le reste devient un graphe de trajectoires et lumières qui n'interfère plus avec la conduite, quand bien même vous continuez trois ou cinq heures d'affilée.

Un mauvais autoradio, avec la longue antenne au-dehors sur les grandes ondes, accompagnait autrefois les voyages. Ils se sont améliorés, mais la radio non : stations commerciales insupportables, et très longtemps les émetteurs trop faibles, d'une ville à l'autre, pour suivre France Culture, sauf la nuit. Période où on stockait des cassettes en vrac dans l'habitacle, puis des compilations CD qu'on réservait à la voiture.

Et puis chacun a fini par se réfugier dans sa propre écoute : casque ou écouteur, même si au volant on ne devrait pas. Aux temps de l'ID 19 sur le trajet du samedi-dimanche, de Civray à Luçon et retour, je n'imagine pas que ni moi ni mon frère aient disposé d'un sac pour nos affaires personnelles, comme ceux d'aujourd'hui transvasent le contenu du sac à dos de l'école, incluant d'avance leur musique personnelle ou autres occupations digitales.

Je n'ai jamais été un conducteur modèle : l'Amérique m'a quand même guéri de la vitesse. Et les voitures d'aujourd'hui ont un régulateur qui dispense de s'occuper de ce qu'il y a devant soi, et même en conduisant on extraira soi aussi de son sac de quoi écouter ou communiquer.

C'est dans la tête, autrefois, qu'on compensait la durée, et les histoires inventées qui silencieusement la meublaient. On a plus de mal, avec les objets, puis soi-même, à s'inventer des histoires – les durées, elles, ne changent pas.

lettreuse Dymo et Lettraset

L'autorité de l'imprimé commence à la forme des lettres. La valeur symbolique que nous accordons encore au livre ne lui était pas si réservée que ça – il y avait des passerelles intermédiaires.

Je vois l'arrivée de la lettreuse Dymo dès 1965. Dans le magasin de pièces détachées du nouveau garage, les casiers de bois noirci recelant les gâches de vitre, serrures de portière, jeux de vis platinées, éléments de carburateur et autres merveilles (joints de culasse, pignons de boîte de vitesses, lourds cardans dans leur graisse durcie) affichaient leur référence par une étiquette calligraphiée. La référence incluait une lettre et deux chiffres pour le type du véhicule, un autre chiffre pour la fonction associée à la pièce (moteur, carrosserie, direction, allumage, optique et faisceaux...), enfin la référence elle-même. Nous avions refait et agrandi – mon premier travail salarié – ce magasin derrière une cloison neuve de briques, avec de modernes cornières vissées et des tiroirs de tôle. Sur chaque case, la lettreuse Dymo, avec sa roue verte qui n'autorisait que les majuscules et les neuf chiffres, permettait de coller l'inscription sur plastique de la référence. On chargeait la Dymo d'un ruban en spirale comme la réglisse, il fallait une pression très forte de la main pour appuyer sur la roue et déformer le ruban selon la lettre ou le chiffre, puis un claquement sec coupait la fraction de ruban, qu'on décollait de son papier support et appliquait. Ce n'était pas un jouet, on avait probablement dû la commander assez cher, ç'aurait été mal pris mal vu de s'en servir autrement que pour sa fonction officielle. Cependant, j'imprimai d'abord mon nom prénom, pour l'appliquer dans l'intérieur de mon cartable, puis enhardi des mots isolés, et même je crois quelques slogans et phrases – la mémoire ne va pas jusqu'à retrouver lesquels.

Avec la Dymo, ce qu'on écrivait devenait écrit officiel, avec le statut du livre ou du journal, puisque le ruban adhésif nous permettait de l'appliquer n'importe où, dans sa majesté raide. Objet séparé radicalement de qui l'avait généré, et ne portant pas de marque physique de son émetteur, au contraire de la lettre calligraphiée. Comme il y eut toujours une Dymo dans le garage, et pareil dans tous les bureaux et commerces du pays, j'ai pour sa roue et son ruban une vénération intacte.

Est-ce que les enfants d'aujourd'hui usent comme nous le faisions de la *décalcomanie* ? On recevait ces planches comme de véritables trésors. Je doute que ça ait survécu aux usages numériques. Mais on avait un usage savant de la décalcomanie : nos abaques de plastique pour le dessin industriel, et les feuilles de Lettraset. J'ai été maladroit avec les deux : quoi que je fasse, là où abaques comme Lettraset devaient conduire à cette majesté inaliénable au-dessus de la calligraphie, j'avais des bavures, des travers. On posait l'abaque sur le calque, on passait bien droit le Rotring sur les bords ajourés de la lettre, majuscule ou minuscule. On traçait différemment, le Rotring toujours impeccablement à la verticale, la partie droite de la lettre après avoir tracé la partie gauche. Les meilleurs changeaient de taille de Rotring (on vissait au bout des opercules de diamètre différent, du 0,1 mm ou 0,8 pour le trait standard au 1,2 ou 1,4 mm pour le gras des surfaces usinées ou surfaces d'appui), et en tiraient des effets de relief. La difficulté c'était d'évaluer le déplacement de l'abaque pour un espacement régulier des lettres et l'horizontale parfaite de leur déploiement : c'est ce que je n'ai jamais réussi, et particulièrement dans ces mois de bureau d'étude par intérim, vers 1976, sous le regard désespéré de ce chef de bureau qui finit par me renvoyer à mon obscurité de sans-diplôme.

Certains disposaient des chères Lettraset à volonté. Un copain qui avait ses entrées à EDF en avait constitué un stock imposant, de vraies liasses : des feuilles de papier simili calque recouvertes d'une protection pelure. On enlevait la protection, on appliquait la lettre à l'envers sur le support, et on frottait vigoureusement, d'un dos de stylo par exemple, ou carrément de la bille, l'arrière du calque. Ce principe d'application par transfert avait des tonnes d'usages différents, on n'était pas si loin des *décalcomanies* de l'enfance, les Mickey à mettre où on voulait, voire en tatouage provisoire. Les feuilles de Lettraset proposaient toutes les tailles, toutes les polices – un vrai ordinateur de papier, à usage unique cependant. Et rien n'était triste comme leur fin, quand elles n'autorisaient plus qu'un K, un Z ou un W inutilisables, comme au Scrabble. Là aussi, la difficulté c'était l'espacement et l'horizontale, et la régularité du grattement à l'arrière du calque pour un transfert impeccable, et je ne m'y illustrais pas.

C'est par la Dymo, puis les Lettraset, que j'ai été en contact tôt et irréversiblement avec le côté implacable et symbolique de l'imprimé, et que progressivement j'ai compris ma place : en amont. L'habileté des mains, j'ai toujours vécu comme un malheur de n'en pas disposer. Le traitement de texte fut immédiatement comme une vengeance, une libération, quand bien même au début via une imprimante à seize aiguilles sur des feuilles qu'on chargeait en rouleau puis détachait selon les pointillés, et qu'aujourd'hui je n'utilise mon imprimante laser que pour la comptabilité obligatoire – une fonction utilitaire aussi humble que les étiquettes avec notre Dymo, dans le magasin de pièces détachées.

du mellotron

Je n'ai jamais vu de mellotron. C'est juste un mot, lu la première fois sur un disque des Cream (la chanson *Badge* de Clapton ? à vérifier, mais c'est si facile aujourd'hui de vérifier puis corriger, envie plutôt d'interroger le souvenir imprécis, laisser l'empreinte de comment il s'est déformé ou embarqué sur une mauvaise piste).

Il y a aussi un mellotron chez les Beatles dans *Strawberry Fields*, et *Revolution 9* dans le « double blanc » qui faisait notre fierté, et chez les Rolling Stones c'est Brian Jones qui s'y est collé, période *Satanic Majesties Request*.

Des noms comme Pink Floyd ou King Crimson viennent déjà peupler une réminiscence lourde et vague, ou en France Ange et Magma – et déjà le mot mellotron vous a embarqué vers d'autres fonds de paysages, routes en voiture, pochettes de disque, chambres où on les écoutait.

Ou, tiens, Jethro Tull et Black Sabbath : le premier disque que j'achète de Black Sabbath c'est pour moi, à quarante ans de distance, le changement de maison et la couleur beige du mur juste repeint, mes affaires là-dedans comme si elles flottaient sur le carrelage sans comprendre, et le petit électrophone Teppaz avec haut-parleur dans le couvercle pour un son si grêle dans le milieu de la pièce. Il y a peut-être du mellotron aussi dans le *Kashmir* de Led Zeppelin, où la batterie joue en deux temps tandis que Page et Jones jouent en trois temps, je ne sais plus.

Qu'est-ce que je sais d'autre du mellotron ? Que c'est un instrument à clavier, qui ressemblait à un de ces orgues Hammond derrière chacun de nos chanteurs en anglais. Peut-être qu'à l'époque, dans *Best* ou un autre journal, j'ai quand même vu sur une photo, loin d'être parfaite, à quoi ressemblait un mellotron – un court clavier de deux octaves et à gauche une suite de gros potentiomètres qui donnaient du mystère. Les synthétiseurs viendraient bientôt, le Moog, l'Oberheim, proclamant que le son est une construction, là où le mellotron se contentait de triturer l'existant.

Mellotron comme *electronics melodies*, avec deux *L* : on quittait le monde de l'électricité – la pédale wah-wah et autres circuits déjà inventés par ce technicien de la marine anglaise, Roger Mayer, qui en fut le précurseur – pour celui d'un mot encore tout neuf : « l'électronique » susceptible de remplacer le musicien lui-même ? On savait que le mellotron était une sorte d'éléphant fragile, que même les meilleurs musiciens ne pouvaient vraiment maîtriser, un instrument lourd qui ne pouvait se transporter sur scène, réservé à l'usage studio. Alors nous aussi on s'imaginait qu'on saurait en jouer, s'il n'y avait qu'à pousser vaguement au hasard ces touches dont chacune déclenchait la boucle de huit ou dix secondes d'une bande magnétique préparée, prise à d'autres musiques recopiées – on disait échantillonnées. On pouvait disposer sous les doigts, paraît-il, de cinquante ou soixante de ces boucles, qu'on pouvait mêler, superposer, ou bien, en appuyant sur toutes les touches ensemble, rejoindre dans une pâte indistincte de bruit général. Le mellotron était un instrument extrêmement cher, fabriqué à seulement quelques dizaines d'unités, et l'inclure dans un disque prouvait que vous n'étiez pas le premier venu.

Il y avait d'autres instruments bizarres sur les scènes neuves du rock : l'antenne du Theremin près de laquelle Jimmy Page joue à mimer d'étranges gestes de faux sorcier (mais il y croit peut-être, sait-on) dans le milieu de *Whole Lotta Love*, et aussi ces guitares qui prennent d'étranges formes, en goutte d'eau, double pointe des Gibson Firebird ou même transparence.

Alors c'est cela qui reste, à distance : que le nouveau peut s'amorcer par des monstres qui ne survivront pas à l'émerveillement induit par leur surgissement, lequel nous emporte dans un monde où déjà nous n'avons plus besoin d'eux. J'imagine la préparation des cinquante boucles de bande magnétique sur leur minuscule bobine, et celui qui les installe dans le corps obscur du mellotron, coinçant la bande dans les roues d'aluminium lisse qui la feront passer en continu devant une des cinquante têtes magnétiques alignées, et je me dis que cela ferait une magnifique machine à souvenirs : ils sont ainsi, nos souvenirs, petites boucles extraites de musiques dont nous ne savons plus rien d'autre, qui incluaient des chambres, des voix, des visages, des trajets, et – dedans – des mondes.

Et comment, alors que je termine cette page sur une mince machine, sur ma tablette de train filant dans la brume du matin vers Bruxelles, je ne verrais pas toutes ces masses de plastiques accumulées et essayées ces dernières années comme autant de mellotrons sans nom (encore que je n'aie jamais vu *mellotron* employé au pluriel), et sans plus d'avenir que cet appareil, à qui au moins les rockers avaient conféré cette noblesse ? Et de nos pages mêmes, à les écrire ici, mêlant en boucles toutes autres paroles lues et échangées dans le quotidien de notre socialité virtuelle, comment ne pas voir Internet comme le plus gigantesque mellotron jamais construit, chacun affairé à sa propre et minuscule boucle de huit secondes sur bande magnétique, et tout cela destiné à être vite aspiré par la bascule même que nous induisons ?

C'est comme si le mince papier m'avait sauté à la figure. Je voulais relire *La Vie des abeilles* de Maeterlinck, et aussi le numériser. Je l'ai trouvé d'occasion pour quelques euros sur Amazon, il me parvenait le surlendemain : un poche de 1965, le papier un peu jauni mais pas de dégradation. Et dedans, depuis quarante-six ans, le dépliant.

Je crois qu'à l'époque on le trouvait un peu partout. Pour moi, il est surtout associé à ces *Sélection du Reader's Digest* dont on avait forcément quelques exemplaires dépareillés dans toutes les maisons, fragments sans début ni fin de romans inconnus que de toute façon on n'aurait pas lus, ou l'étrangeté de la clôture de nouvelles brèves, plus des blagues, des *Savez-vous que*, ou des encarts sur des aventuriers. Le livre (l'idée même – et générale – du livre) comme ensemble hétérogène et complexe, avec des bifurcations et des caves, greniers, étages, jardin et loisir avant que la télévision ait tout évacué. Quelquefois, moi qui n'ai pas mémoire des visages, il me revient des fragments très clairs de récits et d'histoires, et cherchant plus au fond dans cette réminiscence, ce sont ces *Reader's Digest* que je retrouve, parfois sans couverture, ou déchirés, ou pris et laissés sur la table de la salle d'attente d'un médecin.

Mais le petit encart toujours identique, on le trouvait aussi dans cette possession neuve et précieuse qu'était le *Télé 7 Jours* qui venait de faire son apparition, non pas inséré mais imprimé pleine page.

La reconnaissance a été instinctive. Je le reconnaissais, c'est tout – et c'est probablement une part du défi posé au numérique, où ne se crée pas cette médiation visuelle fixe pour la mémoire. Mais à peine j'entrais dans cette image, qu'elle appelait tout ce continent de littérature populaire avalée, où le même dépliant revenait obstinément.

Ce dont je suis sûr, d'abord, c'est que je n'aurais pas été capable de le reconstituer de mémoire. Je n'aurais même pas pu retrouver sa disposition en triptyque : *apprendre à écrire, apprendre à dessiner, parler 35 langues*. Des rêves spécifiques aux trois volets, probablement c'est *apprendre à écrire* qui m'intéressait le moins. Ça ne menait pas à ce que j'admirais déjà chez Jules Verne, Poe, Verlaine et les autres. Mais *parler 35 langues*, et de votre fond de campagne c'est l'assurance de s'approprier le monde, d'aller en Chine ou en Patagonie, et on vous comprend, vous passez pour un des leurs. Quant au dessin, je ne comprenais pas la méthode : elle devait avoir quelque chose de magique. Très longtemps, je n'ai jamais pu m'empêcher de feuilleter les manuels qui enseignent à croquer les visages. Il suffirait donc ensuite de s'entraîner. J'aurais un calepin sur moi, je croquerais les visages du métro, de la ville, de partout – et même ceux qui hantent les rêves.

Sur le dépliant deux visages américains – je veux dire : *typiquement* nord-américains, de ceux qu'on voit comme second rôle dans les films. On pouvait *commander la brochure gratuite*. Je n'ai pas de certitude, mais il me semble bien que vers 1964 ou 1965 je les avais demandées, les *brochures gratuites*. Je me revois poster une lettre avec les timbres nécessaires pour l'expédition à l'intérieur. On leur communiquait ainsi une adresse, pour les relances. Mais je me revois en possession de ces trois minces brochures, lesquelles incluaient, pour l'écriture et le dessin, un exercice gratuit pour démonstration. Et je me souviens de comment m'impressionnait l'explication physiologique à l'apprentissage multiple des langues, et la méthode qu'ils utilisaient pour cela.

Par contre, il me semble que j'aurais pu retrouver, en me concentrant bien, le nom affiché sur le dépliant : *école A B C*. C'était la loi simple de l'alphabet. C'était le livre d'Agatha Christie, *ABC contre Poirot*, lu des dizaines de fois dès cet âge. Avec les trois lettres de l'alphabet, grâce à *A B C*, vous pouviez tout entreprendre. La clé c'était *les lettres de l'alphabet*.

En tout cas, en sortant de l'enveloppe, ce matin au courrier, mon petit *La Vie des abeilles* de Maeterlinck racheté d'occasion (fameux livre, au passage, et bien utile pour penser nos socialités d'aujourd'hui), ce qui m'a frappé, dès avoir en main le petit dépliant, c'est l'idée de *tout reconnaître*. Le moindre détail, la disposition en triptyque, les deux visages américains, le nombre 35 concernant les langues révélées, et puis le *A B C*.

Et que le souvenir n'est pas lié au contenu, à ce qui est dit, mais bien à l'image même. Et si on l'insérait aussi dans ce livre, en *fac-similé*, à quarante ans de distance ?

poule mécanique

J'ai possédé une poule mécanique. Pas de gloire à en tirer, nulle relation affective qui ait permis à la mémoire de fixer plus que le nom, et quelques sensations. M'étonnait surtout le mouvement des deux pattes articulées, une sorte de marche en ciseau qui lui permettait d'avancer. J'ai dû plus m'en servir comme ça, à l'envers, pour comprendre, qu'à la laisser se déplacer. Dans mon souvenir, un autre étonnement c'est que les ailes battaient en marchant, le cou aussi remuait au même rythme. La queue était en tôle multicolore, d'ailleurs l'ensemble peint de couleurs vives. C'était la fin des magnifiques automates du XIXe siècle, réduits à n'être plus que cela, volaille de démonstration pour Noël ou anniversaire, peut-être pour avoir d'abord provoqué l'étonnement de l'adulte qui l'offrait.

De toute façon je n'ai jamais aimé les bêtes à plumes, toute catégorie tout format, les copains dans les fermes (André Macaud) me montraient comment ils s'en emparaient, la poule battait des ailes méchamment, sentait mauvais et déféquait, merci bien. En fait, j'en avais peur.

L'important, c'est la clé. J'entends le grincement du ressort qu'on remonte, et déclic au moment où on le lâche, chaque jouet mécanique comportait une petite tirette à cet effet. Je ne saurais pas mieux décrire extensivement l'univers des jouets à ressort avec clé. Des voitures de course en tôle légère, qui allaient droit, et bien plus facilement que celles à friction, tôle mince aussi, et durée de vie en proportion : on les faisait rouler trois fois en marche arrière et puis on relâchait, ça partait à toute allure droit devant – ce qu'on ne recommande comme comportement à personne dans la vie en général.

Des motos d'emblée futuristes – l'homme de laiton masqué qui pilotait la moto était capable, lorsqu'elle butait contre un mur ou un pied de table, de contourner l'obstacle, faire même demi-tour. Mais si on le posait directement sur la toile cirée de la table de cuisine, il fallait se dépêcher de passer de l'autre côté pour lui sauver la vie quand il basculait dans l'abîme. À clé aussi ce qui ressortissait de la famille des boîtes à musique, petits manèges avec chevaux à bascule. D'ailleurs la clé pouvait survivre longtemps à l'objet, et dans le fond de la caisse à jouets on trouvait toujours quelques clés dépareillées, sur le même et sempiternel modèle de laiton ovale embouti et replié en carré. Le picot de fer sur lequel on les emboîtait, dans la poule ou la moto, je le revois aussi facilement.

Parfois, sur les trottoirs près des gares, on voit encore des vendeurs de tels jouets, fabriqués en Asie et qui n'émerveillent plus guère. C'est pourtant cela qu'ils cherchaient à provoquer : disposer soi de ces mécaniques qu'on apercevait en vrai, motos à la fête foraine tournant à la verticale dans un cylindre de bois, et puis les mécaniques avaient contaminé l'espace domestique – l'aspirateur électrique était d'abord un gros jouet, n'est devenu utilité que lorsqu'il n'a plus émerveillé.

J'ai souvenir très vague aussi de *voitures télécommandées*, un petit volant sur une commande de laiton, et un fil pour la suivre à deux mètres. Même destin que les automates : cela finissait démonté. Ça, nous savions faire, et il me semble avoir toujours disposé, dans l'enfance, de ressorts en spirale séparés de leur tôle aussi inutile que la carcasse d'un vrai poulet après le repas du dimanche midi. Rien à voir avec l'équilibre fragile des pièces d'un réveille-matin ou d'une montre, quand on pouvait aussi en démonter une.

Nous avons comme tout le monde, plus tard, offert des *voitures télécommandées* à nos garçons, de même que j'avais reçu autrefois une poule mécanique. Âge où les lendemains de Noël se passaient à courir les magasins de piles, et trois semaines plus tard la panne définitive. Les *voitures télécommandées* que testaient sur le trottoir ou dans leur cour les enfants des voisins étaient nettement plus belles que celles qu'avaient reçues les nôtres, le rêve n'était pas au rendez-vous. Mais peut-être déjà parce que période révolue : l'émerveillement de la technologie, quand pour l'enfant elle apprivoise en miniature les rouages de ce qu'elle accomplit dans le monde en général, mais de façon plus effrayante.

Le symbole en était peut-être le Télécran : ardoise rouge à écran gris, et deux boutons pour tracer des horizontales et verticales, des diagonales ou obliques si on se synchronisait bien, des remplissages au noir si on était patient. On ne savait jamais refaire exactement les modèles inclus dans la boîte, sur un mince livret séparé. Ce jour-là, nos Meccano et autres constructions à vis, écrous, axes et agrafes (construire cependant grues et treuils, véhicules hérissés, mais avec des vraies roues de caoutchouc et des vitres en nylon transparent perforé comme les pièces de métal), avaient entamé leur régression. Le Télécran n'emmenait guère loin, mais les deux boutons à faire des images étaient les mêmes que sur le poste de télévision.

Les magasins de jouets, leurs catalogues quand ils nous arrivaient un mois plus tôt, étaient l'espace du rêve impossible, le jouet qu'on recevait – ne serait-ce que la poule mécanique – la preuve que le rêve était partiellement accessible. Cela aussi, j'en ai vécu une sorte de fin avec mes enfants : industrie de masse du reproductible, même si Playmobil ou d'autres s'y connaissent toujours en mécanique du rêve lorsqu'ils jouent avec les codes et symboles de la vie complexe où nous sommes.

De quel jouet saurais-je aujourd'hui rêver ? Un téléphone qui tombe en panne, un accès Internet qui ne s'établit plus sont une catastrophe plus grande – pour les enfants eux-mêmes – que toute poule mécanique qui casse.

autos tamponneuses

On se souvient tous de nos manèges. Ce sont des souvenirs précis, tactiles notamment : la barre un peu grasse qui permettait à ces chevaux idiots de monter et de descendre. Ou la queue du Mickey au manège de La Tranche-sur-Mer – le patron la laissait attraper à tel ou tel de ses clients comme une sorte de prime de fidélité (on gagnait un tour, et c'est toujours vers les deux tiers du temps qu'il décrochait sa corde et laissait le pantin à queue se balancer) –, mais j'avais remarqué qu'à choisir la moto on était plus haut et qu'on accroissait ses chances.

Sur ce manège qui s'installait l'été à La Tranche-sur-Mer, il y avait aussi un camion de pompier rouge et un autobus bleu. Je n'aimais pas l'autobus, il y avait deux volants et on ne pouvait pas y être seul. Dans le camion de pompier, il y avait des chromes et un klaxon. J'aimais la voiture de course, aussi. Pour en retrouver les images, je dois passer par le souvenir du dépit ou de la colère à découvrir qu'un autre môme s'y était déjà installé, ou de la stratégie à employer pour y sauter le premier. Sinon, je me réfugiais dans la toupie du milieu : on attrapait ce gros volant métallique lisse au milieu qui démultipliait notre vitesse de rotation mais ça ne plaisait pas à mon frère, il trouvait que ça allait trop vite.

Après, fini l'âge des manèges, qui sont pour l'enfant affaire sérieuse et vaguement menaçante, jamais de plaisir : ce sérieux on le redécouvre en observant ses propres enfants, hors de l'arène, depuis le bord – alors on le comprend rétrospectivement pour soi-même, et pourquoi la mémoire fractionnée, braquée sur des détails qui ne se rejoignent pas.

Par exemple, dans le souvenir, la petite place de La Tranche-sur-Mer, entre l'église et la pharmacie, pourrait être immense et bombée, balayée par le vent, déserte aux lumières, et seul tournerait ce manège. Ah non, là je confonds avec celui qui fonctionne encore sur l'esplanade de La Défense, et que j'avais photographié un peu comme ça : parce que cherchant déjà ce que ce texte assigne, à cinq mois en amont ?

Reviennent d'autres images, encore plus dispersées : un manège à l'ancienne, avec un escalier et un étage, c'était à La Rochelle, quand on y allait un peu avant Noël, voir les vitrines – avec la lenteur de ses chevaux qui montent et descendent de façon un peu monotone. Mais surtout, une fois l'an, la fête foraine qui s'installait à L'Aiguillon-sur-Mer, avec ce tambour de la mort où les motos s'élançaient à l'horizontale. Ou le goût filandreux et praliné (ou fraise) de la barbe à papa.

Les foires nous attirent par leurs coulisses, quand on les voit de l'arrière, l'éphémère est une pauvreté. C'est ce qui nous fait admirer le *Vieux Saltimbanque* des *Poèmes en prose* de Baudelaire, et le *Champion de jeûne* de Kafka. Souvenir comme ça de la première fois à Coney Island, un soir froid, et tout déjà presque désert. Ou encore ce premier soir de l'arrivée à Berlin, en septembre 1987, le copain qui conduisait la camionnette avec nos affaires s'appelait Japy, sais pas ce qu'il est devenu. On avait dormi sur l'autoroute vers Francfort, puis pris après Hanovre le long corridor avec les grillages. Une fois réglées les questions de l'appartement on avait repris le camion et on avait roulé tout droit pour trouver le mur. C'était entre Potsdamer Platz et Anhalter Bahnhof, et il y avait là une immense fête foraine, qu'on avait traversée, île dans l'île, ceinte comme la ville, avec les odeurs de fritures, le hurlement des manèges et le boniment des haut-parleurs, et puis tout ce vide autour. Je n'ai jamais pu dissocier Berlin de cette fête foraine ce soir-là, sous ce ciel gris, et cette sensation d'étranger tout autour.

Mais ce qui m'est revenu le mieux, c'est les autos tamponneuses à Civray. C'est venu brutalement, hier soir, en quittant l'autoroute pour la rocade, un type qui vous coupe la route et qu'on pourrait envoyer balader comme en se jouant. Dans les virages on se penchait tout le torse en dehors comme dans les bateaux à voile, et on se fonçait allègrement les uns sur les autres, les coups décollant alors les petits insectes lourdauds, avec leur grand bras qui rejoignait au plafond le grillage électrique, en extorquait des étincelles. Il y en avait toujours un pour se la jouer grand seigneur, conduisant les yeux mi-fermés l'air détaché en évitant tous ceux qu'il aurait pu percuter. Les forains sollicitaient les commerçants du lieu pour diffuser leur publicité dans les haut-parleurs : en échange, on recevait une poignée de ces petits jetons renflés au milieu, que le gars récupérait à chaque tour, en bondissant d'une voiture à l'autre sur la piste, s'accrochant au mât électrique, et mon père les répartissait entre les différents gamins du garage, mon frère et moi n'étant pas forcément les mieux lotis. Mais, par tradition aussi, en début d'après-midi, à l'ouverture, les patrons des autos tamponneuses les distribuaient assez généreusement : les tours gratuits servaient de pompe d'amorçage à la clientèle. Alors les voitures s'affrontaient plus nombreuses sur la piste de métal lisse et sombre, dans le rugissement des haut-parleurs et le grognement électrique, et d'autres clients surgissaient tandis que nous-mêmes raclions jusqu'à épuisement le fond de nos poches pour convertir nos quatre sous en jetons supplémentaires.

Je n'ai jamais vraiment fréquenté, ensuite, ces foires aux manèges fous, montagnes russes (ah, l'île de la Ronde, quand on arrive à Montréal par le bus de Québec, et qu'on la surplombe !) ou autres labyrinthes et attractions avec épouvante. On avait des occupations moins vulgaires, s'imaginait-on. Et puis ce n'est pas pour les myopes et migraineux.

Ce ne sont pas forcément des souvenirs importants. Juste qu'on est surpris, si fragmentaires qu'ils soient, de la netteté avec laquelle on les recompose. De la curiosité où on est, à ce moment précis, de la très fragile superposition de sensations arbitraires, ou hasardeuses, qui vous les rapporte en évidence, juste là devant vous, et plus possible ensuite pendant des heures ou des jours de les révoquer.

Une sorte de bal. On tournait en rond sur la piste vide. On se jetait les uns sur les autres. Autos tamponneuses. Un copain de Montargis appelé Anton Grüss, en 1971, appelait ça les *autos-boum*, ça me revient.

couteaux, canifs, Corti et Keith

Que plus on était anonyme et humble dans la vie, plus on devait s'y présenter avec carapace et codes ?

Chaque métier avait son costume, son pantalon à côtes velours ou le bleu de travail, le béret ou la casquette qui allait avec. On n'est pas nostalgiques de tout ça, et on a eu à traverser d'autres uniformes, visibles ou intérieurs, pour se frayer son propre chemin.

Le couteau et le tabac en étaient les premières de ces marques extérieures qu'on jugeait indispensables, parce que l'un et l'autre dénotaient d'abord un libre arbitre sur le temps : la vie continue son cours, la machine, le chef, l'urgence – on a sorti le paquet de gris ou d'Amsterdamer, on le roule dans le papier fin (Job, Rizla+, OCB ou Zig-Zag pour le combat de marques), ou directement dans la petite rouleuse de poche (maintenant ils ajoutent des filtres qu'ils promènent dans un sac plastique transparent comme un malade ses pilules), et puis on l'allume avec un briquet de préférence type Zippo à essence. Sur les prises studio que nous sommes certains à collectionner de Keith Richards, on entend distinctement le claquement du couvercle métallique du Zippo qu'on referme.

Le couteau en faisait partie. Pas question de faire son Barthes au petit pied : trop merveilleux ce qu'il a fait, et si tôt. Ça traversait la langue : le couteau phallus symbolique, quand on n'a plus rien d'autre – « avec sa bite et son couteau ». Ou le « couteau suisse », expression qui a débordé son usage, dès lors que lui ressemble un objet quelconque, y compris nos téléphones avec leurs applications numériques, et comme on en rêvait.

Un de ces couteaux multifonctions, j'en avais un dans mon casier d'interne, en terminale : assez lourd, et justement en cela le plaisir de l'avoir en poche. Manche noir, et dedans poinçon (pour les trous aux nouvelles ceintures), scie, lime (pour bricoler les serrures), petite lame et grande lame – on comptait en six, huit ou dix et douze lames. Et ceux qui faisaient référence portaient la croix blanche de la Suisse sur fond rouge.

Ça n'avait pas été facile, enfant, d'obtenir l'autorisation parentale : mais si c'était aussi un vecteur de reconnaissance et d'initiation, comment le refuser ? Toutes les vitrines en exhibaient. Je crois que le premier que j'aie possédé avait un manche de corne, l'année où en deux-chevaux on s'était risqués jusqu'au cirque de Gavarnie et la frontière espagnole, donc plutôt la preuve de la conquête étrangère. Dans les heures du retour, s'absorber dans les transparences de ce fragment ovale de corne vernie, avec les ombres brunes dessous. Bien minuscule par rapport à ceux de la vitrine, et pourtant couteau quand même – tandis que mon frère Pierre boudait parce que le sien était un jouet plus petit que son petit doigt. Mais avec un couteau on peut transformer une branche en arc et une autre en flèche – qui nous aurait guidés pour échapper à la symbolique de l'arme ? Jamais trop aimé, plus tard, ces livres qui vous contraignent au découpage préalable : juste pour transférer l'appropriation symbolique de votre couteau à votre Corti.

J'ai des copains qui continuent ce geste, celui que j'ai toujours vu effectuer à mes deux grands-pères, auxquels jamais on n'aurait mis un couteau à leur table : déplier d'un air concentré le couteau quand le repas commence, qu'il s'agisse d'un bref casse-croûte de loge avant le concert, ou du restaurant où on se réfugie ensuite (pour qui voudra s'y reconnaître), et à la fin du repas l'opération inverse, essuyage de la lame (symbolique de la nourriture tranchée qui ne laisse pas trace, et qui n'a pas été gaspillée puisque découpée de votre main selon quantité nécessaire).

Curiosité par exemple que Keith Richards – ce type est un puissant : reconnaissance tôt venue de sa griffe, moyens matériels et la vie dans le luxe – dans son autobiographie parle presque autant de son couteau que de sa guitare, fier même d'en pratiquer l'art du lancer.

Je revois certains couteaux désirés, comme on aime tour à tour, selon l'âge, une moto, une guitare, et d'autres bricoles au statut tout aussi ambigu sans doute – l'art stupide de la chasse se serait-il ainsi entretenu dans cette illusion adolescente dans la possession de l'arme ? Je revois certains canifs ou couteaux, couleur et reflet ou tranchant, dans le tiroir du bureau ou la caisse aux secrets, mais ne retrouve pas vraiment le moment où ils se sont évanouis. Je nous revois un jour de hasard à Blois (traversée en diagonale de la France, arrêt soudain sans même savoir ce que c'était cette ville, et ce type qui se croyait fin de nous menacer avec rien qu'un Opinel, avant que ses propres copains le désarment). Je revois ces périodes où les « crans d'arrêt » avaient la cote, et pour la gendarmerie bien vérifier que la lame n'excédait pas en longueur vos quatre doigts l'un contre l'autre. J'entends le mot Laguiole, et d'autres apparentés. La vedette au modèle *L'Homme des bois* de Coursolle, coutellerie de Thiers (le nom de la ville aussi fait mémoire associé à l'objet), avec la petite clé à molette sur la lame pour bien signaler que c'était objet utilitaire, et la Vénus en relief sur le manche riveté – on ne s'embarrasse pas de finesse dans le symbole.

Et puis cette boîte en fer-blanc qui, dans les dernières années de mon grand-père, côté Saint-Michel, en était venue à être si lourde. L'apprenti-menuisier savait ce qu'était une lame, tout travail commençait par l'une d'elles. Devenant outilleur-rectifieur, il avait accédé à une sorte d'aristocratie de la métallurgie. Quelque tâche qu'on entreprenne au nom de la mécanique, démonter un pneu de camion ou entrer dans les pignons lisses d'une boîte de vitesses, le couteau était le prolongement de la main pour l'ultime intervention. Le grattoir triangulaire du rectifieur, avec ses trois angles à soixante degrés qui vous auraient permis de vous raser les joues, n'avait pas la même légèreté au final. Et l'utiliser de la même façon pour creuser une tête de lapin ou de merlu, puisque lors des repas familiaux je l'ai toujours connu choisir ces morceaux qu'on n'atteignait qu'au bout du couteau – et probablement sans aucune idée de sacrifice.

Est-ce que chacun de ses couteaux évoquait pour lui une période, un lieu ? Comment aurais-je pensé à le lui demander. Quand mes grands-parents cessent leur activité, en 1965, et déménagent à Luçon pour leur retraite, il se meuble un petit appentis au sous-sol, avec un étau (celui de son père, d'ailleurs en ma possession aujourd'hui, planqué sous l'étagère à livres) et une perceuse à colonne. Dans les tiroirs, des boîtes à bougies Marchal servent de tri et d'entrepôt, lui il s'y retrouve. La boîte aux vieux couteaux est là. Son art – il en est fier –, c'est affûter la lame jusqu'à ce qu'elle disparaisse presque. Parfois à peine un moignon ou un fil, mais qui vous tranche encore tout ce que vous souhaitez.

À Luçon ils resteront une quinzaine d'années, puis ils se rapprocheront de nous, achetant une maison plus petite juste à côté de la nôtre, à Civray, et renonçant progressivement à la voiture. Pas forcément de gaieté de cœur, même passés ses quatre-vingt-dix ans. Les deux dernières années, à la maison de retraite, il a encore sur lui un couteau, de quoi l'affûter, et probablement s'en sert-il pour améliorer le glissement d'un tiroir, tandis que celle qui partage sa vie depuis 1924 nous dit que « ce jeune homme est charmant ». Il n'était pas lecteur. Il méditait. La cigarette maïs même éteinte lui tenait lieu de ce que nous demandons aux livres. Il parlait soudain de la première guerre, de Guynemer et des usines de Levallois-Perret. Ou bien de ses motos et side-cars (l'armée américaine en 1918 avait abandonné ses Harley-Davidson de liaison, il en avait rafistolé une). Ou bien de cette période pendant la guerre suivante où son *ausweis* pour convoyer les morts lui permettait d'exfiltrer des aviateurs tombés. Ou de rafistoler les pistolets de la Résistance. Ou cette fois, au contraire, ramenant un mort de l'hôpital de Luçon (ça simplifiait énormément les formalités si on déclarait le décès à l'arrivée au domicile, c'était donc courant), le type s'était réveillé à l'arrière du fourgon en criant, effrayé de se découvrir en tel appareil.

Il meurt en 1997. Quand nous vidons la maison, j'hésite avec la boîte aux vieux couteaux. Je revois ces manches de métal doré (avant usage) avec silhouette en ronde bosse. J'ai déjà pris plusieurs ferrailles, je l'abandonne. J'ai encore la sensation tactile de ces canifs avec leur lame moignon, qu'on pouvait saisir à pleine main tant il y en avait. À trois ans de vie le couteau, ça remontait à quand ?

Il n'avait pas été temps de l'interroger, il n'était pas temps pour moi d'y apprendre à lire. Peut-être qu'aujourd'hui j'y décrypterais des signes. On l'a mise avec ce qui partait au rebut : comment aurions-nous pu tout garder, d'eux qui gardaient tout ?

petites fenêtres à voir

Leur couleur bleu foncé. Cela brille. Classeurs numérotés, et les merveilles qu'ils contiennent. C'est si vague. On se dit que c'est trop peu pour en écrire.

Et combien d'objets qui ainsi passent au lointain, on les tient un instant en mémoire comme on les aurait dans la main, poids, taille, consistance, mémoire tactile qui est aussi le biais d'écriture. On hésite à pousser la porte presque transparente qu'ils recèlent : les visages en arrière sont ceux de tes morts.

Ainsi, de ta collection de *Tout l'Univers*. Ça a commencé avec la sixième. Une recherche immédiate m'informe que la collection avait été lancée en 1963, et s'adressait aux jeunes de 12 à 17 ans. En 1964 j'en avais 11, mais je rentrais dans les clients possibles (aussi bien, j'avais cette *année d'avance* à l'école, qui m'a fait si durement buter en terminale, quand il aurait fallu un peu de maturité supplémentaire pour appréhender le brusque durcissement de la ville). C'était distribué par Hachette, nom qu'on retrouvait sur nos propres livres de prix comme ils étaient déjà sur ceux de ma mère, en rouge et doré sur les étagères.

On recevait chaque mercredi ce fascicule mince et souple, aux couleurs en quadrichromie très vive. Je me revois déchirer la bande blanche avec l'adresse, et la couverture était déjà un programme : l'énoncé des thèmes dépliait le réel, en quelque point qu'il le touche, histoire et archéologie, guerres et monde contemporain, physique et chimie, vie des savants – et bien sûr l'astrophysique et la conquête de l'espace.

Plus tard, et longtemps dans l'âge adulte, j'ai lu le magazine *La Recherche* parce que j'y retrouvais cette arborescence : la culture de *l'honnête homme* s'est de toujours ancrée sur cette quête d'une réalité complexe dont nous sommes un élément, et triste une époque qui ne cesse de placer des cloisons autour d'un soi-disant domaine littéraire qui en serait coupé. Je n'ai pas souvenir de difficulté particulière pour lire les textes : l'époque était tonique, la télévision naissante nous emmenait souvent sur ces pistes neuves de vulgarisation scientifique.

Mais pas de texte particulier en mémoire, alors que – même avec tant de distance – chaque livre réouvert dit aussitôt si on l'a lu autrefois. Souvenir plutôt de ces images et comme elles démultipliaient le réel. Les *Tout l'Univers* surtout parce qu'on les gardait. Et tous les trois mois (avec un petit supplément, mais ma mère n'y avait jamais rechigné), on recevait la *reliure* cartonnée d'un bleu profond qui les transformait en livre épais, numéroté, hiératique. Le processus n'était pas compliqué, mais demandait soin et attention. Je ne sais pas si je relisais souvent les articles, mais je rouvrais souvent les tomes précédents. En arrivant à la seconde, et à Mai 68, les reliures occupaient une belle étagère d'honneur dans la chambre en partage, même s'il me semble qu'à ce moment c'était plutôt mon premier frère qui avait pris le relais. J'ai un ultime souvenir concernant les *Tout l'Univers* : on est bientôt quarante ans plus tard, ils sont en vrac dans un carton lourd et épais, ma mère déménage et on doit éliminer beaucoup – le carton part dans ce qu'on élimine. Les reliures étaient restées du même bleu profond et brillant, la collection devait être complète (on avait racheté les volumes de la première année) pour 1963 à 1970.

Ainsi *Tout l'Univers* pour moi ancré dans l'épopée des années soixante comme l'apparition du sèche-cheveux électrique ou du Babyliss pour les boucles (qui aurait voulu remplacer les « rouleaux à permanentes » qu'on aperçoit encore quand dans les rues on passe devant un coiffeur pour dames ?). Destin provisoire parfois de ces objets de progrès : le rasoir électrique voulait renvoyer au passé les coupe-choux à lame effilée et le lissoir de cuir sur lequel on en affinait le tranchant, et Philips matraquait sur toutes les publicités le passage du premier rasoir électrique, à tête fixe, à un nouveau disposant de trois têtes orientables mobiles, pour la souplesse du rasage. J'ai été propriétaire d'au moins un de ces appareils : ensuite on décliquetait la tête, on soufflait pour enlever le résidu organique. C'est associé pour moi (même sans en avoir jamais employé) à ces eaux de toilette pour hommes qui rendent si désagréables au premier matin les voisinages forcés du train ou du métro, et personne n'utilise plus de rasoir électrique (les marchands de lames ont repris le dessus, avec leurs rasoirs jetables encore plus aptes à stabiliser leurs bénéfices).

Mais voilà, c'est comme ça, le grand tiroir à souvenirs dépareillés : vous passez de *Tout l'Univers* aux rasoirs électriques, et tout d'un coup vous retrouvez la lame de rasoir elle-même, et cette petite boîte rectangulaire bleue où elles étaient vendues par cinq, boîte biface qui permettait de ranger dessous les lames usées (on ne se préoccupait pas encore de récupération)…

La lame de rasoir avait mille usages dans le quotidien – elle était aussi un très bon outil à suicide réussi, le premier après la ceinture ? En tout cas, dans nos trousses d'étudiants, toujours présente, pour racler doucement d'un calque l'encre déposée par le Rotring. Et si on avait une vieille lame, on découpait une bande de papier pile de la même largeur que la boîte bleue à ranger les vieilles lames et sortir la toute neuve. On la faisait passer à vide derrière la petite fenêtre ovale et on faisait un premier dessin, on tirait légèrement sur la gauche et on en faisait un deuxième, etc. : en faisant repasser la bande entièrement dessinée à vitesse continue dans la petite boîte bleue on avait un dessin animé, et quelques-uns des copains en devenaient de grands spécialistes.

Invention du *scrap-book*, fascination aux premiers dessins animés, ou façon de nous acclimater la télévision naissante ?

Cette année 1962 les postes de télévision amorçaient leur expansion de masse (l'année où nous avions reçu le nôtre, facile de s'en souvenir via les ultimes images d'Algérie et l'attentat du Petit-Clamart : l'expression même, *attentat du Petit-Clamart*, réveillant ce savoir obscur qu'on l'a vu *en images*, donc une perception plus directe de la réalité en dehors de notre environnement sensible, ici à vue de mer, sous la digue, et chaque visage ou silhouette de Saint-Michel-en-l'Herm parfaitement identifiable et prévisible (ou à peu près, voir ci-dessus la question des suicides : il y avait encore dans chaque maison un puits). Et que puis-je remonter de cette réalité soudain bousculée : si je regarde les images d'archives, si facilement accessibles pour un tel événement, c'est le débit et l'intonation de la voix du journaliste qui m'émeut, venue droit de la radio à l'image, et puis tous ces détails qu'instantanément je retrouve de façon quasi tactile aussi quant aux voitures qu'on aperçoit, la Dyna Panhard, l'Estafette Renault, une Simca P 60, la DS 19, un fourgon Citroën Type H…

Et donc difficile de savoir quand apparaissent ces postes-télévision miniatures, devenus par exemple taille-crayon… Il faudrait, tiens, un article complet sur l'art des taille-crayons : mini globes terrestres, animaux ou voitures. C'est simple : on achetait de l'utile, lié à certain sentiment du devoir à accomplir – cahiers, règles, compas et gomme, protège-cahiers, buvards et intercalaires – et le taille-crayon échappait à la règle de ces objets de nécessité, comme la décoration de la trousse ou du *plumier* (je ne crois pas avoir eu de trousse avant le collège, cette même année 1963-1964, tout le primaire c'était le *plumier*, et au CM2, maintenant que ça devenait sérieux, le plumier à double étage). Le taille-crayon était l'échappée ou la compensation des achats sérieux de la rentrée scolaire. On nous laissait choisir un modèle variété, petits taille-crayons avion, taille-crayons pots décorés, et toujours à la fin quand c'est bien rempli (quitte à le remplir exprès en sacrifiant le crayon de couleur jaune moutarde qu'on n'aime pas), renverser les mini copeaux spiralés (avec leur bord de la couleur extérieure du crayon) pour en sentir dans la paume l'odeur, taille-crayons à deux orifices petit et gros, taille-crayons deux-chevaux ou cul d'un chat. Et, pour l'utilité, il y avait sur le bureau du maître un taille-crayon à manivelle aussi solide qu'une machine à découper le jambon, et c'est là qu'on avait les résultats les plus pointus.

Et comme *Tout l'Univers* nous montrait la face invisible du monde, que la petite boîte aux lames de rasoir nous permettait de construire nous-mêmes nos films, les taille-crayons imitaient le poste de télévision, un téléviseur réduit à deux centimètres sur trois. Sur la face avant, une petite plaque plastifiée à section en V comme le toit des usines. Dessous, une petite feuille imprimée où s'entrelaçaient deux images : orientez les V dans un sens, on voit une image, bougez l'appareil on voit l'autre image, alternez rapidement et vous aurez l'impression du mouvement, comme Charlie Chaplin qui enlève et remet à l'infini son chapeau…

Nous découvrions le monde des petites fenêtres à voir, et les grands classeurs de *Tout l'Univers*, compilant chaque trimestre les douze numéros reçus le mercredi, étaient le plus illustre représentant de la famille.

fournisseurs et ronds de serviette

Un objet n'est pas forcément associé à la personne qui vous le fournit. Aujourd'hui, c'est d'évidence, mais ça l'était moins à l'époque. C'est l'histoire de cette séparation qu'on pourrait suivre.

Dans la communauté restreinte du village, tout était lisible. On se fournissait en pain chez tel des deux boulangers, mais on veillait à maintenir une partie de ses achats chez l'autre, pour ne pas paraître un client opportuniste le jour où on avait besoin de lui. Les boutons et fermetures Éclair s'achetaient dans cette petite mercerie sombre dont j'entrevois bien la porte et le long comptoir de bois ciré sur la droite, les deux vieilles sœurs qui la tenaient, mais plus grand-chose d'autre sinon le déploiement chatoyant, malgré l'obscurité partielle, des coupons de tissu et ces énormes ciseaux qu'on ne voyait que chez elles. Quand on procédait aux essayages chez la couturière, c'est ce coupon qu'on apportait, et à la livraison nous trouvions les chutes au fond de la poche, elles intégraient nos jeux.

C'est ce schéma qu'on emportait à la ville quand on s'y rendait. On trouvait l'essentiel à Luçon, chef-lieu de canton, hôpital, dentiste, lycée et autres commodités. Sinon, pousser jusqu'à Fontenay-le-Comte, mêmes choses en plus grand, plus la prison ou La Rochelle, là on est à la capitale – rien besoin d'autre. À Luçon chez Van Eenoo pour les lunettes, à La Rochelle deux fois par an pour le Monoprix – récompense accordée à ma mère, qui n'en demandait pourtant pas beaucoup –, et passage obligé du père à ce surplus militaire, route de Rochefort, où on achetait treuils, élingues, éléments de boîtes de vitesses pour les Jeep et Dodge laissés par l'armée américaine et qu'il fallait bien entretenir et réparer. Sentiment, en y marchant dans ce grand bazar hérité de la « poche » de La Rochelle en 1945, qu'on arpentait la guerre pour de vrai. Pourquoi entrait-on chez Dandurand, la grande librairie de Fontenay, alors que Messe à Luçon suffisait à tout ? Pour les livres scolaires à emporter à mon grand-père de Damvix ? Le même émerveillement rejoint pour moi ces librairies, Messe à Luçon, Dandurand à Fontenay, Baylet à Civray, Jabalot à La Rochelle, dans un même miroitement mêlant globes terrestres, stylos plume sous vitrine, carnets et cahiers avant même les empilements de livres. Et je crois bien que c'est ce même miroitement indépendant du lieu qui me fait entrer dans les librairies de n'importe quelle ville quand bien même je n'ai rien à y acheter, n'utilisant plus de stylo plume ni de globe terrestre, et que les livres sont beaucoup trop partout les mêmes.

La relation aux fournisseurs et commerçants donc non pas soluble en passant du village à la ville. Les magasins avaient un nom, on serait bien en peine de savoir ces noms pour les boutiques d'aujourd'hui. La librairie donc Baylet, les tissus Gardès, le pharmacien Guinot, l'horloger Logeais, ils étaient ou n'étaient pas nos clients (Gardès roulait Lancia, et Guinot roulait Mercedes), mais qui aurait osé ne pas acheter sa montre à Civray ? Maintenant, dans cette mort des petites villes, c'est un masseur-kinésithérapeute qui s'y est installé – et chez Gardès un magasin de prothèses orthopédiques. Il y avait encore quatre garages à Civray : Bourdin pour Renault (nous étions amis), Tabarin pour Peugeot et Laffont pour Simca (– Mon mari est le meilleur réparateur de la ville, disait Mme Laffont, sachant que mon père se consacrait à la vente et ne réparait pas, – Le meilleur réparateur, c'est le sommeil, lui rétorquait-il rituellement, tandis qu'elle faisait demi-tour en pestant et se renfonçait dans les profondeurs de son garage noir).

Pour ce qui n'était disponible sur place, on avait les « catalogues ». On ne gardait pas le catalogue de l'année passée, mais on ne l'aurait pas jeté non plus, on en faisait cadeau, je me souviens parfaitement des destinataires – qui pourtant, eux, n'ayant que celui de l'année passée, n'en seraient que lecteurs, et pas acheteurs. Les Trois Suisses pour ce qui concernait le tricot et les tissus, la Manufacture de Saint-Étienne pour les outils, la chasse ou la pêche (ça ne nous concernait pas), la Camif (réservée aux enseignants) parce que ma mère y avait droit, qu'ils avaient leur magasin à Niort. La Redoute aussi poussait sa chalandise jusque dans le département, mais c'était trop associé au Nord, il me semble qu'on se méfiait moins des Trois Suisses. Reste que, parmi ce qu'on trouvait partout à lire, ces catalogues avaient une place largement égale, je suppose, à celle des livres.

Vous êtes client, on vous connaît : qu'on aille à Laval chercher un camion-bétaillère, ou à l'usine Citroën quai de Javel rapporter une voiture neuve, il fallait pour mon père et mon grand-père être « connus » – qu'on leur dise leur nom en leur serrant la main, une politesse élémentaire. Ça semblait valoir y compris pour le restaurant routier dans lequel on s'arrêterait pour le casse-croûte, où la seule raison qu'on s'y arrête était justement qu'on vous y reconnaisse, ou le gourbi qui à Niort était spécialisé dans les baguettes de soudure, etc. Si on avait affaire à un nouveau fournisseur, ce qui pouvait arriver, la relation établie serait définitive.

Cela tournait à la farce : cette histoire d'un paysan et sa fiancée, montant à la ville pour choisir le chapeau qui serait celui de la noce, et puis, vingt-cinq ans plus tard, pour les noces de leur fils, s'en reviennent à la même boutique et entrent en disant : « Ben, c'est encore nous… »

Ainsi, dès qu'ils sortaient, de Luçon à La Rochelle ou Laval ou quai de Javel, mon grand-père quand il se présentait disait *Bon Saint-Michel* en un seul mot comme mon père serait plus tard *Bon Civray*. On a peut-être réinventé quelque chose du même ordre avec nos identifiants Internet qui souvent remplacent nos patronymes ou au moins s'y associent.

C'est ce lien du nom et de la place sociale qui me fait associer cela à nos ronds de serviette. Les ronds de serviette on pouvait les garder toute sa vie depuis un cadeau de baptême, le prénom calligraphié sur la surface argentée et le laiton apparaissant poli aux zones d'usure par seul frottement du tissu, pour mon père. Et pour ma mère, qui n'était pas baptisée (ou du moins, dut faire une séance de rattrapage juste avant son mariage), un hexagone de fer-blanc sous l'inox, avec aussi ses initiales, offert (mais obligatoire) pour son entrée à l'école normale d'institutrices de Luçon. Je pourrais ainsi décrire la totalité des ronds de serviette de l'univers familial : tout avait durée et permanence, mais aussi origine. Les nappes, la toile cirée, la corbeille à pain, les couteaux, les couverts du dimanche, la suite des tire-bouchons (chacun était un cadeau ou un souvenir), les torchons avec eux aussi une initiale brodée, et tout ce qu'on mangeait bien sûr, dont nous savions en détail origine, fournisseur et provenance.

Ces communautés de village gardaient la structuration d'un plus ancien partage : les murs de l'abbaye et sa châtelaine nous le rappelaient (elle avait une 203 Peugeot noire, mais ne conduisait pas elle-même, mon père officiait alors comme chauffeur). Les terres gagnées sur la mer, à mesure des digues élevées par bagnards ou déportés juifs ou prisonniers de guerre, selon les époques (et ce qu'on en porte en soi-même de ce mélange), valaient à chaque habitant un fermage rémunéré en nature par les agriculteurs concernés, en beurre ou en « bons de pain ». Les métiers évoluaient, puisque le tailleur de pierre travaillerait avec un de ses fils, pousserait l'autre à devenir menuisier, mais c'est dans un appentis de l'atelier de taille que celui-ci, mon grand-père, établirait son premier atelier de motoriste. Si Jubien était toujours maréchal-ferrant, dans un décor et une fonction qui n'avaient pas changé par rapport à la forge du Meaulnes, Alain Gerbault était électricien et Louis Ardouin laissait sa quincaillerie s'ouvrir à l'électroménager, les deux ensemble vogueraient sur la télévision naissante.

J'ai vu la fin de ce monde : mon père refusait d'acheter de l'essence sur les pistes de supermarché, et protestait contre leur établissement, prétendant que les distilleries réservaient leurs fonds de cuves aux grandes surfaces, et que chez Antar on courait moins de risque. Ma mère a dû continuer de m'acheter une fois par an un pantalon chez Gardès, parce que tel était le rite, même sachant que je m'achetais des blue-jeans à Poitiers et ne porterais qu'eux, dès franchie la porte du lycée.

L'histoire de la fin des objets est pour chacun d'entre eux l'histoire de la fin d'une certaine relation à nos fournisseurs. La notion même en serait finie : avec quelques survivances provisoires dans l'étroit domaine du livre ?

projecteur huit millimètres

Le cinéma était-il une ligne frontière entre gamins des villes et gamins des campagnes ? Le cinéma est déjà une pratique populaire quand Kafka s'y rend pour la première fois, et quelles scènes celles de Fellini dans *Roma*.

Moi, à Saint-Michel-en-l'Herm, je ne vois rien. Je vois un camion qui se gare parfois devant la salle des fêtes, je reconnais le camion, je sais que le type descendra le projecteur et installera son écran, et nous viendrons voir avec l'école. De ce qu'on nous montre, rien qui soit resté. Ou alors avalé par les réminiscences ultérieures ? Le monde devenait visible, on inventait le documentaire : mais pas Wiseman, plutôt les Mahuzier, et ce qui s'exportera plus tard des Mahuzier dans le modèle *Connaissance du monde*.

Je cherche, je me laisse glisser vers cette idée d'un écran tendu où il se passerait quelque chose. D'autres écrans surgissent progressivement : c'est l'été, près de La Tranche-sur-Mer et dans les pins, en plein air, il y a des bancs, un film. Impossible encore de ramener l'idée de ce que ça pouvait être.

Les souvenirs de télévision ne s'y mêlent pas, j'y vois – dans ce noir et blanc sautillant et déformé par le hublot encore presque rond – des choses infiniment sérieuses et graves, comme le générique grondant de *Cinq colonnes à la Une*.

Je n'ai pas d'éléments non plus pour dater ce voyage offert par mes grands-parents paternels, à mon frère et moi, pour nous faire découvrir Paris. On loge chez la sœur de mon père, rue Ordener, dans le XVIIIe : Paris est une ville à l'époque très noire, presque uniformément noire. Il m'arrive encore aujourd'hui, à certaines stations de métro, de retrouver soudainement, un instant, ce qui était l'odeur du métro dans ces années-là, et la façon dont ça brinquebalait, avec les portes en bois à glissière et petit verrou de bronze, le wagon des premières au milieu de la rame. Cette odeur reste pour moi un des principaux repères de l'urbain – et la nuit il faisait régulièrement trembler le plancher de l'immeuble, quatre étages au-dessus de la rue. Les grands-parents nous avaient offert un tour de Paris dans ces bus à étages, évidemment beaucoup trop à voir pour tout retenir, ou différencier les Invalides de l'Opéra, etc., surtout que tout à la fin la grand-mère s'est aperçue que j'avais déréglé les boutons de l'audio-guide, pour lequel on avait pourtant payé supplément, et que j'avais tout écouté en anglais – mais à ne rien comprendre au déferlement de la ville, est-ce que ce n'était pas plus logique, que la langue aussi soit devenue brutalement étrangère ?

On était donc allés au cinéma, c'était sur les Champs-Élysées, puisqu'ils faisaient partie du programme et qu'à l'époque ils gardaient ce côté populaire, les salles avaient de grandes enseignes et les titres de films étaient célèbres. Je sais qu'il s'agissait du *Jour le plus long* (il s'agit donc de l'année 1962), et que ce qui était raconté, si cela ne tenait pas du documentaire mais passait par l'histoire et la reconstitution, ce n'était pas pour autant une *fiction* – la guerre, les Allemands, le Débarquement relevaient aussi de l'histoire familiale. Dans la précision du souvenir ne s'inscrit pas la durée du film, mais la taille de l'image : j'ai peur de la taille de l'image, l'image n'a pas à être si grande, l'image n'a pas à occuper tout un mur. Et puis nous sommes assis au balcon, comme suspendus au-dessus d'une foule, dans le velours rouge de la salle close et obscure, autour de nous, devant et derrière, des gens et des gens. Je crois que mon aversion pour le cinéma s'est installée ce soir-là en une fois, irréversible et définitive.

Il n'est pas possible pourtant que je n'aie pas vu d'autres films, même si me reste cette répulsion pour les salles où on s'enferme en foule dans le noir – qui m'empêchera toujours aussi d'aimer quoi que ce soit du théâtre, sinon l'exploration de la scène vide. De cette année du voyage à Paris jusqu'aux tentatives plus résolues d'accompagner les copains au « ciné-club », le mercredi, dans nos sorties d'internes au lycée, me revient comment on avait joué à se faire peur avec *La Nuit des morts vivants*, comment on voulait absolument passer pour intelligents à faire semblant de comprendre le *Théorème* de Pasolini, et finalement repartir pour quinze ans d'abstinence.

Les images, si elles sont mobiles, je ne les retiens pas. J'ai mémoire des lieux, des paysages, des pages lues, des histoires entendues, mais les films comme les visages je ne les mémorise pas.

Plus tard, il y aurait l'imbrication à Civray du cinéma Le Paris et du garage, nous vivons au premier étage, et le dimanche l'espace cimenté en devient notre terrain de jeu. L'issue de secours du cinéma donne sur ce que nous nommons « le passage », une allée ouverte sur l'arrière pour faire passer les camions et laver les voitures au jet, fermée côté rue Louis-XIII par un portail de fer, qui résonne avec un bruit de gong lorsqu'on fonce dessus en vélo, un jeu qu'on aime bien. Donc, mon frère aussi, on s'arrête là, sur nos vélos, et on entend la bande-son. C'est une bribe d'histoire, et comme le film dans l'après-midi repasse trois fois, on est vite capables de reconstituer toute l'histoire. J'apprends le cinéma par les films du dimanche au cinéma Le Paris à Civray, mais c'est sans jamais voir les images qui sont associées aux voix, et aujourd'hui encore, quand il m'arrive (si rarement) d'aller au cinéma je préfère fermer les yeux pour retrouver un peu de magie.

Les deux dernières années à Saint-Michel-en-l'Herm ont été prospères : mon père est sans arrêt en clientèle, et place une DS 19 après une autre. On a vendu des camions à la laiterie coopérative, la deux-chevaux est dans sa splendeur, et arrive l'Ami 6. La photographie est une tradition passée de mon grand-père à mon père, il y a toujours, dans une armoire du premier étage, tel vieux Kodak 6×9 à soufflet, l'appareil stéréoscopique et ses plaques de verre, un appareil d'avant-guerre mais presque miniature, et mon père est passé aux diapositives avec sa Retinette Kodak. C'est comme signe de cette prospérité nouvelle qu'il s'invente cinéaste, et en acquiert – à Luçon chez Van Eenoo – le matériel.

Se souvenir passe par l'odeur : la lampe brûlante du projecteur crame la poussière que le ventilateur rejette, les parois extérieures sont faites de bois recouvert d'un genre de tissu collé. Si je retiens moins les diapositives que les photographies noir et blanc (la mémoire visuelle tiendrait donc à la capacité de manipuler l'objet-image ?), j'entends avec précision le déclic du petit chariot par lequel nous poussons la suivante devant la lampe, tandis que le panier de plastique transparent avance d'un cran. Il y a donc cérémonial, regarder ensemble le voyage dans les Vosges ou le Massif central, et avec le projecteur est venu l'écran : on tire les trois pieds, on soulève la glissière carrée, on déroule le tissu brillant qu'on accroche tout en haut. Les diapositives, nous les avons numérisées : elles échappent peu aux typologies prévisibles. Elles honorent la voiture, qui conditionnait de toute façon l'ensemble.

Et donc, ce même moment, l'arrivée d'une caméra Bolex-Paillard, compacte et lourde sous son *gainage vulcanite*, avec sa poignée baïonnette et sa dragonne : une mécanique à ressorts, les molettes de réglage DIN et ASA, le petit objectif avec réglage des diaphragmes. C'est du film seize millimètres qu'on expose d'abord moitié gauche, puis moitié droite après retournement, d'où l'objectif (Berthiot Cinor) légèrement décalé sur le côté. Souvenir diffus, mais c'est probablement l'opticien Van Eenoo de Luçon (tiens, le magasin existe toujours), qui devait s'intéresser plus à ses Kodak qu'à nos lunettes de mioche, qui la lui avait fournie : les films, on les ferait nous-mêmes.

Les bobines sont brèves, entremêlées de zones floues, de tests et de longueur. On a déjà la caméra, le projecteur, l'écran, maintenant il faut ce banc de montage très sommaire, deux roues à manivelles, un petit guide au milieu avec massicot, et à nouveau une odeur : le dissolvant qui permettait de recoller, en biais, un bout de film à l'autre.

Alors, pour mon père, ce fut le jour de gloire : les pompiers bénévoles étaient astreints, une fois l'an, à une séance d'exercice. Je suppose que le repas qui suivait était une épreuve plus conséquente. Mon grand-père et mon père avaient la charge du Citroën 23 rouge à gros nez rond, démarrer et laisser tourner une dizaine de minutes le gros diesel chaque dimanche matin, dans l'obscurité de sa remise (odeur encore : les vestes de cuir, mêlées du parfum de caoutchouc des tuyaux pendus à la verticale).

Cette année-là, mon père filme l'exercice. Et, à la prochaine fête des pompiers, projette son film. Le public n'est plus celui, anonyme, des Champs-Élysées : ceux qui sont dans la salle sont ceux qui sont sur l'écran.

Et miracle : au milieu de la bobine, voilà que tous ils accélèrent – en muet bien sûr. Et Guenute, le brave Guenute, pendant une minute trente fait tout à reculons.

La distance est moins grande du *Retable des Merveilles* de Cervantès à Guenute, qu'elle l'est de Guenute à nous-mêmes. Difficile de savoir ce qu'en pensait mon père, hors ce bonheur des appareils, des lampes brûlantes et leur fâcheuse habitude de claquer au mauvais moment, la préparation du spectacle et la fête qui en résulta. On doit avoir ces films quelque part, mon frère (l'autre) disait qu'on devrait les faire numériser : je n'en suis pas sûr. L'éloignement est plus favorable, comme pour le *Retable des Merveilles*, par lequel Cervantès invente l'écran, les images en mouvement, et l'illusion du vrai sortant de l'écran.

Ce n'est pas le Caméscope ni l'électronique qui ont inventé l'usage personnel de la vidéo : le Super 8 témoigne qu'il s'agissait d'un mouvement de société plus large, plus profond.

Nous aurons été des inquiets. Nous n'aurons pas su *habiter*. Ces maisons dans lesquelles on entrait avaient leur permanence : les vies s'installaient une fois pour toutes. Pour ça aussi que les cassures étaient si dramatiques : ils n'avaient pas appris à faire sans. Pour ça aussi qu'un livre comme *Sans famille* d'Hector Malot nous harponnait plein ventre.

J'en revois, de ces maisons : comme ces cousins pharmaciens, dans la grande rue droite qui traverse Mirambeau, la maison bien trop grande, ses pièces inutiles et les souvenirs des voyages – eux, qui m'avaient offert *Sergeant Pepper's*, que je n'aurais pas eu les moyens de me procurer seul, ou bien même je n'aurais pas osé.

Ou bien quand les grands-parents, une fois le garage de Saint-Michel-en-l'Herm vendu, comme on vendrait quarante ans de sa vie, s'étaient établis à Luçon, dans cette maison où tout de la leur avait pu se poser armoire par armoire et chambre par chambre sans changement.

Au lieu de cela, nous, nous errons, à peine posés dans des villes malades.

J'avance ici à tâtons : j'avais l'image de ce fauteuil, soudain retrouvé en août dernier, dans cette maison de Damvix où je n'étais pas entré depuis probablement vingt ans – ce n'est rien, vingt ans, quand on marche dans ses souvenirs. C'est beaucoup pour une maison : le ciment fatigue, les choses décrépissent, elles sont restées là pourtant, elles n'ont pas bougé, même ce désordre de papier, dans le tiroir du milieu du buffet, on pourrait trier ce qui remonte à quarante ans et plus, et porte les marques manuscrites de tant de décès depuis lors.

Et l'usure vaut pour ce simple fauteuil en rotin, et son coussin maigre. Au point même de se dire, s'il a survécu ainsi, fût-ce dans la pièce à vivre qu'est la cuisine, c'est qu'on ne s'y assoit pas – enfin, pas beaucoup. Les deux fauteuils étaient en vis-à-vis de la fenêtre, pour la lumière, la cuisinière de fonte sur la gauche, pour la chaleur, mais un petit convecteur électrique rajouté, dans leurs dernières années, plus immobiles. À l'autre bout de la pièce en longueur, la pendule verticale, son carillon et son tic-tac : comme dans toutes les maisons françaises, je suppose, le temps non pas pour qu'on le mesure, mais plutôt pour marquer cette vie résiduelle des lieux, que vous soyez présent ou pas. C'est à côté qu'avait dû être installé le poste de radio, puis, plus tard mais sur la même tablette, la télévision – bien trop loin d'ailleurs pour que du fauteuil ils la regardent vraiment, sinon « les nouvelles », assis directement à l'autre bout de la table, aussi près du poste que du journal lorsqu'ils le tiennent.

Lorsqu'il m'est arrivé de partager la maison avec ma grand-mère, dans les dernières années qu'elle y a passées, bien quinze ans après son décès à lui, pour lire le journal elle prenait son fauteuil, mais je ne me serais pas permis de prendre le vis-à-vis.

Aucun de nous pour contester à J.-C. que cette maison devienne sienne : quand, à dix-huit ans, il a appris qu'il aurait à se passer de la vue, on a tous commencé d'en porter la question en nous-mêmes. Et c'est peut-être pour cela qu'il m'était à la fois si difficile d'y revenir, mais qu'en même temps c'est possible : dans la maison, le fenil, le garage, le jardin et même les conches, J.-C. *voit*. Mais ce qu'il voit, c'est probablement exactement ce que je vois moi au-dedans, incapable de présent. Et donc la cuisine restée strictement à l'identique : que lui importe, à lui, qui voit avec les mains, et ces curieux sens de la présence à distance qui ne nous sont pas accessibles. Là où était l'ancien placard, on traverse le mur. J'ai beau savoir qu'il s'agit d'une ouverture banale à l'excès, de ciment brut (pourquoi J.-C. se préoccuperait-il de peinture, et on dirait que ses proches ont intériorisé cela aussi, vivent comme lui dans une maison dont les repères visuels auraient cessé : l'harmonie est ailleurs), je ne pourrai jamais franchir cette ouverture sans l'impression que je traverse le placard et les objets qui sont sur les étagères de bois minces, déformées par l'humidité résiduelle et le poids de ce qu'elles contiennent.

Ainsi, dans ce qui était leur chambre, et là où je l'ai vu pour la dernière fois, le salut qu'on fait aux morts, le front froid qu'on embrasse et ce curieux visage qu'on ne reconnaît pas (pourquoi on n'enterre pas les morts avec leurs lunettes ? Moi je trouverais normal d'être enterré avec les miennes) presque enfant et rétréci, les mêmes tableaux sont restés aux murs, et pareille la fenêtre qui semble désormais enterrée par la route sans cesse exhaussée, maintenant que Damvix est devenu une étape touristique dans le marais *mouillé*.

J.-C. a fait casser la cloison et il a bien fait : d'ailleurs, à découvrir par la trace au plafond quelle en était l'épaisseur, ça n'a pas dû être difficile. L'armoire aux livres, qui est le terme de celui-ci, mais qu'il n'est pas temps de rejoindre encore, était ici, où il y a de vagues étagères et un journal. Ici aussi le téléphone, et comme c'était le seul aux Bourdettes, le nom du lieu-dit, le 6 à Damvix servait à tout le voisinage – dérangeant bien souvent la grand-mère pour appeler le vétérinaire, un vêlage qui ne passait pas, ou l'inséminateur plus tard. L'armoire aux livres est partie au grenier, on devait aller la voir, et puis j'avais ma dose d'intensité, on a gardé ça pour plus tard.

Dans son fauteuil, mon grand-père lisait le *journal*. J'en revois les vieux cartons, c'était *L'Éclair*, ou *L'Ouest-Éclair* avant que ça devienne *Ouest-France* – peut-être parce qu'à notre visite mensuelle nous les rapportions, les journaux du mois. Dans un garage c'est une marchandise qui a bien de l'utilité, pour protéger un tapis de sol de voiture (il n'y avait pas encore ces housses de nylon qu'utilisent maintenant les garagistes) ou isoler les pièces de carrosserie à repeindre.

Il n'aurait pas laissé se perdre du papier comme ça, le grand-père. Les enveloppes reçues par le courrier étaient décollées à l'eau dans une bassine, pendues au fil à linge pour séchage, et recollées à l'envers pour le prochain envoi.

Après son décès, le journal continuera d'arriver, de la même façon, à la même heure. Parfois, dans ces quelques mois (au retour de la Villa Médicis), où je m'héberge à Damvix, je romps avant elle la bande brune. Elle le lira après son repas. Je n'ai plus souvenir de comment ils le lisaient, sur les deux fauteuils, à tour de rôle ou en se passant les pages.

Ce que je sais, c'est que l'idée du journal quotidien s'est prolongée selon nos usages de la ville. Périodes où, reprenant le train pour Tours, le soir, j'achetais *Le Monde* à la gare Montparnasse et l'heure de train était exactement le temps de la lecture intégrale, nécrologies et annonces de thèse comprises, mais qui ne laisse pas de trace ensuite. Est-ce que je passe moins de temps aujourd'hui à me renseigner sur le bruit du monde ? Pas moins de toute façon, même si je n'ai jamais dû acheter de journaux ni magazines au format papier depuis presque une dizaine d'années. C'est la façon de faire qui a changé, on peut aussi glisser vers des sources bien plus spécialisées, et les journaux n'ont plus le monopole de la réflexion écrite, pas plus que les livres imprimés le monopole de la littérature. Et le matin, vers cinq heures, dans ma rue, j'entends le bruit de la Mobylette qui délivre à quelques personnes *La Nouvelle République du Centre-Ouest*, que pour ma part je ne lis pas – n'étant pas dépendant du territoire départemental ou régional pour mes activités.

Quand l'heure de lecture prenait fin, ma grand-mère avait pour autre rituel de partir chez Blanche, en rapportait le journal de l'avant-veille, parce que Blanche à son tour avait passé celui de la veille à sa voisine, qui ne connaîtrait jamais la vie du monde autrement qu'à un jour de décalage. Mais il leur fallait bien, aux deux vieilles femmes, une bonne demi-heure pour passer en revue ce qui ne les concernait qu'elles.

J'approche progressivement de l'armoire aux livres, qui sera mon terme, dans la pièce désormais sans cloison où je revois le front dur et blanc du grand-père mort.

Au mois d'août dernier, j'ai revu ce fauteuil, comme à la fois surpris qu'à écart de vingt ans, en rotin fragile, il ait pu ne pas s'éloigner de la fenêtre avec toute cette lumière, et du petit convecteur électrique, à la fois dans la certitude que c'était normal. Peut-être que J.-C., propriétaire désormais de la maison, utilise le fauteuil pour cette raison même. Moi j'y revoyais le moment, après repas, qui était réservé par le grand-père à la lecture de son journal : l'identification qu'on a à l'information quand elle est liée à celle de votre communauté, qui était d'abord celle d'un pays, la commune, le canton, le département – puisque ainsi était construit le journal –, pour eux qui savaient encore *habiter*. Ce n'est plus vrai pour nous.

il y aurait tout cela encore

Est-ce qu'il y a une fin possible à ce genre de travail – et faire en sorte que l'inventaire soit complet ? Évidemment non. Plutôt une approche fractale : à tel point, sont tels repères, qui ne valent que pour l'étendue de leur surface.

La fin serait, on le sait depuis le premier jour qu'on a pris ce chemin, d'approcher l'armoire aux livres, de l'ouvrir, d'y entrer et n'en plus sortir.

Et qu'on aurait déposé ici les traces principales de ce qui changerait, d'un certain état du monde, en se remettant un à un à ces objets qui surgissaient, et pour la plupart pas droit à une existence plus pérenne que ce qu'ils remplaçaient : qui utilise aujourd'hui un poste radio à transistors ?

On cherche ce qui vous retient à tel moment du monde : par un mot, une matière, une forme ou un usage précis. On explore le fond de ses poches, le désordre des tiroirs qu'on n'ouvre plus, les villes où on marchait, les chambres qu'on habitait. Qu'y posait-on sur les murs ? Quelquefois, à ce qu'on entrevoit, on n'a pas envie de répondre, on laisse la porte close. Des périodes entières, des adresses, des noms.

Tout au long du travail, j'ai tenu à la fin du fichier de mon traitement de texte une liste. Parfois j'y supprimais une ligne : chapitre écrit. D'autres restent longtemps en suspens : savoir qu'il y a une trappe à ouvrir, mais n'en pas trouver l'orifice, le déclenchement. Souvent, une prise d'écriture très loin de ce qui était évoqué dans la liste l'a aspiré à distance, de façon imprévue.

La notion même d'objet a changé : on a si peu de besoin, en fait, et la machine en plastique sur vos genoux, avec ses fonctions réseaux, a tellement absorbé de ce qui nécessitait autrefois traces, achats marchands. Pas vraiment de plaisir à aller acheter en ville, et on sait que les vitrines s'y étiolent. Le temps des objets a fini.

Certains mots se sont installés dans la liste sans vraiment de chose importante qui s'y attache, plutôt pour une vibration qui leur était propre : ainsi le mot *guidoline*, ou le mot *chatterton*. Le chatterton est épais, peu extensible, d'un noir lisse profond. La guidoline est fine, rugueuse, et colle sur les deux faces avant de sécher. On a équipé nos vélos d'un guidon course acheté séparément, et on l'entoure soi-même de guidoline en spirale – ensuite, on fonce dans les côtes. L'effort et la vitesse au mollet seront les mêmes, mais la sensation autre. Avec le chatterton on pourrait boucher les fissures de la terre, réparer les erreurs humaines.

C'est une affaire de portes, depuis le début. Cette porte jaune dans l'arrière-cuisine avec l'arrière-grand-mère aveugle, qui donne directement sur le garage et le pont élévateur. Au fond, le gros compresseur au halètement lent, et le tuyau plastique enroulé de la gonfleuse. On se dit que le bruit du compresseur a plus rythmé votre enfance que n'importe quel autre bruit. Il y avait un bac avec de l'eau sombre, pas souvent renouvelée : on y trempait les chambres à air de moto, vélo, voitures, camions, tracteurs, pour dépister la fuite d'air avant réparation. C'est là, sur le dessus, qu'il y a le bidon de pâte Arma rugueuse, seul produit qui permet aux mécaniciens d'éliminer à peu près le cambouis où ils baignent. Pour la pâte Arma, la permanence, la consistance, l'odeur même se rejoignent, et tout d'un coup on a les mains, on peut remonter aux corps, aux visages, aux noms.

Il repasse dans les mains des éléments dispersés, dont on ne fera pas histoire. J'ai tenté de retrouver des traces d'un jeu télévisé, c'était avant le *Schmilblick*, où quelqu'un venait décrire une invention vraiment utile à l'humanité, telle qu'elle était, que nous étions. Nous avions dans toutes les maisons un « tire-bottes », une planche avec une entaille en V à une extrémité, et une autre en dessous aux deux tiers pour que l'entaille soit à hauteur de semelle : on l'y coinçait, on posait l'autre pied sur la planche, et vous aviez enlevé vos bottes de jardin sans effort ni tirage manuel – voilà ce qu'un quidam présentait maintenant à la télévision comme sa propre invention. Une autre fois, quelqu'un prouvait qu'il pouvait beurrer les biscottes sans les casser, rendez-vous compte. Il s'avéra, au bout de plusieurs semaines, que cela n'exigeait pas d'invention spécifique, et juste l'astuce d'accoler les biscottes deux par deux…

Les objets étaient des mondes : les chaussures avaient leur brosse et leur cirage, la semelle de peau de mouton pour l'hiver, de léger feutre en été, et tous les enfants avaient droit, certaine année, à une semelle orthopédique.

Certains objets, que je m'étais promis d'explorer, tenaient seulement à l'autobiographie, sans se relier à ce monde qui est l'énigme commune. Ainsi cette arrière-cour du garage, à Civray, avec les vieilles voitures au rebut d'avant-casse (une Aronde Simca nous servait de terrain de jeu, d'île, d'avion). Ailleurs, la suite de planches sous tôle ondulée qui isolait le coin de récupération d'acide à batterie, celui pour l'huile de vidange créait une sorte de labyrinthe, qu'on traversait en se méfiant. Un été, j'avais adopté un grand carton à pare-brise (ceux incurvés des DS 19) comme une sorte de machine à voyager. Je m'y enfermais, avais découpé une porte à l'arrière, et dessiné des aménagements sur les parois intérieures. Je ne sais plus ce que j'y apportais : mais je me revois y lire, probablement Jules Verne, dans la lumière tamisée de ma cabane marron. Deux meurtrières étroites, sur l'avant, donnaient le jour. Un après-midi, alors que je m'en suis absenté pour un moment, je découvre qu'un camion en reculant a écrasé le carton : j'aurais été dedans, ça aurait été pareil et cette révélation me produit un grand trouble, que la distance n'affaiblit pas.

Dans toutes les périodes de ma vie, l'expérience imaginaire par le livre aura valu bien mieux que l'expérience réelle, où de toute façon je suis trop maladroit. Ainsi, pas de souvenirs particuliers concernant la pêche à la ligne – mais je me revois apprenant quasi par cœur tout un ensemble de *Que sais-je ?* sur la pêche en rivière. Le plaisir qu'on trouve aujourd'hui à circuler dans Wikipedia ressemble parfois à celui que je tirais de cette petite poignée de *Que sais-je ?* souvent récupérés d'occasion, à un franc, et déjà jaunis ou désassemblés. C'est la promesse qu'ils recelaient, qui manque plus que ce qu'ils vous apprenaient. On faisait beaucoup de choses avec du carton et de la ficelle, et pas seulement des sous-marins via caisses à pare-brise. Deux pots de yaourt et une ficelle tendue correctement pour faire vibrer le fond, on avait un téléphone de campagne. Ainsi ce livre qui apprenait à réaliser des pliages, depuis l'élémentaire cocotte en papier, via ceux où on glissait les doigts pour les écarter nord-sud ou est-ouest avec des *enfer paradis* (et je serais bien incapable de le refaire – les enfants d'aujourd'hui l'apprennent-ils encore ?), ou des grenouilles gonflées à l'air et capables de sauter, ou les avions et fusées qu'il ne s'agissait que de perfectionner pour qu'en résultent des vols aux arabesques complexes. Un jour, j'ai perdu ce livre, souple et grand format, que je revois couvert de papier kraft. Peut-être simplement appartenait-il à l'école et ma mère l'y avait rapporté. On garde un tel manque des décennies.

Parmi les livres de pédagogie qu'avait rassemblés ma mère pour ses classes, un des plus anciens s'intitulait *Comment raconter des histoires* : révélation qu'un texte est une construction, y compris ces exemples très simplement empruntés à André Theuriet ou d'autres, à destination des CM1 (dont je suis).

Ou bien, l'été 1967, d'expérimenter sur ma guitare à cordes d'acier raides comme des cordes de piano les schémas d'un recueil de tablatures sur l'improvisation blues, censé vous livrer position par position tous les secrets des maîtres en leurs solos. Et il me suffit encore aujourd'hui de repenser à ses illustrations pour en recevoir un sentiment aussi complexe que la plus belle des musiques.

Et qu'est-ce qui a fait que les livres étaient un chemin plus sûr que la musique ? Sur une armoire, dans le couloir des grands-parents, un tambour militaire et un bugle – on les essaye en secret. Venus d'où, par quelle histoire ? Mais quand, fin 1978, j'achète à Pigalle rue de Douai cet énorme ampli Gallien-Krueger et un synthé Korg MS-20, où jamais je ne brillerai vraiment, qu'est-ce qui se joue du dessus d'armoire avec le tambour et le bugle interdits aux enfants ?

J'efface le reste de la liste. Il est trop tard. Je dois entrer dans l'armoire aux livres. J'avais noté *cahiers Clairefontaine*, sans doute en pensant à ces trois ans, à Paris, où j'avais tenu une sorte de journal en les numérotant, jusque vers le 14 je crois, et tout brûlé en 1983.

J'avais noté aussi, bizarrement : « le sapin de Noël de Göteborg ». Qu'est-ce qu'il viendrait faire ici ? C'est un souvenir plutôt positif que ces deux semaines en Suède, en plein décembre, sur un chantier naval maintenant désert, mais on devait sans cesse traverser ces grands halls vides pour rejoindre le petit labo consacré à la recherche sur les soudures sous-marines. Où est-ce que j'ai parlé de ces moments où défilaient devant nous, dans l'étroite passe de sortie de la Baltique, ces cargos russes brillants de stalactites ? Nous disposions, Ducros le métallurgiste et moi-même, de trois heures de jour au milieu de la journée, et d'une Ford Fiesta de location, à toit ouvrant. Le soir, à l'hôtel, je continue ces cahiers numérotés – j'ai déjà basculé. Le travail n'est pas fatigant (notre canon à électrons fonctionne bien, mais ils ne parviennent pas à régler leurs problèmes d'étanchéité pour réparation in situ – je crois – des câbles sous-marins de communication). Celui qui nous reçoit dans ce labo est devenu un ami, il a pour prénom Nils, et c'est à cause du toit ouvrant de la Ford Fiesta : il nous demande, une fin d'après-midi, de l'emmener à une vingtaine de kilomètres, en campagne. Nous y chargerons dans une ferme un sapin de Noël de taille comme ici on prend pour les villes. Il le plante tout droit entre les deux sièges avant, par le toit ouvrant, et nous revenons ainsi à Göteborg, dans la nuit, gelés jusqu'à l'os et la voiture surmontée de l'immense sapin planté verticalement sur elle. Un peu plus tard je change de vie, et j'avais décidé dès le départ que ce serait le terme de ce livre, puisque moi je commencerais alors à écrire.

du premier livre

Il y a donc eu dès mes quinze ans Balzac et Kafka, venant après un itinéraire de hasard mais qui incluait et Dickens et Dostoïevski et Tolstoï, mais aussi ces livres de navigateurs solitaires ou d'expéditions dans les déserts, et tant aussi de biographies et de livres d'histoire, mais des manques invraisemblables : une passion pour Verlaine, mais Rimbaud et Baudelaire inaccessibles – après tout, Rimbaud n'est entré qu'en 1954 dans le monde de l'éducation. Une goinfrerie de romans, les Stendhal relus tous les ans par principe, et des Sartre et des Camus et des Steinbeck aussi bien que des Van der Meersch, et ce type désormais oublié, Jacques Laurent – pourquoi il me revient comme exemple de cette pulsion roman via livres qui ensuite s'éloignaient sans trace, laissant au mieux une couleur ou un goût.

Mais de 1969 à 1977, je n'aurai quasiment rien lu. Que des rencontres dispersées, comme ces Brecht lus d'affilée dans cette petite chambre où j'étais censé réviser mon bac, ou l'enfoncement désordonné et intuitif dans les textes du surréalisme, avant, ces années-là, que le militantisme et la politique nous contraignent quand même à quelques livres théoriques.

Ça me met souvent en porte-à-faux quand je parle de littérature à des étudiants : moi, à leur âge, j'avais coupé. En même temps, quand j'ai commencé de les rouvrir, en cette année 1977, ça a été pour ne plus les refermer. Reprendre Kafka comme de le continuer à la même page où je m'étais arrêté, huit ans plus tôt. Puis s'attaquer aux manques : il suffisait, une fois parti, de dévider. On ne contourne pas Flaubert. La théorie était restée sur la table ? C'est Walter Benjamin qui m'amène à Baudelaire. Je tomberai par hasard sur Maurice Blanchot, dont je n'avais jamais entendu le nom : je lis tout. Je me souviens de cette colère éprouvée un jour qu'une respectable universitaire m'avait dit d'un ton surpris : « En somme, vous êtes autodidacte ? » Et incapable encore aujourd'hui d'aucune relation avec quiconque se serait publiquement laissé aller à une réserve sur Blanchot. J'avais des lettres de lui. Je me revois, triant des cartons avant déménagement, mettre de côté des lettres de Blanchot et de Claude Simon (oh, pas beaucoup, ni de l'un ni de l'autre, ai toujours pensé que ça se passait plutôt par et dans les livres, le meilleur de l'échange), et puis ne jamais les avoir retrouvées : objet qui interroge quoi, la lettre perdue ? De ces années-là, aussi, quelques lettres informant mes parents de mes bifurcations et choix : ma mère récemment me les a remises, dans une enveloppe kraft.

Pas osé les relire, pas osé les détruire, ça va venir. Pas bien d'aller s'examiner comme ça : ici je passe par ce qui reste dans la tête, et toute la distorsion qui s'ensuit. Donc, en cette année 1977, commencer de lire tous les livres dont parlait Maurice Blanchot, et dont jamais je n'avais entendu parler. Souvenir d'une note (en bas de *Faux Pas* ?) avec quelque chose du genre : « Les quelques rares personnes à avoir lu ce livre culte qu'est *Au-dessous du Volcan* me comprendront », cela suffit à vous envoyer le lire. C'est la période où enfin Proust m'est devenu accessible, où je lisais Jabès en même temps que Céline, où Faulkner bien sûr sera le choc majeur. Quelles banalités : chemin obligatoire et commun pour quiconque veut écrire, sauf qu'à ce moment-là je ne le savais pas vraiment encore. J'empilais des cahiers, ça a commencé à l'été 1978.

Livres dès lors achetés, certainement, vu l'état aujourd'hui de mes Blanchot. Mais beaucoup de lectures à la bibliothèque d'arrondissement, dans la même rue parisienne où je vivais.

Puis les Pléiade. On en trouvait à bas prix chez les bouquinistes. Je me souviens d'une période à Marseille, en 1983, où il suffisait de demander innocemment au revendeur d'occasions : « Le Pléiade Nerval ? » pour qu'il vous suggère de repasser le lendemain, et il vous le vendait à moitié prix, avec encore la trace de l'étiquette Fnac juste décollée, ces temps sont loin.

De même, je m'étais racheté un Balzac (la collection l'Intégrale n'était pas très agréable avec ses deux colonnes par page, mais pas chère et commode), les Kafka bien sûr et j'ai devant moi dans cette pièce des planches ramassées sur un trottoir du faubourg Montmartre, un magasin de vêtements qui refaisait son aménagement et s'en débarrassait, pour supporter mes livres d'aujourd'hui – permanence par les planches plus que par les livres.

Alors pourquoi cette fois-là j'ai eu l'impression d'une porte magique ? C'était l'été 1980. J'avais tout simplement oublié Edgar Poe. Il m'était tombé dans les mains un vieux poche des *Nouvelles Histoires extraordinaires* et, relisant, je découvrais ce qui est aussi une banalité : à quinze ans d'écart, redécouvrir une lecture comme si à chaque ligne on s'en souvenait très précisément – et qu'on ne saurait pourtant pas reconstituer sans cette relecture.

Deux jours après, un hasard d'auto-stop m'amène à Lannion, ville peu intéressante, sinon que j'y ai un quart de mes gènes et que je voulais me rendre compte de ce qui m'appartenait : une carte postale indiquant une bicoque très sommaire sur un aber, et la bicoque, comme tant de ses semblables probablement, avait aussi fonction de bar et épicerie. Les Perrot et les autres de cette branche-là pêchaient en Islande. À Lannion, souvenir d'une librairie assortie à la taille de la ville, claire et agréable, et près de la caisse, sur une étagère vitrée, quelques Pléiade – j'aperçois Edgar Poe et je l'achète.

J'ai toujours l'exemplaire là, sur les planches évoquées plus haut, à deux mètres devant moi, je ne me lève pas pour aller le chercher. À une époque indéterminée, la couverture transparente rigide originale tombant en miettes, je l'ai recouverte de nylon transparent. Dedans, pas de notes ni gribouillages, toujours détesté ça. Mais tout d'un coup j'habitais dans Edgar Poe comme une maison. Ce n'est pourtant pas un Poe complet : uniquement ce qu'en a traduit Baudelaire, choix d'édition cohérent. J'ai ailleurs ici les œuvres vraiment complètes en anglais, avec notamment les essais sur la littérature, mais je vais rarement y voir. Poe me déçoit, quand ce n'est pas celui de Baudelaire. Il reste que tout d'un coup, au lieu d'habiter un livre, j'habitais une maison.

Ce livre a été de tous mes déménagements, de tous mes voyages. Des fois on s'en veut de ce genre de fétichisme. Après tout, je ne le relis qu'une ou deux fois par an, et depuis bien longtemps je préfère que ce soit plus près du texte, via les appareils numériques.

Mais ce qui m'avait sauté violemment à la figure, voilà : dans l'armoire à portes vitrées de la maison de Damvix, autrefois, l'armoire qu'on n'avait pas le droit d'ouvrir seuls, j'avais trouvé un livre minuscule, mais très doux d'être relié dans une couverture toilée : *Le Scarabée d'or*. Qu'est-ce que pouvait contenir un livre aussi petit, mais l'objet d'un tel soin ? Une heure après je le savais, assez pour y faire basculer mon existence même.

Quand j'ai acheté ce Pléiade d'Edgar Poe, dans une ville où je ne reviendrai que bien plus tard et tout aussi brièvement, dans une modeste librairie assortie à la taille de la ville, j'avais réouvert, à vingt-sept ans, la porte vitrée par laquelle la première fois, encore enfant, j'étais entré en lecture. Dans l'amas poussé à l'écroulement des livres qui ici m'entourent, j'ai toujours l'impression qu'en fait de toute ma vie je n'en aurai acheté qu'un seul.

Ou bien, à y repenser, est-ce que la merveille n'était pas plutôt cette mention à usage de titre : « en prose », dans *Œuvres en prose* ?

Et si je n'arrive pas plus tôt à la porte vitrée de l'armoire aux livres, c'est que je dois franchir tout d'abord le corps du mort.

Pourtant il n'est pas dans cette pièce, mais dans celle d'à côté, dont la fenêtre ouvre sur la route en surplomb. C'est là que je le vois pour la dernière fois, les yeux clos et une tête que je ne reconnais pas. On ne s'habitue pas à regarder les morts, quand bien même les plus proches, et c'est curieux ce visage d'enfant qu'ils gardent bien en secret pour vous le donner là, maintenant que personne ne peut leur demander des comptes sur eux-mêmes.

Et c'est froid, et cette consistance pas agréable. Le mort désormais est en vous, c'est tout ce qu'il y a à apprendre puis savoir. Une dizaine d'années plus tard, j'occuperai la maison tout un hiver, en compagnie de ma grand-mère, et quelle merveilleuse cohabitation (mais l'armoire aux livres, ce n'est pas son domaine). Puis, au retour d'Allemagne, l'été 1988, quelques mois (et la grand-mère est partie), le temps qu'on trouve une maison. La pièce au mort ne me fait plus peur mais on n'y entre pas, on ne l'utilise pas. Dans la pièce voisine, l'armoire est là familière : mais je ne lis plus ces livres-ci.

Elle est un dépôt dont je n'ai jamais vu les rubriques bouger. Aux étages nobles le roman, les Balzac et Zola, et ce Rabelais édition Larousse 1916, donné par un camarade de Verdun au grand-père, parce qu'il était de Fontenay-le-Comte : mais une édition expurgée, manque par exemple le procès de Baisecul et Humevesne. J'en veux à Larousse que la vénération du grand-père pour Rabelais, si elle s'est enracinée sur un savoir local, s'est établie sur un Rabelais amoindri.

Il y a toute une série de Duhamel, jamais réussi à lire ça, il y a les Perrochon. Plus bas sont les livres utiles, ces glossaires des parlers vendéens et poitevins, les *Fables* de La Fontaine traduites en patois – j'ai lu ça, beaucoup, je suis presque bilingue à l'époque. Il y a le recoin des livres sombres, pas bien méchants pourtant : un Papus je crois bien, puisque j'en saurai tôt le nom, et une édition ancienne mais courante du *Petit Albert*.

Il y a tant de questions que je ne lui aurai pas posées, à lui qui est parti trop tôt. Par exemple, la dizaine de Jules Verne qui sont les siens, autour de *La Jangada*, du *Superbe Orénoque*, de *Nord contre Sud*, sont merveilleusement choisis et je ne les aurais pas trouvés autrement, quand bien même j'ai tous les autres. *Un rêve d'Amérique*, à quelque moment ?

J'ai gardé, je crois même que c'est le seul souvenir matériel que j'ai du grand-père, un carnet manuscrit, daté de ses derniers mois à l'école normale d'instituteurs de La Roche-sur-Yon. Tout le temps qu'il passera sur le front de Verdun, vaguemestre avec âne parmi les tranchées où les types meurent, parce que tel était le privilège des intellectuels, il porte sur lui ce mince carnet relié toile noire, et tout rempli d'extraits de poèmes calligraphiés, et les noms d'Hugo ou Verlaine les plus fréquents.

Quand on ouvre les portes de l'armoire, on a moins affaire aux livres qu'à la galerie d'objets que supportent en avant d'eux les étagères. Celle du bas est réservée aux albums photos, aux possessions précieuses, un vieux Kodak à soufflet dans son étui (mais les dernières photos qu'il ait faites remontent à la fin des années cinquante), une paire de jumelles qui a dû représenter pour lui un achat considérable. Devant les livres, je revois le kaléidoscope en carton.

Mais là, sur la pleine rangée de l'étagère principale, fièrement, les dix-huit volumes reliés cuir d'un Balzac complet. L'autorité de Balzac ainsi manifeste sur tous les autres. D'ailleurs, on voit surtout son nom, et la numérotation en lettres à l'or.

Quand je lui fais ma demande, c'est parce que j'ai déjà lu *les Illusions perdues*, quelques mois auparavant, et qu'ici, chez eux, j'ai sorti un des lourds volumes, probablement au hasard, et que je m'y suis enfoncé – qu'il ne fallait pas cesser.

Ce jour-là, nous sommes venus les voir depuis Civray. J'ai apporté un carton Antar, un carton vide pour vingt bidons d'huile de deux litres, parce que ce sont les plus solides.

Quand nous repartons, ils sont lestés des dix-huit tomes de Balzac. Je les rapporterai une dizaine de mois plus tard, là pas de souvenir. Bien sûr, lus en entier, et jamais cessé depuis lors d'y revenir. Mais c'est seulement aujourd'hui que je découvre, dans la permanence là-bas des choses, comment elle a dû rester vide, l'armoire aux livres avec ses portes vitrées. La seule fois de l'existence de mon grand-père où il aura toléré ce vide.

J'ai des souvenirs de juillet 1973, le grand-père voûté, y voyant si peu (ce poids sur nous tous de l'aveuglement), et pourtant nous parlions comme si ce devait être pour toujours. J'ai des souvenirs de ce matin 1974, où nous sommes réunis pour la levée du corps. On l'emporte devant l'armoire aux livres. Les portes vitrées, s'il n'en est plus le maître, gardent-elles ce qui en fait une traversée de monde ? Elle ne contient plus que des livres, et un pauvre bric-à-brac que tous se répartissent.

Cet été, lui, qui n'y voit plus depuis ses dix-huit ans, et qui maintenant possède la maison, me fait part de cette image intérieure qui le guide. Ce même soir, revenant de Damvix à Tours en voiture, je cherche ce qui est l'équivalent pour moi. Je crois savoir, je crois trouver, que je la prends de l'autre côté, à Saint-Michel-en-l'Herm, ou à La Grière. Et puis, dans le travail de l'hiver, dans le travail de ces textes, c'est l'armoire aux livres qui la remplace et s'impose. J'ai fini par comprendre qu'au moment même où il me parlait de cette image sienne, nous étions sur le point de monter voir l'armoire aux livres, où elle était reléguée, et ce qu'elle contenait encore. Nous ne l'avons pas fait. C'est intérieurement que j'ai marché, tous ces mois, vers ces portes vitrées closes à la mort du grand-père. Découvrant que c'est probablement la même année que lui, Jean-Claude, apprend, à dix-huit ans, son chemin vers une cécité irréversible. Dans cette maison qui est à lui, parce que dans cette maison il *voit*, j'ai cheminé par un livre vers l'armoire cette année-là par la mort refermée.

J'ai cherché à rejoindre l'armoire aux livres telle que je l'ai connue pour la dernière fois cette année-là, et comme cette année-là il enfermait en lui une seule image (mais choisie) du monde qui allait visuellement s'éloigner.

Le monde des objets s'est clos. Le livre qui va vers eux ne cherche pas à les faire revivre. Il est la marche vers ce qui, en leur temps, permettait de les traverser. C'est la question de cette traversée qui est à nous aujourd'hui posée.

FIN

Table

DU MÊME AUTEUR

Sortie d'usine
Minuit, 1982

Limite
Minuit, 1982

Le Crime de Buzon
Minuit, 1986

Décor ciment
Minuit, 1988

Calvaire des chiens
Minuit, 1990

La Folie Rabelais
L'invention du Pantagruel
Minuit, 1990

L'Enterrement
Verdier, 1991
et « Folio », n° 3038

Un fait divers
Minuit, 1993

Temps machine
Verdier, 1993

C'était toute une vie
Verdier, 1995

Parking
Minuit, 1996

30, rue de la Poste
Seuil, « Fictions », 1996

Prison
Verdier, 1998

Impatience
Minuit, 1998

Autoroute
Seuil, « Fictions », 1999

Paysage fer
Verdier, 2000

Pour Koltès
Les Solitaires intempestifs, 2000

Tous les mots sont adultes
Méthodes pour l'atelier d'écriture
Fayard, 2000 ; réédition augmentée, 2005

Mécanique
Verdier, 2001

Quatre avec le mort
Verdier, 2002

Rolling Stones
Une biographie
Fayard, 2002
et « Le Livre de poche », n° 30053

Daewoo
Fayard, 2004
et « Le Livre de poche », n° 30522

Tumulte
Fayard, 2006

Bob Dylan
Une biographie
Albin Michel, 2007
et « Le Livre de poche », n° 31324

Rock'n'roll
Un portrait de Led Zeppelin
Albin Michel, 2008

L'Incendie du Hilton
Albin Michel, 2009

Fiction peau
Musée d'art contemporain du Val-de-Marne, 2011

Sortie d'usine
Minuit, 2011

Après le livre
Seuil, 2011

Vague de jazz
(photographies de Caroline Pottier)
Créaphis, 2012

Proust est une fiction
Seuil, « Fiction & Cie » 2013

Site internet de l'auteur
www.tierslivre.net

RÉALISATION : IGS-CP À L'ISLE-D'ESPAGNAC
IMPRESSION : CPI BRODARD ET TAUPIN, À LA FLÈCHE
DÉPÔT LÉGAL : SEPTEMBRE 2013. N° 112355 (73318)
Imprimé en France

DERNIERS TITRES PARUS

P2903. Cadix, ou la diagonale du fou, *Arturo Pérez-Reverte*
P2904. Cranford, *Elizabeth Gaskell*
P2905. Les Confessions de Mr Harrison, *Elizabeth Gaskell*
P2906. Jón l'Islandais, *Bruno d'Halluin*
P2907. Journal d'un mythomane, vol. 1, *Nicolas Bedos*
P2908. Le Roi prédateur, *Catherine Graciet et Éric Laurent*
P2909. Tout passe, *Bernard Comment*
P2910. Paris, mode d'emploi. Bobos, néo-bistro, paniers bio et autres absurdités de la vie parisienne *Jean-Laurent Cassely*
P2911. J'ai réussi à rester en vie, *Joyce Carol Oates*
P2912. Folles nuits, *Joyce Carol Oates*
P2913. L'Insolente de Kaboul, *Chékéba Hachemi*
P2914. Tim Burton : entretiens avec Mark Salisbury
P2915. 99 proverbes à foutre à la poubelle, *Jean-Loup Chiflet*
P2916. Les Plus Belles Expressions de nos régions *Pascale Lafitte-Certa*
P2917. Petit dictionnaire du français familier. 2000 mots et expressions, d'« avoir la pétoche » à « zigouiller », *Claude Duneton*
P2918. Les Deux Sacrements, *Heinrich Böll*
P2919. Le Baiser de la femme-araignée, *Manuel Puig*
P2920. Les Anges perdus, *Jonathan Kellerman*
P2921. L'Humour des chats, *The New Yorker*
P2922. Les Enquêtes d'Erlendur, *Arnaldur Indridason*
P2923. Intermittence, *Andrea Camilleri*
P2924. Betty, *Arnaldur Indridason*
P2925. Grand-père avait un éléphant *Vaikom Muhammad Basheer*
P2926. Les Savants, *Manu Joseph*

P2927. Des saisons au bord de la mer, *François Maspero*
P2928. Le Poil et la Plume, *Anny Duperey*
P2929. Ces 600 milliards qui manquent à la France. Enquête au cœur de l'évasion fiscale, *Antoine Peillon*
P2930. Pensées pour moi-même. Le livre autorisé de citations *Nelson Mandela*
P2931. Carnivores domestiques (illustrations d'OlivSteen) *Erwan Créac'h*
P2932. Tes dernières volontés, *Laura Lippman*
P2933. Disparues, *Chris Mooney*
P2934. La Prisonnière de la tour, *Boris Akounine*
P2935. Cette vie ou une autre, *Dan Chaon*
P2936. Le Chinois, *Henning Mankell*
P2937. La Femme au masque de chair, *Donna Leon*
P2938. Comme neige, *Jon Michelet*
P2939. Par amitié, *George P. Pelecanos*
P2940. Avec le diable, *James Keene, Hillel Levin*
P2941. Les Fleurs de l'ombre, *Steve Mosby*
P2942. Double Dexter, *Jeff Lindsay*
P2943. Vox, *Dominique Sylvain*
P2944. Cobra, *Dominique Sylvain*
P2945. Au lieu-dit Noir-Étang…, *Thomas H. Cook*
P2946. La Place du mort, *Pascal Garnier*
P2947. Terre des rêves. La Trilogie du Minnesota, vol. 1 *Vidar Sundstøl*
P2948. Les Mille Automnes de Jacob de Zoet, *David Mitchell*
P2949. La Tuile de Tenpyô, *Yasushi Inoué*
P2950. Claustria, *Régis Jauffret*
P2951. L'Adieu à Stefan Zweig, *Belinda Cannone*
P2952. Là où commence le secret, *Arthur Loustalot*
P2953. Le Sanglot de l'homme noir, *Alain Mabanckou*
P2954. La Zonzon, *Alain Guyard*
P2955. L'éternité n'est pas si longue, *Fanny Chiarello*
P2956. Mémoires d'une femme de ménage *Isaure (en collaboration avec Bertrand Ferrier)*
P2957. Je suis faite comme ça. Mémoires, *Juliette Gréco*
P2958. Les Mots et la Chose. Trésors du langage érotique *Jean-Claude Carrière*
P2959. Ransom, *Jay McInerney*
P2960. Little Big Bang, *Benny Barbash*
P2961. Vie animale, *Justin Torres*
P2962. Enfin, *Edward St Aubyn*
P2963. La Mort muette, *Volker Kutscher*
P2964. Je trouverai ce que tu aimes, *Louise Doughty*
P2965. Les Sopranos, *Alan Warner*

P2966. Les Étoiles dans le ciel radieux, *Alan Warner*
P2967. Méfiez-vous des enfants sages, *Cécile Coulon*
P2968. Cheese Monkeys, *Chip Kidd*
P2969. Pommes, *Richard Milward*
P2970. Paris à vue d'œil, *Henri Cartier-Bresson*
P2971. Bienvenue en Transylvanie, *Collectif*
P2972. Super triste histoire d'amour, *Gary Shteyngart*
P2973. Les Mots les plus méchants de l'Histoire
Bernadette de Castelbajac
P2474. La femme qui résiste, *Anne Lauvergeon*
P2975. Le Monarque, son fils, son fief, *Marie-Célie Guillaume*
P2976. Écrire est une enfance, *Philippe Delerm*
P2977. Le Dernier Français, *Abd Al Malik*
P2978. Il faudrait s'arracher le cœur, *Dominique Fabre*
P2979. Dans la grande nuit des temps, *Antonio Muñoz Molina*
P2980. L'Expédition polaire à bicyclette
suivi de La Vie sportive aux États-Unis, *Robert Benchley*
P2981. L'Art de la vie. Karitas, Livre II
Kristín Marja Baldursdóttir
P2982. Parlez-moi d'amour, *Raymond Carver*
P2983. Tais-toi, je t'en prie, *Raymond Carver*
P2984. Débutants, *Raymond Carver*
P2985. Calligraphie des rêves, *Juan Marsé*
P2986. Juste être un homme, *Craig Davidson*
P2987. Les Strauss-Kahn, *Raphaëlle Bacqué, Ariane Chemin*
P2988. Derniers Poèmes, *Friedrich Hölderlin*
P2989. Partie de neige, *Paul Celan*
P2990. Mes conversations avec les tueurs, *Stéphane Bourgoin*
P2991. Double meurtre à Borodi Lane, *Jonathan Kellerman*
P2992. Poussière tu seras, *Sam Millar*
P2993. Jours de tremblement, *François Emmanuel*
P2994. Bataille de chats. Madrid 1936, *Eduardo Mendoza*
P2995. L'Ombre de moi-même, *Aimee Bender*
P2996. Il faut rentrer maintenant…
Eddy Mitchell (avec Didier Varrod)
P2997. Je me suis bien amusé, merci !, *Stéphane Guillon*
P2998. Le Manifeste Chap. Savoir-vivre révolutionnaire
pour gentleman moderne, *Gustav Temple, Vic Darkwood*
P2999. Comment j'ai vidé la maison de mes parents
Lydia Flem
P3000. Lettres d'amour en héritage, *Lydia Flem*
P3001. Enfant de fer, *Mo Yan*
P3002. Le Chapelet de jade, *Boris Akounine*
P3003. Pour l'amour de Rio, *Jean-Paul Delfino*
P3004. Les Traîtres, *Giancarlo de Cataldo*

P3005. Docteur Pasavento, *Enrique Vila-Matas*
P3006. Mon nom est légion, *António Lobo Antunes*
P3007. Printemps, *Mons Kallentoft*
P3008. La Voie de Bro, *Vladimir Sorokine*
P3009. Une collection très particulière, *Bernard Quiriny*
P3010. Rue des petites daurades, *Fellag*
P3011. L'Œil du léopard, *Henning Mankell*
P3012. Les mères juives ne meurent jamais, *Natalie David-Weill*
P3013. L'Argent de l'État. Un député mène l'enquête
René Dosière
P3014. Kill kill faster faster, *Joel Rose*
P3015. La Peau de l'autre, *David Carkeet*
P3016. La Reine des Cipayes, *Catherine Clément*
P3017. Job, roman d'un homme simple, *Joseph Roth*
P3018. Espèce de savon à culotte ! et autres injures d'antan
Catherine Guennec
P3019. Les mots que j'aime et quelques autres…
Jean-Michel Ribes
P3020. Le Cercle Octobre, *Robert Littell*
P3021. Les Lunes de Jupiter, *Alice Munro*
P3022. Journal (1973-1982), *Joyce Carol Oates*
P3023. Le Musée du Dr Moses, *Joyce Carol Oates*
P3024. Avant la dernière ligne droite, *Patrice Franceschi*
P3025. Boréal, *Paul-Émile Victor*
P3026. Dernières nouvelles du Sud
Luis Sepúlveda, Daniel Mordzinski
P3027. L'Aventure, pour quoi faire ?, *collectif*
P3028. La Muraille de lave, *Arnaldur Indridason*
P3029. L'Invisible, *Robert Pobi*
P3030. L'Attente de l'aube, *William Boyd*
P3031. Le Mur, le Kabyle et le marin, *Antonin Varenne*
P3032. Emily, *Stewart O'Nan*
P3033. Les oranges ne sont pas les seuls fruits
Jeanette Winterson
P3034. Le Sexe des cerises, *Jeanette Winterson*
P3035. À la trace, *Deon Meyer*
P3036. Comment devenir écrivain quand on vient
de la grande plouquerie internationale, *Caryl Férey*
P3037. Doña Isabel (ou la véridique et très mystérieuse histoire
d'une Créole perdue dans la forêt des Amazones)
Christel Mouchard
P3038. Psychose, *Robert Bloch*
P3039. Équatoria, *Patrick Deville*
P3040. Moi, la fille qui plongeait dans le cœur du monde
Sabina Berman

P3041. L'Abandon, *Peter Rock*
P3042. Allmen et le diamant rose, *Martin Suter*
P3043. Sur le fil du rasoir, *Oliver Harris*
P3044. Que vont devenir les grenouilles ?, *Lorrie Moore*
P3045. Quelque chose en nous de Michel Berger
Yves Bigot
P3046. Elizabeth II. Dans l'intimité du règne, *Isabelle Rivère*
P3047. Confession d'un tueur à gages, *Ma Xiaoquan*
P3048. La Chute. Le mystère Léviathan (tome 1)
Lionel Davoust
P3049. Tout seul. Souvenirs, *Raymond Domenech*
P3050. L'homme naît grâce au cri, *Claude Vigée*
P3051. L'Empreinte des morts, *C.J. Box*
P3052. Qui a tué l'ayatollah Kanuni ?, *Naïri Nahapétian*
P3053. Cyber China, *Qiu Xiaolong*
P3054. Chamamé, *Leonardo Oyola*
P3055. Anquetil tout seul, *Paul Fournel*
P3056. Marcus, *Pierre Chazal*
P3057. Les Sœurs Brelan, *François Vallejo*
P3058. L'Espionne de Tanger, *María Dueñas*
P3059. Mick. Sex and rock'n'roll, *Christopher Andersen*
P3060. Ta carrière est fi-nie !, *Zoé Shepard*
P3061. Invitation à un assassinat, *Carmen Posadas*
P3062. L'Envers du miroir, *Jennifer Egan*
P3063. Dictionnaire ouvert jusqu'à 22 heures
Académie Alphonse Allais
P3064. Encore un mot. Billets du Figaro, *Étienne de Montety*
P3065. Frissons d'assises. L'instant où le procès bascule
Stéphane Durand-Souffland
P3066. Y revenir, *Dominique Ané*
P3067. J'ai épousé Johnny à Notre-Dame-de-Sion
Fariba Hachtroudi
P3068. Un concours de circonstances, *Amy Waldman*
P3069. La Pointe du couteau, *Gérard Chaliand*
P3070. Lila, *Robert M. Pirsig*
P3071. Les Amoureux de Sylvia, *Elizabeth Gaskell*
P3072. Cet été-là, *William Trevor*
P3073. Lucy, *William Trevor*
P3074. Diam's. Autobiographie, *Mélanie Georgiades*
P3075. Pourquoi être heureux quand on peut être normal ?
Jeanette Winterson
P3076. Qu'avons-nous fait de nos rêves ?, *Jennifer Egan*
P3077. Le Terroriste noir, *Tierno Monénembo*
P3078. Féerie générale, *Emmanuelle Pireyre*
P3079. Une partie de chasse, *Agnès Desarthe*

P3080. La Table des autres, *Michael Ondaatje*
P3081. Lame de fond, *Linda Lê*
P3082. Que nos vies aient l'air d'un film parfait, *Carole Fives*
P3083. Skinheads, *John King*
P3084. Le bruit des choses qui tombent, *Juan Gabriel Vásquez*
P3085. Quel trésor !, *Gaspard-Marie Janvier*
P3086. Rêves oubliés, *Léonor de Recondo*
P3087. Le Valet de peinture, *Jean-Daniel Baltassat*
P3088. L'État au régime. Gaspiller moins pour dépenser mieux
René Dosière
P3089. Refondons l'école. Pour l'avenir de nos enfants
Vincent Peillon
P3090. Vagabond de la bonne nouvelle, *Guy Gilbert*
P3091. Les Joyaux du paradis, *Donna Leon*
P3092. La Ville des serpents d'eau, *Brigitte Aubert*
P3093. Celle qui devait mourir, *Laura Lippman*
P3094. La Demeure éternelle, *William Gay*
P3095. Adulte jamais, *Pier Paolo Pasolini*
P3096. Le Livre du désir. Poèmes, *Leonard Cohen*
P3097. Autobiographie des objets, *François Bon*
P3098. L'Inconscience, *Thierry Hesse*
P3099. Les Vitamines du bonheur, *Raymond Carver*
P3100. Les Trois Roses jaunes, *Raymond Carver*
P3101. Le Monde à l'endroit, *Ron Rash*
P3102. Relevé de terre, *José Saramago*
P3103. Le Dernier Lapon, *Olivier Truc*
P3104. Cool, *Don Winslow*
P3105. Les Hauts-Quartiers, *Paul Gadenne*
P3106. Histoires pragoises, *suivi de* Le Testament
Rainer Maria Rilke
P3107. Œuvres pré-posthumes, *Robert Musil*
P3108. Anti-manuel d'orthographe. Éviter les fautes
par la logique, *Pascal Bouchard*
P3109. Génération CV, *Jonathan Curiel*
P3110. Ce jour-là. Au cœur du commando qui a tué Ben Laden
Mark Owen et Kevin Maurer
P3111. Une autobiographie, *Neil Young*
P3112. Conséquences, *Darren William*
P3113. Snuff, *Chuck Palahniuk*
P3114. Une femme avec personne dedans, *Chloé Delaume*
P3115. Meurtre au Comité central, *Manuel Vázquez Montalbán*
P3116. Radeau, *Antoine Choplin*
P3117. Les Patriarches, *Anne Berest*
P3118. La Blonde et le Bunker, *Jakuta Alikavazovic*
P3119. La Contrée immobile, *Tom Drury*